ANNA MITTONE



# QUASI QUASI M'INNAMORO

PIEMME

Published by arrangement with Marco Vigevani Agenzia Letteraria

Realizzazione editoriale: *Conedit Libri Srl - Cormano (MI)*

I Edizione 2011


20145 Milano - Via Tiziano, 32
info@edizpiemme.it - www.edizpiemme.it

Stampa: Mondadori Printing Spa - Stabilimento NSM - Cles (TN)

# 1

Ogni domenica mattina alle nove e mezzo mia madre mi chiama.

E ogni domenica mattina mi dice le stesse cose, Scusa ti ho svegliata volevo solo dirti che ho fatto le fettuccine le lasagne gli agnolotti i cappelletti il bollito lo spezzatino con i fagioli che ti piace tanto vieni a pranzo? E nel punto interrogativo c'è già un sentore di lacrima incipiente, un sussulto di sensi di colpa pronti a scattare e aggredirmi nel malaugurato caso abbozzassi un no scusa ma proprio oggi non mi va sono depressa ho un altro impegno voglio cominciare la dieta.

Una volta ho provato a staccare il telefono.

Mi hanno svegliata i Carabinieri.

Mia madre li aveva convinti a suon di lacrime che io giacessi priva di sensi sul pavimento della cucina. Me la vedo mentre riaggancia, tira su col naso e, silenziosamente, si augura che nel morire io non abbia dimenticato d'indossare biancheria decente e pulita. Perché non si sa mai. Non nel senso che puoi incontrare Brad Pitt a un angolo di strada e concederti un amplesso fuori programma. No. L'idea di mia madre è che potresti finire sotto una macchina, stramazzare al suolo per un infarto o agonizzare sotto un pilone di cemento armato dopo un terremoto e, in casi come questi, una signora non può correre il rischio di ritrovarsi esposta a infermieri e volontari della Protezione Civile con una biancheria inadatta.

Del resto per una come lei, che attraversa la vita come i turisti le strade trafficate di metropoli sconosciute, di corsa, trattenendo il fiato fino al marciapiede opposto, in qualche caso chiudendo gli occhi e raccomandandosi a Dio, il pericolo è sempre dietro l'angolo, la disgrazia lì lì per abbattersi su tutti noi, la tragedia una vocazione incrollabile.

Aspettarsi sempre il peggio è la radiosa filosofia di vita con cui sono cresciuta.

La domenica è un giorno che dona particolarmente alla mia città. Esalta la sua forza ottundente, libera tutti dall'estenuante fatica infrasettimanale di essere svegli, pronti, efficienti, solidamente calvinisti e votati alla produttività nonostante incombano un cielo grigio piombo, una nebbia della stessa consistenza della polenta, freddo glaciale, pioggia battente o, nel migliore dei casi, un'afa da lasciare senza fiato. Quelle stesse condizioni climatiche che durante la settimana fanno dei miei concittadini degli eroi, la domenica li legittimano a non mettere piede fuori casa nemmeno per comprare il giornale.

Mio padre ha sempre fatto eccezione.

Con vento, neve o tempesta la domenica ci portava in gita fuori porta. Sveglia all'alba, colazione al sacco e via, tutti in macchina a raccogliere i funghi le castagne le noci le stelle alpine, a ossigenarci, prendere aria, stare un po' a contatto con la natura, mia madre in piedi dalle cinque e mezzo per coniugare la devozione a Dio con quella per il marito, la faccia ingrigita dalla stanchezza e un sorriso ai limiti della paralisi facciale ad affrontare centocinquanta chilometri di giochi e passatempi Ma no stellina che non ti viene da vomitare non hai nemmeno bevuto il latte adesso facciamo così chi per primo vede una chiesa una mucca un cavallo un trattore vince un bel premio. Ma che premio? Un bel premio dopo lo scoprirete forza cantiamo Quel mazzolin di fioriiii e io e mia sorella catatoniche a dibatterci tra i conati e la noia, io ostinatamente zitta, lei che coraggiosamente cantava, avvistava capi di bestiame e comunque finiva sempre per vomitare una curva prima dell'arrivo e mio padre imbufalito a cristonare che Insomma non si può passare una domenica in santa pace non siete mai contente uno lavora tutta la settimana e vorrebbe svagarsi un po' con la sua famiglia invece una che sta sempre male l'altra con la testa chissà dove forza animo zaini in spalla. E il premio? esalava mia sorella insieme all'ultimo conato Ma quale premio! *Anduma là* e si avviava respirando a pieni polmoni e noi dietro, io a misurare ogni passo come una formichina con il terrore di cadere scivolare in un burrone franare in un dirupo, mia sorella che piangeva e intanto mia madre a sussurrarle *Pòvra cita* stellina non piangere che lo sai com'è papà poi il premio mamma te lo dà a casa ti dà una cosa bella vedrai ma tu adesso cammina stellina.

Non c'era scusa che tenesse.

Compiti in classe, interrogazioni fondamentali programmate per il lunedì, feste dei compagni, inviti di timidi fidanzatini. Niente. Mio padre cominciava dal venerdì a programmare le sue allegre scampagnate e non voleva sentire ragioni. Non lo fermavano nemmeno le malattie esantematiche Che vuoi che sia un po' di morbillo vedrai come ti senti meglio a respirare l'aria di montagna e poi così si tempra il carattere, e noi zitte e mosca ad arrancare in fila indiana tra il fango, gli sterpi e la ghiaietta, annaspando in debito d'ossigeno, macerando in silenzio propositi di fuga e riscatto, Towanda e Spezziamo le catene ma alla fine ogni volta che provavamo a ribellarci bastava uno sguardo di fuoco di papà per riportarci nei ranghi.

A sedici anni le mie amiche, la domenica pomeriggio, andavano a passeggio in via Roma, a sbirciare nelle vetrine chiuse.

Un'occupazione che paragonata alle nostre scarpinate mi sembrava incredibilmente eccitante ed esotica, una prospettiva di felicità che saltellava tra le pagine dei compiti da finire in fretta, alleggeriva le portate del pranzo, esplodeva con la sigla di *Domenica In* quando finalmente arrivava il momento di chiudersi in bagno per sistemare i capelli, un'ombra di fard, il mascara, che scarpe mi metto e poi la borsetta e Torno alle sette! e volare giù per le scale chiudendosi alle spalle la televisione accesa i piatti ancora da rigovernare la noia asfittica della domenica pomeriggio e poi l'autobus il gelato a piazza San Carlo Hai visto quello che carino? e ridacchiare come sceme di quelle prove generali di accoppiamento sapendo che il meglio doveva ancora arrivare e non poteva che essere meraviglioso.

Ma per avere tutto questo bisognava trovare il coraggio di affrontare mio padre. Farsi forza. Sfoderare la tempra accumulata. Guardarlo in faccia e dire Io non vengo. Non mi piace la montagna i funghi non li digerisco e l'aria buona mi fa venire il mal di testa.

Io vado in via Roma con le mie amiche.

Quando le ho prospettato l'impresa mia sorella si è subito defilata, Io non ce la faccio, lo sai com'è papà poi ci resta male, s'arrabbia e non ci fa più uscire nemmeno il sabato.

Io invece ci ho provato.

E le parole mi sono mancate subito, appena dopo l'incipit stentato di un Papà senti io questa domenica vorrei e già lo vedevo ergersi in tutta la sua vigorosa autorità Vorresti cosa? e a quel punto sono scoppiata a piangere, già perdente prima ancora di cominciare a combattere e la tortura delle gite domenicali è continuata fino al compimento della maggiore età e anche oltre per mia madre, che ha dovuto farsi forza e aspettare che la Provvidenza le desse una mano procurando a mio padre una lesione irrimediabile al menisco.

E così è cominciato il supplizio dei pranzi domenicali. Aspettarsi sempre il peggio.

A mezzogiorno in punto, appena metto piede fuori di casa, la perfetta uniformità di grigio che confonde cielo, case e asfalto si frantuma in un lampo che immediatamente diventa pioggia torrenziale.

E io non ho l'ombrello.

Né con me né a casa.

Non ho neanche un giaccone impermeabile, né una felpa con cappuccio, né tantomeno una macchina. E, manco a dirlo, la pioggia non viene considerata da mia madre ragione sufficiente per non presentarsi a pranzo. Piuttosto che incorrere in settimane di recriminazioni, m'incammino coraggiosamente verso la fermata dell'autobus assorbendo secchiate d'acqua come una spugna sotto la doccia, mettendo un piede davanti all'altro con la circospezione di un'ottantenne che torna a muovere qualche passo dopo una brutta frattura scomposta del femore.

Perché lo so, novanta su cento finirò per cadere.

Cado in continuazione. Anche quando non piove. Anche camminando a basso regime di giri su solide scarpe da ginnastica.

È sufficiente un minimo dislivello, un marciapiede imboccato all'ultimo momento, un passo fatto sovrappensiero e le mie caviglie si staccano dal resto del corpo, cominciano a vivere di vita propria e io mi ritrovo con la faccia sull'asfalto. E ogni volta, nei fumi del dolore, le facce dei passanti caritatevoli che reprimono un involontario sorriso e si affannano a offrirmi il braccio per rialzarmi il telefono per chiamare un'ambulanza, tutti perfettamente consci che non c'è nulla che possono fare per alleviare quel dolore, ma qualcosa bisogna pur fare per non soccombere alla propria inutilità e allora ecco puntuale l'offerta di un bicchier d'acqua, sollievo incongruo per chi urla di dolore e stenta a mandare giù perfino la quantità minima di ossigeno che gli serve per sopravvivere, tutte quelle facce sono la faccia di mio padre che, sbuffando per la santa pazienza che sempre ci vuole, mi prendeva di peso per farmi sedere su un masso un muretto un tronco rovesciato e *Piora nen che a l'è gnente possibil* che non guardi mai dove vai sempre con la testa tra le nuvole e *it ses pròpri desdeuita su su fa nen sto cine che soma rivà fosse per tì andari'a tute le duminiche a l'ospidal.*

Una volta al Pronto Soccorso ci sono andata davvero.

Non riuscivo più a mettere il piede a terra senza procurarmi visioni mistiche e quella volta ero sicura di essermi rotta qualcosa. Nelle quattro ore che ho passato seduta in sala d'attesa aspettando che qualcuno mi visitasse ho continuato a sentire la voce di mia madre che insistentemente mi chiedeva se mi ero cambiata le mutande e quando avevo fatto l'ultima depilazione. Quando hanno chiamato il mio nome e, zoppicando, mi sono avviata verso la saletta di ortopedia ero ormai convinta che tutto il corpo medico e paramedico stesse commentando con riprovazione la mia scarsa cura e igiene personale. L'ortopedico che a stento mi ha alzato il pantalone per saggiare lo stato delle mie estremità ha decretato che era una semplice slogatura e quel mio continuo cadere era molto probabilmente da imputare a piedi troppo piccoli e caviglie troppo fragili rispetto alla corporatura.

Robusta e goffa con i piedi piccoli.

Se, come dice Freud, l'anatomia è già un destino, il mio è quello degli ippopotami di Walt Disney.

Vista dall'esterno sono ridicola, lo so per certo.

Ma non posso fare altrimenti. Un passo da formica dopo l'altro, stringendo i pugni, affondando le unghie nella pelle per non cedere al terrore della caduta che già sento imminente, che già visualizzo, già soffro nella carne, nelle articolazioni che si sfaldano, nei tendini che si spezzano come elastici rinsecchiti, ecco il piede che sdrucciola, scivola, perde aderenza e a ogni passo sono in piedi per miracolo; devo smettere di pensarci perché più ci penso più mi paralizzo, come la cistite di quando ero piccola, con mamma che continuava a dirmi Non pensarci vedrai che ti passa non ti scappa davvero la pipì è solo l'infiammazione pensa a qualcos'altro e io mi sforzavo, ma pensare che non devi pensare a qualcosa è impossibile e alla fine la pipì me la facevo addosso e così adesso non posso non pensare che da un momento all'altro potrei cadere, a ogni passo che faccio mi sento una miracolata perché in una vertigine sensoriale che sfiora la pazzia io sono già caduta e allora canticchio tra me e me o parlo da sola a bassa voce come una barbona con le rotelle fuori posto per farmi coraggio, e fortuna che non passa nessuno, perché lo so, davvero non sono un bello spettacolo.

---

«Ciao.»

Una voce maschile, un accenno di sorpresa. Ma potrebbe non essere per me.

«Ehi!»

Con la coda dell'occhio, oltre la tenda dei capelli fradici, vedo un ombrello blu. Enorme. Formato famiglia. E sotto, una famiglia. Rallento ulteriormente e alzo lo sguardo mentre quella specie di tenda tuareg semovente mi accoglie sotto di sé.

Paolo. Con Serena. E una carrozzina rosa e grigia con la borsa in tinta agganciata al manubrio e un carillon che penzola dalla capotte.

Annaspo come Nemo prelevato dall'acquario e finito nel vassoio dei ferri del dentista, mentre intorno a me è tutto un Ciao come stai sempre senza ombrello ti trovo bene ti ho riconosciuta subito quanto tempo!

Esattamente un anno e cinque mesi, vorrei rispondere. Tralasciando il conto dei giorni e delle ore che fa tanto battuta cinematografica, ma comunque so anche quelli.

Vorrei. Invece balbetto anch'io una sequela di Ciao anche tu stai benissimo la bambina che tesoro a chi assomiglia un po' a te un po' a lei che bello rivederti quanto tempo, e intanto cerco di aggiustarmi un po' i capelli e la guardo.

Serena. Non la bambina, che comunque è annegata in uno scafandro di piumino rosa su rosa su rosa nel quale mi chiedo come faccia a respirare.

Mi sorride circonfusa di *pietas*, lei l'eternamente giovane Penelope e io Nausicaa invecchiata e caduta in disgrazia, illuminata da un sorriso affettuoso che è il segno del suo trionfo, con tutto un sottotesto di Ecco vedi io sono qui con la mia bambina e il mio uomo che ci protegge con un enorme ombrello e stiamo andando a pranzo da amici anche loro pieni di bambini e ombrelli mentre tu annaspi sola e lenta come una vecchia verso chissà dove.

E, tanto per rendere più chiaro il concetto, si stringe a Paolo simulando un brivido di freddo e lui l'accoglie sorridente e protettivo come lo spot di un'assicurazione sulla vita. Proteggi chi ami. Lui che piuttosto che prendere un ombrello prendeva un raffreddore. Lui che teorizzava la mancanza di stile di certe smancerie come camminare mano nella mano o darsi un bacio in pubblico. Lui che Se sto con te è perché ti amo non c'è bisogno che te lo ripeta ogni cinque minuti. Invece ce n'era bisogno eccome. Così magari mi sarei accorta che qualcosa era cambiato e non avrei continuato a pensare che eravamo la coppia più bella del mondo facendo la figura della perfetta imbecille. Ma la battuta giusta al momento giusto non arriva mai e, se anche fosse questa, non avrei comunque il coraggio di proferirla ad alta voce. Il coraggio implica una solida autostima che mai come adesso mi manca. E poi mi fregano quegli occhi azzurro cielo, il ciuffo biondo cenere scomposto sulla fronte, il sorriso un po' obliquo e quella bocca sottile come una ferita che una volta era mia e adesso, invece, mi sorride come a una vecchia compagna di scuola dimenticata da anni e ritrovata imbruttita, opaca, di quelle che Hai visto come si è ridotta, e pensare che ai tempi ero pazzo di lei, ho scampato proprio un bel guaio, e dopo essersi salutati se ne esce rinfrancati, rassicurati sulle scelte presenti, rinvigoriti nella convinzione che la propria vita, a volerla raffrontare con ciò che è stato e ciò che sarebbe potuto essere, è una scommessa vinta, la parte felice di *Sliding Doors*, mentre io sto in quella sfigata, deprimente, a bilancio in rosso.

È tardi, devo andare. Che bello averti rivisto, la bambina è un sogno, e continuo a sorridere ostentatamente, tanto perché sia ben chiaro il messaggio che è passata, finita, dimenticata, sono andata avanti e oltre, sono superiore e magnanima, soddisfatta della mia vita e della mia domenica, esco dal cerchio magico del loro ombrello e mi allontano a testa alta sfidando la pioggia, pregando disperatamente qualunque dio voglia ascoltarmi di non farmi ruzzolare a terra proprio adesso.

E comunque la bambina è un mostro.

Paolo l'ho conosciuto l'ultimo anno di università, mentre cercavo di darmi un tono scendendo al rallentatore lo scalone d'ingresso su un paio d'incongrue e scomodissime scarpe con i tacchi che mi ostinavo a mettere per sembrare più slanciata, più donna, più rampante, più elegante e molte cose ancora.

Lui si è avvicinato e mi ha offerto il braccio citando Montale Ho sceso dandoti il braccio milioni di scale, e all'ultimo gradino io ero cotta.

Non che non avessi una mia ristrettissima cerchia di ammiratori. Non che non mi fossi presa le mie soddisfazioni con compagni di liceo e studenti in corso e fuori corso di diverse facoltà. Ma la mia quota di mercato maschile comprendeva soprattutto outsider foruncolosi, intellettuali wannabe affetti dai più svariati tic, e professori di materie ai margini dello scibile umano attanagliati dalle prime avvisaglie della crisi di mezza età. Mentre Paolo era bello. Bello come un dio greco, un principe delle favole, un campione di qualcuno di quegli sport che mio padre amava tanto e che né io né mia sorella abbiamo mai voluto praticare.

Era Robert Redford e io la sua Barbra Streisand. Così eravamo.

E per qualche inspiegabile capriccio del destino ha funzionato. Finché all'incirca nove anni dopo mi ha fatto sedere sul nostro divano acquistato in comode rate e mi ha annunciato che aspettava un figlio.

«Ma io non sono incinta» ho ribattuto, ingenua come un angelo, cadendo più che dal pero direttamente da Saturno.

Infatti non ero io la felice futura madre, ma appunto Serena Bianchetti, ricercatrice universitaria, autrice di un'illuminante tesi di dottorato sull'Uso della punteggiatura nei volantini promozionali, imbeccato dalla quale l'amore della mia vita si stava trasfigurando in Francesco Alberoni, filosofeggiando di innamoramento e amore, responsabilità della vita adulta e ridimensionamento di già vaghe prospettive tardo adolescenziali.

La mia adulta e responsabile risposta è stata distruggere il contenuto in libri di tre scaffalature Ivar, bruciandoli pagina per pagina con un dispendio di zolfo che avrebbe salvato dalla morte per assideramento la Piccola Fiammiferaia, cambiare immediatamente la serratura di casa, ridurre in pezzi tutte le nostre foto e cancellare il suo numero dalla rubrica del cellulare. Non prima di averlo trascritto su almeno tre diverse agende nell'eventualità, sulla quale ancora segretamente contavo, che si ravvedesse.

Per un anno cinque mesi svariati giorni e molte lunghissime ore ho vagheggiato di rincontrarlo casualmente in uno di quei locali notturni dove né io né lui siamo mai stati, bellissima e sexy come non sarò mai, folleggiando con un numero imprecisato di uomini tutti pronti a buttarsi ai miei piedi per un sorriso una parola un cenno di approvazione, mentre lui era costretto a scappare perché A casa c'è la bambina che piange vomita ha la febbre, e Serena sai non è più la stessa da quando è diventata madre e io credo di aver sbagliato tutto anzi sono sicuro solo con te sono stato felice ti prego dammi un'altra possibilità.

Invece è successo così, una domenica mattina qualunque, anzi peggiore delle altre, fradicia di pioggia, sola e senza uno straccio di fidanzato amico compagno progetto per la giornata o per la vita in genere da opporre a quella carrozzina rosa e grigia e a quel ridicolo ombrello formato famiglia.

Aspettarsi sempre il peggio.

Quando arrivo a casa dei miei è l'una passata, sono bagnata fino al midollo, ho pianto sull'autobus tutte le mie lacrime, sono pronta a tentare il suicidio e l'odore di fritto e la voce di Maria De Filippi sparata oltre i limiti tollerabili da un timpano umano che mi accolgono sul pianerottolo non aiutano.

Ormai definitivamente archiviata la possibilità del locale notturno, mentre chiudo le porte dell'ascensore mi concedo quella orribilmente narcisistica e incredibilmente consolatoria del mio funerale, con amici e parenti in lacrime, corone di fiori strette da nastri simil raso con il mio nome scritto a lettere dorate, *Isn't She Lovely* in sottofondo, pagine scelte dei miei poeti preferiti lette tra i singhiozzi. E, soprattutto, un'inesausta processione di ricordi, aneddoti, piccole storie di vita tutte tese a innalzare verso il cielo le mie virtù e doti, la mia instancabile generosità, la mia brillante intelligenza, il mio inguaribile ottimismo, la mia sottile, vibrante ironia.

Paolo, naturalmente, assiste dalle prime file, solo e disperato, flagellandosi nel rimpianto di non avermi amata abbastanza, disperatamente conscio, solo ora che tutto è perduto, del terribile errore che ha commesso.

Per alcuni secondi stillo soddisfazione sul pianerottolo e, rinfrancata, raccolgo le forze per suonare il campanello.

Che naturalmente, data la rissa in corso tra tronisti, amici di Maria e vip di terza fascia, nessuno sente.

Alla terza scampanellata le urla di mia madre Fulvio la porta! Vai tu che ho la pentola sul fuoco la teglia in forno le mani piene di farina! pareggiano quelle di Maria e del suo pubblico e un lento trascinarsi di pantofole anticipa l'arrivo di mio padre.

Me lo ritrovo davanti con i pantaloni e il maglione d'ordinanza delle scampagnate giovanili, ormai tristemente sdruciti e fuori contesto, la barba lunga da pensione anticipata, la faccia spenta dalla noia, ed è lampante che, se il cerchio della vita segue il suo corso, il prossimo funerale sarà il suo e non sarà facile arrivare alla fine di questa domenica senza ulteriori gravi intoppi emotivi.

«Piove?» mi chiede più sconcertato che stupito, come se a lui risultasse diversamente, come se fosse arrivato l'autunno senza che nessuno si fosse preso la briga di avvertirlo.

Coraggiosamente inalbero un sorriso da pubblicità del Mentadent, ma mio padre mi volta immediatamente le spalle per ripercorrere a ritroso il corridoio e tornare davanti alla tv borbottando che *Se a pieuv pija l'paraqua*.

La casa dei miei genitori è una profusione di ninnoli, servizi da caffè mai utilizzati in bella mostra, cavalli rampanti in campo ocra e teneri gattini che giocano con gomitoli di lana ricamati a punto croce.

Si può considerare un incredibile successo nell'evoluzione della specie che io sia arrivata al pino svedese Ikea.

Mia sorella, per esempio, ancora annaspa tra velleità moderniste sotto forma di pareti attrezzate in laccato nero e acciaio e Capodimonte sul centrino a centrotavola. Ma del resto lei è una signora sposata. La sua foto in abito bianco, velo e bouquet occupa un posto d'onore sul controbuffet del salotto. La foto di coppia, mia sorella accanto al marito, mio padre non l'ha voluta. Lo innervosisce essere costretto a ricordare che deve ancora pagare diciotto rate del prestito sottoscritto perché sua figlia si legasse per tutta la vita a un belloccio di periferia, sedicente imprenditore, praticamente nullafacente. Un balengo. Uno che si sente in diritto di pontificare di affari e finanza perché ha fatto le Commerciali, pensa di svoltare professionalmente grazie all'abbonamento a «Millionaire» e parla di sé ripetendo continuamente Io sono il tipo che.

Mentre seguo mio padre che trascina le pantofole verso il salotto cerco di captare nel muro indistinto di urla televisive la voce della coppia felice.

Alla fine, vinta, gli arpiono il vecchio golf e lo costringo a voltarsi.

«Sono già arrivati?»

Mio padre capisce al volo, in un attimo s'illumina con lo sguardo acceso di un cucciolo giocherellone.

«*A i e torna la facenda* del locale notturno.»

Il balengo è un tipo che si sente molto Flavio Briatore.

Se istigato millanta addirittura di averlo incrociato a qualche tavolo da poker intorno al quale, naturalmente, lui vinceva e Briatore perdeva peggio di un novellino. La scarpa pantofola in velluto con le cifre ricamate in filo d'oro la trova di gran classe e si vede molto bene come proprietario e animatore di locali esclusivi, tra bottiglie di champagne e aragoste mangiate vive.

Come questa sua proiezione impreditorial glamour possa comprendere mia sorella, professoressa di francese alle medie inferiori, e il suo mezzo tacco d'ordinanza mi riesce difficile comprenderlo, ma evidentemente qualcosa è cambiato perché quando entro in salotto dove il vecchio televisore a tubo catodico trasmette una versione soft core del *Ballo del Qua Qua*, l'occhio mi cade su uno svolazzare di tigrato pervinca che a un più attento esame si rivela essere la manica a pipistrello di una camicetta scollata indossata da mia sorella, inguainata per la prima volta nella sua vita in un paio di jeans.

Boccheggio.

Mia sorella in stile tardo velina è accanto al balengo in pantalone di velluto viola e maglioncino a V pervinca ton sur ton e in tono con la moglie.

Quando riprendo fiato, prima di poter avviare un consolatorio gioco di sguardi con mio padre, vengo travolta dall'ondata in piena di mia madre che Hai visto com'è bella tua sorella sembra diec'anni più giovane si è anche tagliata i capelli che io gliel'ho sempre detto che un taglio più corto le sarebbe stato meglio ma certe cose finché le dice la mamma nessuno l'ascolta, fortuna che c'è Alberto che la consiglia per il meglio che io e Alberto ci capiamo abbiamo gli stessi gusti guarda anche la camicetta che chic proprio come si usa adesso che ne ho vista una uguale l'altro giorno su «Grazia», tua sorella l'ha trovata all'outlet e l'ha pagata mica tanto, perché una volta non ci andate insieme che così anche tu ti compri qualcosa di carino che sei sempre vestita come una stracciona con quei pantaloni larghi che rabasti le foglie per terra e quelle scarpe che pare che devi andare a raccogliere i funghi, che quei tempi son finiti Dio ce ne scampi e liberi, mai una camicetta una gonna un vestito una cosina graziosa che avresti anche un bel personale se ti curassi un po' ma tu no tu ti ostini a imbruttirti e quando lo trovi un altro fidanzato se vai in giro vestita così, Alberto devi proprio presentarle uno dei tuoi amici così anche lei si sistema ma intanto adesso se apri il locale hai voglia di occasioni di conoscere, Alberto ha trovato i soci giusti e apre un dancing che poi dancing si chiamavano ai tempi miei adesso non so comunque è proprio una bella cosa, vedrai Alberto come andrà bene sono sicura perché io l'ho detto dal primo momento che ti ho visto che avresti fatto strada, vero Fulvio?

Mio padre, già seduto a capotavola, è pronto per il ruolo del Convitato di pietra in un allestimento mozartiano.

Io continuo a sgocciolare peggio di Ermione a passeggio nel pineto con D'Annunzio, ma nessuno sembra farci caso a parte mia sorella che, con il suo tipico sorriso di magnanima benevolenza da prima della classe cocca di mamma bimba perfetta, anche se inguainata in un paio di jeans di almeno due taglie troppo stretti, mi sprona a cambiarmi e asciugarmi un po' con il phon se non voglio prendermi un malanno che in questa stagione basta un niente, «Dillo anche tu a mamma e papà che dovrebbero fare il vaccino, anche quello contro la A, che alla loro età non è proprio il caso di ammalarsi».

Troppo tardi mia sorella si rende conto di aver dato un formidabile assist alla passione di mia madre per influenze, malattie e rischi mortali. Per fortuna Alberto rilancia il tema della sua prossima scalata al successo e da lì in poi è un'orgia di lasagne, preventivi di ristrutturazione del locale, pollo con i peperoni e ipotesi sul nome da dare al locale suddetto, selezione all'ingresso, privè e iperboliche stime di costi e ricavi.

Mia sorella trilla come la Regina della Notte inzuppando nel piatto le maniche a pipistrello e blaterando di una nuova vita, nuove conoscenze, nuove stimolanti possibilità, mentre mia madre annuisce incondizionatamente come un pupazzo a molla, in attesa di potersi scatenare su argomenti di ben più frizzante interesse.

Io e mio padre mangiamo in silenzio, sguardo nel piatto e ritmo serrato d'inforchettamento e ingoio.

A tratti mia sorella, saldamente ancorata al braccio del suo principe pervinca, si volta verso di me e accenna un sorriso, rediviva Lady D sulla carrozza reale che concede udienza alla povera orfanella che sventola un mazzo di fiori.

Sarei felice di ricordare alla regal coppia che fino a un paio di mesi fa l'affare del secolo era una concessionaria d'auto di lusso e prima ci sono stati il franchising di elettrodomestici, il bed and breakfast e la pizza al taglio, ma non voglio guastare l'atmosfera di festa e comunque il balengo è il tipo che è troppo concentrato sulle cazzate del qui e ora per dare peso a quelle del passato.

Quando finalmente arrivano in tavola le paste, nel suo locale ancora non aperto sono già transitati Tiziano Ferro, Whitney Houston e Dj Francesco, mio padre ha continuato a non dire una parola e mia madre, dopo aver elogiato fino all'inverosimile l'intraprendenza imprenditoriale del genero, si rifiuta di aspettare oltre e attacca con la sua sacra triade di morti-malattie-nascite.

È il segno convenuto.

Mio padre riaccende la televisione, mio cognato si appiccica al telefono e io mi defilo sul divano attaccando la pila di riviste in cui mia madre affoga la noia dei suoi pomeriggi.

Ad ascoltarla resta solo mia sorella, annaspando nei

jeans diventati una tortura da Santa Inquisizione dopo il pranzo abbondante, lo sguardo annebbiato dai succhi gastrici e dalla preoccupazione per quelle misteriose, eterne telefonate del marito, l'ansia crescente di ritrovarsi da un momento all'altro come Anna Falchi, trascinata dal marito in un gorgo di debiti e frequentazioni poco chiare senza nemmeno aver goduto la favola di un matrimonio a Villa Feltrinelli con Gigi D'Alessio ospite d'onore. Con chi mio cognato intrattenga quelle lunghe concioni telefoniche domenicali è un mistero per tutti. Debitori inferociti? Amanti trascurate? Soci morosi? Arroccata nella sua adorazione indefessa, mia madre continua a cicalare garrula di malattie degenerative-parti travagliati-matrimoni malriusciti facendo finta di niente e obbligando così tutti noi a stendere un velo sulla doppia vita telefonica di Alberto Tralicci, il genero perfetto.

Insomma è venuto fuori che la povera Caterina, la figlia di Agnese te la ricordi? aveva una brutta malattia naturalmente incurabile che tutti avevano scambiato per scoliosi e proprio adesso che aveva trovato un buon lavoro e stava anche per sposarsi. E giù con le disgrazie della vita, le prove che il Signore ci manda e gl'infiniti osanna e alleluia che dovremmo alzare al cielo per la nostra buona salute. Che finché c'è la salute c'è tutto. E le bellezze della vita le apprezzi solo quando non puoi più goderne. E per fortuna che non ci sono solo brutte notizie ma sai che Francesca, la tua compagna delle elementari, quella che abita qui al ventitré, che quando eravate piccole giocavate sempre insieme, aspetta due gemelli?

Rieccoci

Più puntuale della morte c'è solo l'ossessione di mia madre per la riproduzione. Figlie ingrate che non dia mo figli a Dio e nipoti a una mamma e un papà che non vedono l'ora di passare le giornate a spingere altalene.

In quanto ormai maritata, mia sorella è l'obiettivo privilegiato delle sue recriminazioni. La vedo afflosciarsi definitivamente nel tigrato pervinca, strabordare nei jeans, lasciare che l'eccesso di trucco pateticamente alla moda con cui si è agghindata questa mattina sperando chissà, in un eccitante pomeriggio al Centro Commerciale, le si ingrigisca in faccia.

Mi fa quasi pena, ma qui è questione di *mors tua vita mea*.

Se paleso la mia presenza accorrendo in sua difesa rischio di venire travolta da un Parli tu che io te l'avevo detto che con quel Paolo non andavi da nessuna parte e infatti guardati hai buttato gli anni migliori appresso a uno che alla prima occasione si è infilato nel letto di un'altra pure un figlio ci ha fatto che io ve lo dico sempre che va bene essere donne moderne e lo so anch'io che c'è stata la rivoluzione femminista e la parità di diritti e le quote rosa e tutta quella roba lì ma alla fine i vecchi metodi di una volta sono quelli che funzionano se aspettate che sia un uomo a dirvi amore mio facciamo un bambino state fresche gli uomini sono cacciatori zingari puttanieri tocca a noi cambiarli inchiodarli alle loro responsabilità che poi son contenti anche loro che ci vuole a farsi mettere incinta da che mondo è mondo le donne fanno così per farsi sposare e infatti quella ti ha portato via il fidanzato da sotto il naso e tu sei rimasta sola come una scema.

Non posso affrontarlo. Non oggi.

Quindi taccio e sprofondo nella lettura di «Donna Moderna», lasciando mia sorella e il suo utero a cavarsela da soli.

L'attacco parte subito, mascherato di frivolezza tutta femminile, Certo due gemelli che fatica però quando crescono poi si fanno tanta compagnia, praticamente come non averli, giocano sempre insieme quelli di Francesca poi sono un maschietto e una femminuccia così ha fatto la coppietta e non ci pensa più. L'ho incontrata l'altro giorno all'Oviesse lei e la mamma che compravano le tutine per il corredino non sai che cose carine che c'erano.

Sui completini dell'Oviesse mia sorella è già alle corde. Non è mai stata brava a difendersi, del resto. Troppo compresa nel ruolo di prima figlia e prima della classe. Troppi anni di Le brave bambine non danno preoccupazioni alla mamma per poter sopportare di dare un dispiacere a chiunque. E adesso che vorrebbe ribellarsi e urlare e mandare sonoramente a quel paese mia madre, il balengo e la vita intera, non trova le parole. A mia madre, invece, le parole non mancano mai. E sono sempre le stesse, Tu e Alberto dovete cominciare a pensarci, guarda che il tempo passa in fretta e poi magari quando lo vuoi non arriva. Approfitta finché sto bene e posso darti una mano che non possiamo sapere cosa Dio ha in mente per noi domani.

Mi sforzo di non ascoltarla e la sua voce diventa un brusio di fondo, confuso con la televisione e i borbottii di Alberto al telefono e intanto macino servizi di moda e lettere al Direttore, consigli per una cena veloce ed economica e per una vita sessuale intensa e mai monotona, cercando di cancellare dalla memoria l'immagine di Paolo, Serena, la carrozzina, l'ombrello formato famiglia e io che cammino da sola sotto la pioggia come una paraplegica miracolata e a dire la verità ci sono quasi riuscita fino a quando arrivo alle lettere cubitali di MORGAN PRIVATO e sto già girando pagina convinta che quello di cui si sta parlando sia Morgan Freeman, pistola in pugno e ricetrasmittente a fior di labbra, pronto a dare la vita per salvare quella del presidente nell'ultimo colossal action thriller del momento, ma poi l'occhio mi cade sulla foto che accompagna l'articolo ed ecco Asia Argento accanto a un biondastro dai capelli medio lunghi che la didascalia identifica in Morgan-il-leader-dei-Bluvertigo e mi si ripresenta alla memoria il lungo monologo di una collega neoassunta con contratto a termine e dunque già rimpiazzata, Alessia mi pare si chiamasse, che di Morgan-il-leader-dei-Bluvertigo sapeva vita morte e miracoli, peggio di mia madre sull'albero genealogico di famiglia e, esattamente come mia madre, era ansiosa di comunicarlo a chiunque fosse disposto a darle un minimo di corda. E anche agli altri. Siccome lei stessa aveva velleità artistico cantautorali e suonava il basso o la chitarra o comunque uno strumento da vera rocker in un gruppo di impiegati statali e commessi di supermercato con un nome impronunciabile, si sentiva assolutamente titolata a pontificare su musicisti strumentisti accordi armonie timbri vocali e qualità dei testi, ponendo appunto i Bluvertigo a termine di paragone assoluto, scandalizzandosi perché non ne avevo mai neanche sentito parlare, obbligandomi ad ascoltare da cima a fondo il loro album d'esordio del quale non ricordo nemmeno il titolo, smaniando su quanto era affascinante, sexy, conturbante e incredibilmente intelligente, sensibile, post punk e new romantic il leader Morgan e portando a suffragio delle sue affermazioni diverse fotografie del suddetto sulle quali allora mi sentii di dire che Sì insomma forse lavorando di acetone struccante per occhi shampoo e bagnoschiuma qualcosa se ne poteva tirar fuori.

In questa foto, però, Morgan-il-leader-dei-Bluvertigo è già struccato, sobrio in camicia e giacca nera, sereno. Bacia Asia su una guancia, a occhi chiusi, come un fidanzato qualsiasi, un qualsiasi futuro papà. E lei si è addirittura concessa un vestito a fiori. Niente teschi, colate di sangue, sguardi truci, tatuaggi di angeli e diavoli ad ali spiegate, niente dichiarazioni tipo La chiameremo Vampiria, la vestiremo solo di nero e ascolterà fin da piccola i Beatles ma suonati al contrario. Leggendo più attentamente scopro che non c'è alcuna dichiarazione del genere perché la piccola è già nata. E da parecchio anche. La foto si riferisce al lontano duemilauno, l'age d'or della coppia. Da allora molta acqua è passata sotto i ponti, a giudicare dalle tre pagine di foto e aneddoti sulla vita sentimentale e artistica di Morgan-il-leader-dei-Bluvertigo, così scopro che non solo lui e Asia, ma anche i Bluvertigo si sono separati, Morgan ora canta da solista, Asia si è sposata e ha dato alla luce un secondo figlio, Morgan si è dichiarato disperato per la fine del loro amore e ha attraversato momenti buissimi tra cui un fortunatamente breve fidanzamento con Maddalena Corvaglia, Asia si è data una nuova allure da mamma e moglie in triplo giro di perle mentre lui si è concentrato sulla sua carriera e sulla sua musica per uscire dal periodo difficile, ha cambiato look, colore di capelli e di abiti un numero imprecisato di volte fino ad assestarsi su un taglio a ciuffo lungo grigio metallizzato.

Ed ecco la seconda foto che correda l'articolo, un primo piano in veste di giudice di *X Factor*, giacca nera con il primo bottone della manica slacciato, ciuffo rigido di lacca, il mento appoggiato sui pugni chiusi come i bambini, gli occhi un po' liquidi e lo sguardo profondamente triste o forse solo mortalmente annoiato, ma io mi convinco che sia triste, agganciato a un ricordo che non riesce a scacciare dalla mente, le sopracciglia corrucciate, la fronte segnata e, mentre lo guardo, mi prende a tradimento uno sfarfallare di tenerezza al fondo del palato, un languore di malinconia che mi stringe la gola.

Alla terza foto sono sua per sempre.

È al mare, seduto su un lettino. Fuori stagione, a giudicare dagli ombrelloni chiusi. Ha un panama buttato all'indietro sulla fronte, camicia grigia e pantaloni lunghi neri. Smanetta con un cellulare, forse guarda delle foto o forse sta impostando la nuova rubrica per sua madre che si tira a sedere sul lettino davanti al suo, l'abito bianco a fiori azzurri stretto sul corpo appesantito, i capelli corti, i movimenti rallentati dall'età. Accanto a lui c'è la sorella, con una bambina piccola in braccio e dall'altra parte, in piedi, la mano sulla spalla, quella che immagino sia sua figlia, una ragazzina con una lunga coda di capelli scuri, in bikini giallo e viso pixelato.

Morgan in versione Milano Marittima Andiamo con la nonna ci sono anche la zia e la cuginetta, gli spaghetti con le vongole il pesce alla griglia la frittura per i bambini Io voglio anche le patatine Però se prendi le patatine niente gelato Ma no che oggi è festa e stiamo tutti insieme il gelato te lo prende la nonna che non ti vede mai e mamma mia come ti sei fatta grande sei una signorina ormai perché non vai con la cuginetta sulla spiaggia le insegni a fare i castelli che noi vi vediamo da qui, e lui istintivamente a trattenerla la bambina, a usarla come scudo contro quelle domande impossibili che, già lo sa, sua madre ha in mente di fargli da quando sono arrivati quella mattina, il genere di domande che solo le madri hanno il coraggio di fare così, a secco, con quell'incipit già di per sé angosciante Sono preoccupata per te e poi via con una mitragliata al cuore di Sei felice? La senti Asia? Non pensi che magari facendo passare un po' di tempo, parlandone? Anche per il bene della bambina che la vedo tanto scombussolata, domande che addirittura lo psicanalista maneggia con cura, come mine pronte a esplodere se appena sfiorate, e allora le aggira, ci scava intorno Come si sente in questa sua nuova vita? Quali emozioni ha riconquistato? Quali piaceri riassapora? tutto girato in positivo, le madri no, le madri ci vanno dentro con tutto il coltello nella piaga, smascherano senza batter ciglio ogni tentativo di far finta di niente, minimizzare, mentire a se stessi, tu sei uno straccio, la bambina è scombussolata, io te l'avevo detto, senza pietà, ma davanti ai bambini di certe cose non si parla e allora Resta qui con papà fatti sbaciucchiare un po' lei non è una signorina lei è e sarà sempre la mia principessa.

Quella madre è mia madre.

Quello sguardo mortalmente triste è il mio sguardo ogni mattina nello specchio, è Paolo che se n'è andato a fare famiglia con un'altra, sono le mie aspirazioni professionali franate miseramente, la certezza di aver sbagliato e di continuare a sbagliare senza riuscire a capire dove e perché e come arginare la frana e rimettere la mia vita su un binario che non sia quello di Cassandra Crossing.

E mentre mia madre continua il suo Telethon in favore della procreazione, sento che gli occhi si fanno pesanti di lacrime e comincio a girare le pagine furiosamente, sbatto le palpebre e cerco di ritrovare un po' di contegno, ma è tutto inutile, come se si fosse aperta una diga comincio a piangere per Morgan-l'ex-leader-dei-Bluevertigo di cui non conosco nemmeno una canzone, per il suo e per il mio amore finiti male, per mia sorella infelicemente sposata e per la sua che tiene in braccio una bambina su una spiaggia di fine estate, per mia madre e le sue tristi lasagne, e la sua che non sa più da che parte prenderla la vita, per mio padre che ha dovuto rinunciare alle sue scampagnate domenicali e per il suo che ha scelto di rinunciare a tutto, per i ninnoli chiusi nella vetrinetta, per quella bambina in costume da bagno e per il balengo che passa le domeniche a casa dei suoceri a bisbigliare al telefono con chissà chi, per Paolo che mi ha lasciata e comunque anche quando stavamo insieme un bacio così non me l'ha mai dato e non si è mai nemmeno sognato di dirmi «Sposiamoci facciamo un bambino restiamo insieme tutta la vita», e al momento non me ne fregava niente ma adesso sì, adesso che Sposiamoci facciamo un bambino restiamo insieme tutta la vita l'ha detto a un'altra m'importa eccome, ma tanto ormai è inutile, tutto è inutile, la favola bella che ieri c'illuse oggi non m'illude nemmeno più e se non si riesce più a illudersi nemmeno un po', allora è davvero dura.

Mentre annaspo in quell'improvvisa valle di lacrime, mia madre si volta, mi vede e, aspettandosi sempre il peggio com'è nel suo stile, si tuffa su di me come un avvoltoio, Che ti succede amore della mamma, dimmelo che lo sai che la mamma è qui per te adesso come quando eri piccola, Fulvio Fulvio svegliati tua figlia piange e non so perché, hai dei problemi al lavoro ti hanno licenziata qualcuno ti dà fastidio, guarda che lo possiamo denunciare hanno fatto la legge, c'è il reato di stalking, andiamo dai Carabinieri, ti accompagna papà se vuoi e fai una bella denuncia poi vieni a stare qua da noi che qua non ti dà fastidio nessuno e io te l'ho sempre detto di stare attenta a chi frequenti, ma tu niente, ti fidi di tutti, fin da piccola eri così, chi ti faceva un sorriso tu lo seguivi ovunque e io avevo un bel chiamarti sgridarti, niente, non c'era niente da fare, ma che ti ha fatto questo mica ti ha picchiata o cose del genere, amore non piangere che non capisco che dici, nessuno ti dà fastidio e allora perché piangi, Fulvio aiutami anche tu cos'hai che non ci vuoi dire, qua siamo in famiglia ti vogliamo tutti bene.

Intorno a me si è fatta la folla.

Il balengo ha addirittura chiuso la sua telefonata. Mia sorella, improvvisamente non più agnello sacrificale delle ansie di nostra madre, stenta ad assimilare la perdita di status. Per trenta secondi l'evento ha su di lei l'effetto dell'acido ialuronico, le si distendono i tratti del viso, respira quanto più profondamente le permettono i jeans e rinasce in lei una flebile speranza per l'andamento di quel che resta del pomeriggio domenicale, ma dopo altri trenta secondi già comincia a rimpiangere il centro della scena, s'irrigidisce in un recupero in extremis nella parte della sorella maggiore che prende in mano la situazione.

Spedisce il marito a riempire il solito, inutile bicchier d'acqua, ordina a nostra madre di calmarsi, addirittura zittisce papà.

La situazione si fa ogni secondo più surreale.

Il mio prolungato silenzio e i reiterati singhiozzi convincono mia madre che nascondo qualcosa di assai più grave di uno stupido stalker. Una malattia. Forse un cancro. Anzi, sicuramente un cancro. Se non è il peggio deve per forza essere il peggio del peggio. Naturalmente lei se lo sentiva, l'aveva capito che non stavo bene, le mamme capiscono sempre. Era un po' che mi vedeva sciupata, dimagrita, angosciata ma non voleva chiedere niente per non fare la figura dell'impicciona che poi io da due parole in su comincio a urlare di farsi gli affari suoi e Una mamma passa tutta una vita a tirare su i figli e preoccuparsi per loro per poi sentirsi trattare così.

L'eccesso di protagonismo femminile intorno a questo divano rischia di trasformarsi in rissa.

Mia sorella dà ordini manco fosse il Duce, mia madre piange a dirotto, inconsolabile, coprendo con i suoi i miei singhiozzi, ormai notevolmente ridimensionati, in una rincorsa alla vittoria almeno di misura nella lotta per la superiorità idrica, gli uomini fanno a chi piscia più lungo o sputa più lontano, le donne a chi produce maggiori quantità di lacrime. Mia madre, naturalmente, vince senza riserve.

Mi ci vuole mezz'ora per convincere tutti che non ho il cancro. Mia madre stenta a crederci. Pretende delle prove, risultati di analisi, lastre diagnosi firmate da luminari. Il balengo ne approfitta per farsi un altro bicchiere di amaro, mio padre torna alla televisione borbottando qualcosa sulle donne in generale e su quelle della sua famiglia nello specifico, mia sorella si slaccia finalmente il bottone dei jeans.

«E allora perché piangevi?» esala con un sospiro liberatorio.

Già. Perché?

Mia madre mi punta addosso due occhi da falco e una spiegazione quale che sia la devo dare. Devo inventarmi qualcosa e in fretta, ma mettere insieme una palla credibile è uno sforzo superiore alle mie energie in questo momento, così inanello banalità da Baci Perugina, straparlando d'innocenza dell'amore, felicità mancate e solitudine cosmica.

Com'era prevedibile nessuno ci capisce niente.

Le cose più semplici sono le più difficili da spiegare, a meno che tu non sia Giacomo Leopardi.

Di tutto il mio strampalato discorso mia madre coglie l'essenziale, ovvero la parola *matrimonio* e a quella si aggrappa saldamente per risalire la mia deriva lacrimosa e convincermi che una donna arrivata alla tua età è naturale che senta il bisogno di sistemarsi, non c'è niente di cui vergognarsi e poi tu carina e intelligente come sei sai quanti ne trovi di bravi ragazzi che non aspettano altro certo però bisogna anche sapersi accontentare non si può pretendere bisogna guardare il buono e sorvolare su qualche difetto che poi tutti abbiamo i nostri difetti se stai sempre a dire che uno è brutto e quello è stupido e quell'altro non conosce Dante non vai da nessuna parte.

Il balengo interviene con la sua scoppiettante ilarità puntualizzando che lui Dante lo conosce, sta a via Cigna ed è il suo gommista.

Mia madre e mia sorella ridono in pilota automatico prima ancora che la battuta sia conclusa e io mi convinco che sono stata adottata e nessuno ha mai avuto il coraggio di confessarlo.

Questa non può essere la mia famiglia. Questa non può essere la mia vita.

Dovrei alzarmi e dire a tutti che sono terribilmente infelice e la mia esistenza è già abbastanza difficile anche senza i pranzi domenicali, la televisione sempre accesa, le settimanali tirate di mia madre su fiori d'arancio e corredini per neonato, il patetico scimmiottare del balengo. Ma poi perché? Dove mi porterebbe tutto quel roboante e presumibilmente lacrimoso sfoggio di profonde verità esistenziali? Il tempo delle vasche la domenica pomeriggio davanti alle vetrine chiuse di via Roma non può tornare e finirei solo per aumentare esponenzialmente le telefonate infrasettimanali di mia madre, le sue capatine a casa mia per vedere Come se la cava la mia *cita*, gli ami tirati a tradimento per agganciare le mie confidenze e avviare il genere di dialogo a cuore aperto che le sue riviste auspicano come fondamentale tra madri e figlie.

«E se sposassi Morgan?»

I miei si guardano perplessi. In venti secondi di denso silenzio si scambiano frenetiche occhiate chiedendosi se questo Morgan è mai stato citato come conoscente amico collega potenziale fidanzato. Mia madre è la prima a prendere la parola, con quel tono flautato e intriso di Valium che si usa con i matti.

«Morgan chi cara?»

Per tutta risposta le metto davanti la foto e aggiungo «Il-giudice-di *X Factor*» a mò di spiegazione.

«*It ses fola?*» mi chiede mio padre.

Il balengo fiuta il business e mi chiede se lo conosco personalmente, mentre mia sorella ritrova il mezzo tacco che è in lei e mi fa notare che le possibilità che io convoli a giuste nozze con Morgan sono più o meno le stesse di un mio fortuito incontro con il Principe Azzurro mentre sforno torte per i Sette Nani.

Ha ragione. Lo so che ha ragione.

Ma nel momento in cui l'ho detto ad alta voce e più ancora mentre tutti si affannano a riportarmi a più miti consigli, il progetto di una conoscenza che evolve in un rapporto di un qualche genere sentimentale con quello che fino a pochi minuti fa era per me uno sconosciuto prende forma, allarga orizzonti di esaltanti capovolgimenti esistenziali, risveglia ambizioni dimenticate, felicità perdute e il lato oscuro della Forza s'impossessa di me.

Alberto può intrattenerci per ore sulla sua scalata ai vertici del divertimento notturno quando tutti noi sappiamo benissimo che la cosa si risolverà in un paio di mesi di quotidiano sfoglio degli annunci immobiliari, frenetiche telefonate in cerca di potenziali soci e definitivo abbandono del progetto in favore di un investimento più brillante e io non posso desiderare di avvicinare Morgan-il-giudice-di-*X Factor*? Qual è la differenza?

«*Chiel lì a l'è 'n balengo*» sussurra mio padre con logica stringente. E intanto mi guarda deluso, come se l'avessi lasciato solo sul campo di battaglia davanti al nemico in forze, disertando il comune ideale. Touchè papà. Mi dispiace. Lo so che avevi sperato che dopo tanti anni di caviglie gonfie e impacchi con il ghiaccio e Guarda dove metti i piedi avessi finalmente sposato la tua teoria dei piccoli passi mai più lunghi della gamba, testa sulle spalle, spalle dritte e poche fantasie. Mi dispiace, ma alla fine inciampo sempre. Anche se cammino piano piano, concentrandomi su ogni passo. Anzi, quando faccio così cado di più.

«Ma Morgan è il suo vero nome?» chiede mia madre scorrendo in lettura veloce l'articolo che evidentemente le era sfuggito.

Più che lo stupor poté l'onomastica. Non la sconvolge tanto la mia dichiarazione di volermi eventualmente accasare con un cantante che ho visto in foto su «Donna Moderna», quanto il fatto che non conosca nessun santo, nemmeno di recentissima proclamazione, che si chiami così. E avere il nome di un santo, per mia madre, è il primo passo verso una civile, serena, pia esistenza.

Mia sorella si è beccata Maria. La Santa Vergine. Un classico intramontabile.

A me è andata leggermente peggio.

Nella sua cieca devozione coniugale la mia genitrice si è trascinata, all'ottavo mese di gravidanza e con Maria treenne recalcitrante al seguito, in una scalata domenicale per inginocchiarsi davanti al Santuario della Nostra Signora del Rocciamelone. Nell'ansia di potermi anch'io raccogliere in preghiera e abbuffare di panini con la frittata devo aver deciso di anticipare la mia nascita, evitando per un pelo l'eventualità di chiamarmi Rocciamelone. Mentre scendeva in preda alle doglie, con l'unico conforto di mio padre che le ripeteva *Fa nen sto cine che soma rivà*, mia madre non poteva far altro che pregare raccomandando la sua anima e quella del nascituro a tutti i santi.

E, a quanto pare, quella che più le è stata vicina in quei tragici momenti, quella che arrivava alle sue labbra a ogni contrazione, è stata Consolata.

Posso assicurare senza paura di essere smentita che chiamarsi Consolata non è il presupposto per una vita serena. Forse pia. Ma non serena. Consolata Bogetto sfiora veramente il dramma. Da quando è arrivata alla ribalta della comicità la Sconsi poi, sono io che non so più a che santo votarmi.

Appurato comunque che il padre della nipotina di Dario Argento nasce Marco Castoldi, mia madre ritrova quel minimo di equilibrio emotivo per attaccare quella che immagino sarà una preoccupata filippica sul mio stato mentale, ma a quel punto io chiudo la rivista e la faccenda con un laconico «Dicevo tanto per dire e comunque è tardi, devo andare» e mi do alla fuga.

Quando esco dalla casa dei miei è già buio e, anche se ha smesso di piovere, nella migliore tradizione delle domeniche torinesi non c'è in giro un'anima.

Respiro a fondo e ho come l'impressione di essere stata in apnea fino a ora. Cosa mi è preso? Non ho Saturno contro, niente ciclo in vista e comunque sono sempre stata una persona tutto sommato ragionevole, anche nei peggiori momenti di sconquasso ormonale. Tutta colpa di Paolo e di quel suo ridicolo ombrello. E, mentre le mie cellule neuronali si danno da fare per visualizzare lo stupido oggetto allo scopo di farmi fare una sana risata liberatoria, comincia a piovere.

È davvero questo che mi manca? Un ombrello? Un rifugio caldo nelle notti di tempesta? Un camino acceso e Ciao amore la cena è sul fuoco i bambini hanno già mangiato ho affittato quel film che volevi tanto vedere?

Checché se ne dica è il genere di cose che, prima o poi, manca a tutti. Soprattutto a chi è cresciuto con dosi massicce e incontrollate di *Happy Days*, *Famiglia Bradford*, *Casa Keaton* e *I Robinson*, e hai voglia poi a piantarti stecchini negli occhi e infliggerti la filmografia completa di Bergman, quell'immagine patinata e profumata di biscotti della famiglia americana che il sabato sera si accalca sul divano con una vasca di pop corn per guardare tutti insieme i filmini delle estati precedenti ti rimane dentro. Per quanto ti ostini a ripeterti che sono cose che si vedono solo nei film, alla fine, volente o nolente, ci provi. Parcheggi la macchina nei sotterranei di Ikea, sali verso la zona esposizione occhi negli occhi e alla svolta del terzo salotto ti ritrovi a desiderare terribilmente tutto ciò che è in fantasia a fiori. Succede a tutti prima o poi, e io non faccio eccezione, non fosse che per Paolo non era accettabile nulla che non fosse in tinta unita preferibilmente scura.

Eppure Marco Castoldi, in arte Morgan, su un divano a fiori non ce lo vedo. Nemmeno a cucinare il sugo mentre i bambini si rincorrono vestiti da pirati, a dire la verità. Non è il tipo da ombrello, Morgan. Lui nelle notti di tempesta esce sotto la pioggia a cercare ispirazione e buscarsi una polmonite che ne esalti le occhiaie e la figura emaciata. Dubito abbia mai messo piede da Ikea. E sono abbastanza sicura che la famiglia Argento non organizza pranzi di coercizione domenicale per figli e nipoti.

Abbasso la testa, avanzo nella pioggia e nel buio come un piccolo soldato coraggioso e mi fulmina l'immagine di Morgan che, in giacca da *Star Trek*, cravattino anarchico e capelli bianchi, si presenta a conoscere la mia famiglia e comincio a ridere da sola in modo così sgangherato, cercando di reprimermi per l'imbarazzo e allo stesso tempo desiderando ardentemente che un inesistente passante mi fermi per chiedermi di cosa sto ridendo e poterlo raccontare, che mi dimentico della pioggia, delle scivolosissime foglie bagnate, del marciapiede sconnesso, delle infide pozzanghere e dopo due meravigliosi minuti di folle allegria rovino faccia a terra urlando di dolore.

Arrivo a casa come un reduce dalla campagna di Russia.

Bagnata fino al midollo, zoppicante e oppressa dalla disfatta.

Mi siedo sul divano e lentissimamente comincio a sfilare le scarpe, stando ben attenta a tenere la caviglia immobile quando già so bene per pregressa esperienza che nonostante tutto si muoverà, un millimetro, due, ma comunque quel tanto che basta per soffrire come un cane. Stritolo un cuscino e cerco di respirare come le partorienti nei film, aspettando che passi. Per fortuna il bilocale più bagno e cucinino che avevo affittato con Paolo e che nella separazione dei beni è rimasto a me è poco più di una monocamera con dei tramezzi e mi bastano cinque saltelli in equilibrio instabile per raggiungere il bagno.

Entrare nella vasca su un piede solo è un esercizio da fenicotteri che di certo non giova alla visione del mio corpo riflesso nello specchio. Già la competizione con Asia sarebbe dura, vista così è decisamente impossibile. Come se fosse solo quello il problema. Anche posto che la teoria dei sei gradi di separazione sia vera, in questo caso si moltiplica almeno a seimila. Mi lascio scivolare nell'acqua e gli orizzonti di esaltanti capovolgimenti esistenziali scompaiono, sostituiti da una limitata visione della nuda realtà.

Ho trentasette anni, una madre logorroica, un padre depresso, una sorella instabile, un ex fidanzato che gira per la città con ombrelli formato famiglia e comincio a sviluppare un'insana passione per uomini truccati, meglio se musicisti giudici di talent show.

Andando avanti di questo passo finirò come mia nonna che era convinta d'aver incontrato Ylenia Carrisi in coda alla cassa del Pam.

# 2

La chiusura dei negozi il lunedì mattina non esiste più.

Non chiudono nemmeno la domenica. Nemmeno a ferragosto.

Le passeggiate davanti alle vetrine sbarrate di via Roma sono roba d'altri tempi, il genere di racconti di fronte ai quali i giovani d'oggi sgranano gli occhi come se gli avessi detto che quand'eri giovane tu si viveva nelle caverne mangiando carne di brontosauro.

La libreria dove lavoro resta aperta anche in caso di lutto nazionale, passaggio del ciclone Katrina o caduta di asteroidi. È accaduto che ambulanze in cerca di un Pronto Soccorso attivo la notte di capodanno finissero da noi. Con questo non voglio lamentarmi. Fare la commessa in un ipermercato dell'editoria è sempre stato il mio sogno. Appena un gradino sotto quello di cantare alla Scala, ballare al Bolscioi e declamare Racine alla Comédie Française. Quindi posso dire di essere una donna realizzata. Anche lanciata in una discreta carriera, visto che sono appena stata promossa dal settore Hobby e Turismo a Gola e Cucina. Andando avanti di questo passo in dieci anni approderò a Scienza e Salute. Un notevole risultato vista la laurea in Lettere ottenuta a pieni voti e con dignità di stampa. Peccato che la mia tesi non l'abbia mai voluta stampare nessuno e le mie vaghe aspirazioni intellettuali siano approdate a nulla. Nessuna risposta ai curricula inviati alle case editrici, molti stages non pagati in agenzie di stampa-agenzie pubblicitarie-agenzie di organizzazione di eventi, il tutto condito da innumerevoli tentativi di scrivere un romanzo, un saggio, un vademecum per affrontare la vita da disoccupata, un compendio anche solo le istruzioni per un elettrodomestico arenatisi dopo le prime tre pagine mi hanno portata a essere quella che sono.

Una commessa.

Per fortuna c'è Orso.

Il mio primo giorno da entusiasta novellina neolaureata e neoassunta, pronta ad affrontare stoicamente gli orari e lo stipendio da minatore inglese di fine Ottocento del mio primo contratto a termine, convinta di trovarmi comunque nel centro pulsante della cultura del paese, generosamente disposta a divulgare il mio sapere di cinque anni di studi universitari sotto forma di circostanziati consigli di lettura per grandi e piccini, Orso è marciato verso di me con un gran sorriso e mi ha ordinato di spolverare volumi e scaffali del reparto Maternità e Puericultura. Per poi passare a quelli del reparto Bambini, facendo particolarmente attenzione alle gomme da masticare attaccate alle copertine, ai pop up divelti e agli album da colorare già colorati.

Da quel momento e per le quattro settimane successive l'ho odiato. Nelle vesti di mio capo mi ha affidato tutti i compiti più infimi, non ultimo quello di sistemare negli espositori in perfetta gradazione cromatica 1.200 segnalibri in carta di riso. Ancora oggi quando passo davanti a quell'espositore ho un mancamento. Per quattro settimane ho almanaccato ferocemente sulla sua vita di squallido commesso frustrato, certamente impotente e comunque regolarmente abbandonato da compagne occhialute e dal culo basso, residui ingialliti d'invenduto sentimentale che, dopo un primo momento d'euforia per aver trovato qualcuno che se le filava, recuperato un po' d'orgoglio e d'amor proprio, dopo averlo costretto a mettersi a dieta, fare sport, riporre nel cassetto i suoi amati pile, lo lasciavano perché Mi ami troppo e io non sono pronta a gestire questo tipo di rapporto.

Allora mi sentivo ancora molto superiore a tutto questo e soprattutto a certe meschine tarantelle pseudo amorose.

Erano tempi in cui l'idea di singhiozzare la domenica dopo pranzo a casa di mia madre sulle foto di Morgan-il-giudice-di-*X Factor* nemmeno mi sfiorava, convinta com'ero di stringere tra le mani l'amore perfetto, di fare parte di una coppia perfetta nella quale un uomo e una donna d'indiscusso ancorché sconosciuto talento si sarebbero amati, aiutati, intellettualmente nutriti a vicenda fino a che il successo non li avesse coronati entrambi in perfetta sincronia. Come Sartre e Simone de Beauvoir. Jonathan Safran Foer e Nicole Krauss. Gigi D'Alessio e Anna Tatangelo.

Erano tempi in cui le scaffalature del nostro bilocale ai bordi di periferia tremavano sotto il peso dell'ambizione, il divano ci accoglieva durante lunghe discussioni sulla natura della visione cinematografica, il ruolo del lettore nella fruizione di un personaggio, la superiorità del comico sul tragico. A guardarla retrospettivamente era sospetto lo scarso uso a scopi sessuali del letto in puro pino svedese laccato bianco, ma allora il fervore intellettuale mascherava alla perfezione l'assenza di quello carnale. Erano tempi in cui pregustavo la faccia dei miei colleghi quando un giorno mi avrebbero vista tornare in libreria attorniata da un codazzo di entusiasti sostenitori per autografare le copie del mio ultimo romanzo, già un bestseller in classifica tra i libri più venduti da dieci settimane, tradotto in venticinque paesi, tra cui l'Angola, e in via di trasposizione cinematografica. Erano tempi in cui con i piedi per terra ci stavo giusto lo stretto necessario per non inciampare e il resto era anticipazione in Technicolor e Dolby Surround di una vita che non è mai tardi di quelle che non dormi mai e vedrai che vita vedrai. Erano tempi in cui tutto era possibile e l'idea che al Tutto si sarebbe sostituito il Niente che sempre l'accompagna nemmeno mi sfiorava.

Ogni sera, per le prime quattro settimane del mio nuovo lavoro, mi sono lamentata, autocommiserata, infervorata con Paolo il quale alla fine, stremato, mi ha detto quello che già sapevo, ovvero «Affrontalo o taci per sempre».

Solo che io ad affrontare le situazioni non sono mai stata granché capace. Tacere per sempre si adatta di più alla mia natura. Visto l'imprinting della mia lacrimosa presa di posizione sulla gestione delle mie domeniche adolescenziali non c'era d'aspettarsi molto di meglio.

Ma a ventisette anni si è ancora convinti che tutto può cambiare, comprese le proprie imbarazzanti inclinazioni caratteriali, quindi il lunedì successivo, a passi lenti e con il respiro corto, mi sono presentata da Orso in pausa pranzo. Gli ho chiesto se potevo offrirgli un caffè. Ho ripetuto mentalmente strada facendo il lungo e circostanziato discorso dai toni pacati e non privo di interessanti citazioni letterarie che tenevo in caldo già da giorni, limandolo e perfezionandolo ogni sera prima di addormentarmi. Ci siamo seduti, l'ho guardato negli occhi e appena ho aperto bocca è successo quello che doveva succedere.

Mi sono messa a piangere.

Come una scema. Singhiozzando. Praticamente chiedendo pietà. Implorandolo di non farmi più sistemare i segnalibri. Balbettando che, senza nulla togliere alle importanti mansioni che lui riteneva adatte a me, io mi sarei sentita più utile nel reparto Letteratura. Anche grazie alla mia sostanzialmente inutile, ma comunque interessante tesi di laurea sul rapporto tra Proust e la medicina.

A quel punto Orso mi ha guardata seriamente negli occhi. Mi ha preso la mano. Per un attimo di esaltante panico ho pensato che volesse dirmi che mi aveva amata dal primo momento in cui avevo messo piede in libreria, e mentalmente ho cercato di mettere insieme una risposta che suonasse affettuosa e non troppo castrante, una cosa tipo Sei una persona meravigliosa ma purtroppo sono già impegnata se vuoi possiamo essere amici, invece se n'è uscito con un «Tu in quella libreria ci invecchierai insieme a me. Lo sai, vero?» Sono rimasta così, con una mano nella sua, gli occhi sgranati di meraviglia come i bambini in visita al Jurassic Park, ancora indecisa se quella fosse una strana dichiarazione d'amore o il delirio di un pazzo. Sapevo vagamente che Orso aveva una laurea in Scienze Politiche e svariati anni da ricercatore culminati in una bocciatura all'esame di dottorato dai contorni alquanto nebulosi. Non mi ero mai chiesta come fosse finito a fare il commesso in quella libreria e quali e quante ambizioni avesse abbandonato sull'altare del nostro magro stipendio. Avrei voluto chiederglielo in quel momento, ma come se niente fosse, ha mollato la mia mano, si è alzato e ha dichiarato che era tardi, il nostro tempo per la pausa pranzo era finito da un pezzo e «Muoviti che c'è tutto il rifornimento Einaudi da scaricare».

Quella notte non ho dormito.

All'incirca fino alle due del mattino ho rielaborato, limato e perfezionato un altro lungo discorso di vibrante orgoglio intellettuale e personale, malcelato disprezzo per la resa alla vita firmata dai colleghi insieme al contratto a tempo indeterminato, appassionata difesa dei miei progetti e delle mie potenzialità.

Alle tre meno dieci, acciambellata sul divano nel salotto gelido, analizzavo realisticamente i miei progetti per il futuro che si riducevano a una vaga proposta di collaborazione del professor Prudenzi, relatore della mia tesi, per una ricerca bibliografica volta alla compilazione di un «Dizionario proustiano» e il tiepido interesse espresso da una piccola casa editrice specializzata in testi di veterinaria per un'eventuale impiego come traduttrice. Alle cinque, stremata, ho svegliato Paolo supplicandolo di dirmi che Andrà tutto bene e, quando alle sette è suonata la sveglia, ho deciso di derubricare quell'orribile nottata come semplice indigestione al pandoro e Nutella della sera prima.

Anche dopo aver vomitato il pandoro, però, una vocina nascosta nel fondo dello stomaco continuava a ripetermi che sarebbe andata esattamente come Orso aveva predetto e più le ordinavo di stare zitta, più l'abboffavo di speranze-slanci-opportunità di cambiamento, più quella diventava petulante e fastidiosa, come una vecchia zia zitella che non vede l'ora di affossarti con il suo Io te l'avevo detto quando le annunci che tuo marito è scappato con una ballerina di tip tap.

Da quel giorno sono diventata la migliore amica di Orso.

Del resto era destino che un uomo costretto a scontare vita natural durante l'innamoramento materno per Orso Maria Guerrini e una donna segnata indelebilmente dalla delirante fede della sua genitrice finissero per legare.

A onor del vero devo ammettere che, senza nulla togliere al mio dramma, il suo è peggiore.

Perché a dispetto del suo nome, Orso stenta a raggiungere il metro e settanta, calza un 40 di piede e la sua taglia oscilla tra la small e la extrasmall. Evidentemente, nonostante le sue roboanti aspettative sentimentali, il massimo che la madre era riuscita a impalmare era un emulo di Renato Rascel.

Non appena metto piede in libreria vedo Orso avanzare verso di me con il suo passo dinoccolato da scheletro leggero e capisco immediatamente che nella sua vita è successo qualcosa.

Qualcosa di sensazionale a giudicare dall'arancione catarifrangente del pile che indossa, segno inequivocabile di felicità e ottimismo, a differenza dei blu neri marroni o grigi che sceglie abitualmente. Perché Orso veste solo pile.

Lana e derivati, cachemire compreso, gli procurano fastidiose irritazioni, le felpe sono roba da rapper quindicenni e le giacche buone per i bancari e i professori.

Il pile è il suo tessuto.

Leggero, caldo, comodo, economico, si asciuga in un attimo e non ha bisogno di essere stirato. Gli armadi del suo monolocale piano terra in quartiere Vanchiglia traboccano di pile di ogni foggia e colore, leggeri e pesanti, in tinta unita o in agghiaccianti geometrie psichedeliche simil Missoni. Sono in pile anche le coperte del letto, le pantofolone con lo stemma del Torino, le sciarpe, i guanti e i cappelli. Il fatto che sia orribile alla vista e agghiacciante al tatto non lo sfiora. Fosse per lui lo indosserebbe anche come costume da bagno.

L'arancione catarifrangente di questa mattina sospetto l'abbia vinto con una raccolta punti della Esso del '98.

«Sembri uno di quei pensionati che fanno attraversare la strada ai bambini davanti alle scuole» gli dico appena me lo trovo davanti. Ma evidentemente un'aura di catarifrangente felicità lo protegge dalla mia salace ironia, perché continua a sorridermi come un miracolato di Lourdes che ha finalmente ritrovato la vista e «Ho trovato la donna della mia vita» mi risponde.

La notizia mi arriva come una secchiata d'acqua fredda in faccia. Non è possibile. Non è giusto. Non voglio. Nello spazio di pochi secondi vedo crollare la Grande Muraglia della nostra fratellanza, niente più cinema il mercoledì, niente più confidenze notturne, dibattiti e salsicce alla Festa dell'Unità, pause pranzo a sparlare dei colleghi, Orso ti prego vieni Paolo mi ha lasciata ho perso il portafoglio mi si è rotta la chiave nella serratura ho il bagno allagato e non so cosa fare e tutti a dire che sembriamo proprio Harry e Sally e Prima o poi finirete per mettervi insieme proprio come loro e qualche volta a onor del vero ci abbiamo anche pensato, io almeno, e il primo capodanno del dopo Paolo ci abbiamo provato, avevamo bevuto tutto il reparto alcolici della deprimente festa alla quale mi aveva trascinata per non soccombere alla disperazione e tirare la mezzanotte senza addormentarci e alla fine ci siamo baciati e per un attimo eravamo davvero Harry e Sally e nella folle lucidità dell'alcol mi è sembrata la cosa giusta, la soluzione perfetta, ma un amore che è una soluzione è già sbagliato in partenza e quella era solo l'esaltazione di un Sudoku livello difficile finalmente riuscito dopo ore di tentativi, non era l'inizio di un amore e la prova del nove è stato l'imbarazzante seguito che avrebbe dovuto essere furiosamente passionale e invece si è risolto in un nulla di fatto e la mia prima impressione che fosse impotente si è consolidata ma Anno nuovo vita nuova e Non è successo niente amici come prima ci abbiamo provato.

Sapevo sarebbe successo.

Doveva succedere prima o poi e, in qualità di sua migliore amica, dovrei anche essere pazzamente felice per lui, ma riesco solo a pensare Brutta stronza chiunque tu sia non ti permetterò di portarmelo via.

Un distillato di gelosia purissima mi attraversa le vene, costringendomi mio malgrado a fare qualcosa per riequilibrare la situazione, rimettermi al centro dei suoi pensieri e soprattutto scansare la fastidiosa posizione di «Vedrai Consolata che anche tu un giorno, quando meno te l'aspetti».

«Anch'io» butto là.

E quelle due parole mi escono di bocca incontrollate, senza il peso delle conseguenti necessarie spiegazioni che si portano dietro.

Non se l'aspettava. Era pronto a rispondere a una raffica di No ma dai-ma chi-ma dove-ma come-ma davvero, e come si chiama. Sentirsi dire che anch'io ho tra le mani un possibile Grande Amore l'ha spiazzato. Perché giocoforza tocca a lui chiedermi No ma dai-ma chi-ma come-ma davvero, e come si chiama e questo lo costringe a mettere in secondo piano la dettagliata descrizione della sua bella che teneva in caldo dall'alba.

«Prima tu» gli sorrido fintamente magnanima, in verità prendendo tempo per organizzare un seguito credibile alla mia dichiarazione. In un nanosecondo si scatena la furia del Vajont, Si chiama Elisa, ha 28 anni, due occhi verdi da gatta che non riesci a smettere di guardarla, un viso da Madonna del Cinquecento fa l'assistente sociale... tipo che lavora con i bambini rom con i minorenni a rischio con i ragazzini immigrati da zone di guerra, Un lavoro pazzesco, mi ha raccontato delle cose da accapponare la pelle, è un'amica di Olga, quella collega che è andata via pochi mesi dopo che eri arrivata tu, sai ogni tanto ci vediamo ancora, lei adesso lavora con il marito, hanno comprato un po' di terra in campagna, fanno cose biologiche biscotti salse marmellate cose così e insomma ieri mi hanno invitato a passare la giornata da loro per raccogliere le castagne e c'era Lei.

«Che pile avevi?» gli chiedo a bruciapelo.

«Io quello verdone e lei uno blu» risponde soddisfatto.

Ed è lampante che non c'è speranza.

Il fatto che entrambi coltivino un'insana passione per Sandor Marai, frequentino da anni la stessa pizzeria senza essersi mai incontrati e volessero vedere lo stesso film quando Orso ha proposto di continuare la giornata in città, tutte queste non sono che banali coincidenze di fronte a quella comunanza di amorosi pile.

Quando accenno alla possibilità che il cinema sia diventato una cena e la cena un incontro ravvicinato del primo tipo nel suo monolocale, Orso mi guarda come mia madre quando oso mettere in dubbio la specchiata verginità della Madonna e cambia argomento tuffandosi sulla mia precedente dichiarazione.

«Dimmi di te piuttosto. Chi è questo che hai incontrato? Pensavo avessi detto che passavi la domenica da tua madre.»

«Infatti. L'ho conosciuto lì» replico già pentita di

aver messo in piazza l'argomento. Perché naturalmente nel frattempo non mi è venuto in mente assolutamente niente di sensato da far seguire a quell'Anch'io.

Orso mi guarda sinceramente incuriosito. Avendo per sua espressa richiesta partecipato a uno dei pranzi domenicali di mia madre, stenta a capire come la rappresentanza maschile potesse andare oltre mio padre e il balengo.

«Non l'ho proprio conosciuto» chiarisco. «Cioè, lo conoscevo già. Di nome. Però tanto è una cosa assurda, non è nemmeno il caso di parlarne.»

Errare è umano, perseverare è diabolico, e io sono la figlia di Satana. Non mi è bastato dover farfugliare spiegazioni ai miei familiari, mi sono andata a impelagare pure con Orso che adesso, giustamente, non molla l'osso. «Chi è? Spiegati meglio. Un parente-un cugino-il figlio di un amico dei tuoi?»

«Morgan» esalo «Morgan-l'ex-leader-dei-Bluvertigo-il-giudice-di-*X Factor*-l'ex-marito-di-Asia-Argento. Potrebbe essere l'uomo della mia vita.»

Orso è un uomo che non si fa prendere dal panico. Ha gestito tumulti di ragazzini preadolescenti che per accaparrarsi una copia dell'ultimo *Harry Potter* erano pronti a camminare sulla schiena del migliore amico. Ha fatto fronte a orde di mariti mogli figli parenti e amici in cerca del Regalo Perfetto alle 20 e 31 del 24 dicembre. Ha smascherato ladruncoli e guastatori di ogni specie. Ha scovato il titolo di un romanzo di cui una signora aveva sentito parlare al *Maurizio Costanzo Show* basandosi sul solo colore dei capelli dell'autore. Il fatto che io gli dica di essere innamorata di Morgan lo sconvolge quanto una zanzara a luglio.

Senza proferir parola si allontana e dopo meno di due minuti torna sbattendomi in faccia la copertina di un libricino 15×15, edizioni Bompiani, pescato nel settore Musica e Dvd dove in marsina rosa e bianca e capelli grigi sconvolti ad arte suona il clavicembalo in posa plastica e sguardo all'obiettivo.

«QUESTO Morgan?» mi chiede con il tono di un padre che ha appena beccato la figlia a sbaciucchiarsi con un avanzo di galera.

In effetti. Non in uno dei suoi momenti migliori.

«Anche tu non sei un granché in foto» butto là con un sorriso. Orso non sembra apprezzare il mio tentativo d'ironia.

Apre il libro a caso e declama atono *Forse siamo usciti dall'ondata psichedelica E ammetto che è stato divertente Pensate invece sia noioso L'eccesso di autobiografismo? Ecco cosa faccio adesso, qualcosa di strano Ecco cosa faccio adesso, saluto un estraneo.*

Convengo che così, a una prima, superficiale lettura, non siano il massimo. Del resto i testi delle canzoni declamati a freddo, senza musica, tendono sempre a essere un po' ridicoli.

«Windsurf windsurf veleggia e va' portami lontano da questa rumorosa città non è poi molto meglio, se ci pensi» ribatto colpendo là dove Battisti fa più male.

Orso soprassiede la profanazione del suo indiscusso idolo musicale e mi mette in mano il libercolo.

«Leggi e cerca di tornare in te» conclude scuotendo la testa come un maestro al limite della pazienza con la sua alunna preferita che potrebbe fare meglio, ma non s'impegna e sbaglia per l'ennesima volta sempre lo stesso congiuntivo.

Certamente avrei potuto fare di meglio.

Contare fino a dieci prima di aprire bocca, per esempio.

Tenere duro con la carriera da ricercatrice invece di

imbottigliarmi in quella da commessa. Capire prima che la mia storia con Paolo avrebbe fatto la fine del *Titanic* e io non avrei trovato posto sulle scialuppe. Lanciarmi nei nuovi media come la mia compagna d'università Barbara Offida, che adesso ha una sua agenzia di web designers e gira in tailleur e tacchi a spillo sentendosi molto Demi Moore in quel brutto film in cui infila le mani nei pantaloni di Michael Douglas, promettendogli un avanzamento di carriera. Andare all'estero e aspettare che richiamassero il mio cervello in patria con un volo business prepagato. Impegnarmi seriamente in qualcosa, anche solo una dieta, senza rimandare tutto a domani pensando che ci sarebbe sempre stato tempo e modo di dire e fare.

Invece, il tempo è passato e il modo non l'ho trovato e se non la smetto con quest'autocommiserazione narcisistica finisce che passo il resto della pausa pranzo chiusa in bagno a sciacquarmi la faccia con l'acqua fredda per poi sfregare il mascara colato con la carta igienica, diventare rossa a chiazze un'altra volta e ricominciare con l'acqua fredda.

In fin dei conti ho ancora un sacco di vita davanti.

La parte con più rughe-smagliature-cellulite e meno ovuli fecondi, siamo d'accordo, ma è pur sempre un bel pezzo. Sono ancora in tempo praticamente per qualsiasi cosa, a parte forse le minigonne con i leggins e certe magliette sopra l'ombelico.

Un po' di ottimismo, insomma.

Faccio un bel respiro. Qualunque sia la strana congiunzione astrale che mi riduce in questo stato, posso farcela. Posso vincerla. E mentre recupero dalla borsa una spazzola, un mozzicone di matita, forse non da trucco, ma comunque nera, e un minimascara ricevuto in regalo acquistando una crema idratante al mango e cocco, quasi quasi mi scappa un Perché io valgo.

Indosso mutande e reggiseno candidi e coordinati, sono pronta per un massaggio cardiaco senza veli, mi basta un colpo di spazzola e posso andare incontro alla vita.

Sorrido fiduciosa alla mia faccia nello specchio. Addirittura tento uno sguardo obliquo, da pericolosa seduttrice, una mezza giravolta da *catwalk* e mi casca a terra la borsa con tutto il suo contenuto. Tipico.

Mentre mi chino per raccogliere il campionario da sfollata che mi porto in spalla quotidianamente, l'occhio mi cade sulla pagina aperta a caso dal destino del libricino di Morgan e leggo *Quando due s'incontrano per caso in corridoio E per almeno tre giorni si pensano reciprocamente. Quando due, prima di avvicinarsi, fanno il giro delle persone che entrambi conoscono. Quando due pretendono di cancellarsi dalla mente, a forza, ma la vicendevolezza non lo permette. Quando due desiderano reincontrarsi.*

Già sento che mi sta venendo da piangere e il minimascara in regalo acquistando una crema idrante al mango e cocco non è waterproof, ne sono certa. Comincio a preoccuparmi seriamente. Okay, magari ho voglia d'innamorarmi. Magari, come sostiene mia madre, il mio desiderio inconscio è addirittura sposarmi. Mettiamoci anche che attraverso un'età critica. Ma tutto questo non giustifica che stia qui a stringermi a un libro come fosse una persona, soprattutto se la persona è un musicista dal look improbabile del quale in realtà non conosco nemmeno una canzone.

E la cosa più imbarazzante di tutte, l'impossibile a dirsi, è che nella mia follia sono convinta che lui saprebbe capirmi. Si siederebbe accanto a me in questo bagno, la schiena contro il muro e saprebbe trovare le parole giuste. Non avrebbe paura di essere retorico, banale o ridicolo come Paolo, che prima di parlare soppesava ogni sillaba, circostanziando ogni parola, contestualizzando ogni riferimento, minimizzando ogni presa di posizione e in definitiva non dicendo niente per paura di dire troppo o dire male. Quest'uomo in marsina rosa e capelli grigi dritti in testa che finge di suonare un clavicembalo non ha paura di essere ridicolo.

E chi non ha paura di essere ridicolo non ha paura di niente.

Un quarto d'ora dopo esco finalmente dal bagno ridotta come se avessi sostenuto e perso un incontro con Mike Tyson e ho giusto il tempo per arraffare un tramezzino stantio al bar all'angolo. Convinta che il mio profondo turbamento non possa non turbare chi dovesse incrociare la mia faccia devastata da rimasugli di minimascara, dribblo a testa bassa un crocicchio di colleghi infiammati da un'accesa discussione sui turni natalizi, i quali naturalmente non si accorgono nemmeno del mio passaggio, e raggiungo l'uscita giusto in tempo per incocciare in Orso ed Elisa di ritorno da un Che ne dici se mangiamo una cosa insieme domani?, tra l'altro il mio ufficio sta a due passi dalla libreria.

È evidente al primo sguardo che io e questa Elisa legheremo quanto l'acqua e l'olio. E non solo perché è la quasi-fidanzata del mio migliore amico. Che comunque, già di per sé, è un bell'ostacolo. Il vero problema è che lei appartiene a quell'1% scarso di popolazione femminile che il restante 99% abbondante di cui faccio parte vorrebbe annientare. Parlandone da morta la troverei adorabile. In quanto essere vivente e respirante è peggio del ragazzino del terzo piano di Troisi.

Imperfettamente perfetta. Pelle rosea e compatta senza un filo di trucco. Capelli biondo cenere artisticamente scompigliati grazie a due forcine due. Stelline negli occhi come Candy Candy.

Magliettina-maglioncino-giacchina-sciarpina-collanina, un look tutto in diminutivo che sfida in un sol colpo l'impenetrabilità dei corpi e il freddo da circolo polare artico dell'inverno sabaudo. Con quel genere di metabolismo che brucia i grassi peggio del carbone nella fucina di un transatlantico e dunque quell'allegra tendenza a strafare con cibi conditi e vino rosso della casa senza muovere di un millimetro l'ago della bilancia.

Nello spazio di un'occhiata mi sento istantaneamente sciatta e trasandata, tutta in accrescitivo, infagottata in maglioni, sciarponi e giacconi blandamente coordinati, gonfia d'invidia modaiola che In fondo non fa poi così freddo dovrei mettermi la gonna ogni tanto, ma nessuna delle mie gonne è giusta come la sua, quella nera è troppo lunga, quella di jeans troppo corta – che le tengo a fare nell'armadio non si sa – e una maglietta così ce l'ho anch'io perché non la metto mai, vedi stamattina potevo pensarci e in realtà so benissimo perché non la metto mai, addosso a me fa l'effetto di una mongolfiera, forse sono le collanine che fanno la differenza tutte diverse, una sopra l'altra più corte e più lunghe, ci devo provare guarda quanto sono carine e anche il braccialetto che non c'entra niente e l'avessi visto su una bancarella non l'avrei comprato nemmeno pagata invece ha un suo perché e io che mi ostino a non legarmi mai i capelli, domani invece di svegliarmi mezz'ora prima per lavarli mi faccio una specie di coda raccolta come la sua e alla fine dei conti ha ragione mia madre mi vesto sempre come se in casa non avessi una lampadina per guardarmi allo specchio.

Tutto questo quando non più di sei ore fa mi sono

guardata con un certo compiacimento prima di uscire di casa.

Mentre mi stringe la mano, Elisa sorride come se non fosse mai stata più felice di conoscere qualcuno in vita sua e, siccome io già la odio, tanto per non farmi mancare niente mi sento anche in colpa. Orso la guarda come un prezioso cristallo di Boemia che da un momento all'altro potrebbe andare in pezzi davanti ai suoi occhi e ha un tale sorriso da idiota stampato in faccia che di punto in bianco odio anche lui.

Come può essere così ingenuo da credere veramente che la più carina della scuola sia sinceramente interessata a lui e ai suoi pile, visto che quello che ha indossato lei alla simpatica scampagnata raccogli castagne sarà stato certamente un capetto dal taglio avvitato, con cappuccio e taschine rifinite in maglia, del genere che comunica a chiare lettere Ho colto appieno lo spirito della giornata e mi sono messa la prima cosa che ho trovato e la prima cosa che ho trovato era quella giusta, l'esatto contrario del triste solitario y final che Orso avrà scelto veramente a caso alzandosi dal letto.

Dovremmo entrambi farci assegnare più turni domenicali per sfuggire a certi incontri fatali.

Vorrei urlargli Scappa fin che sei in tempo rientra nella tua vita senza voltarti indietro, perché questa ti spezzerà il cuore peggio di tutte le altre, ti farà intravedere per un attimo una felicità che non osavi più nemmeno sperare, per poi richiuderti la porta in faccia, ma lo guardo e capisco che ormai è troppo tardi per qualsiasi parola e mi assale un'ondata di tenerezza per quel suo goffo desiderio di apparire naturale e a suo agio, interessato e distaccato allo stesso tempo, realista ma ormai completamente abbagliato dal sol dell'avvenire e so che in quei tre minuti d'incontro sulle porte della libreria vorrebbe poter inneggiare all'amore universale vedendo me e la sua Elisa cinguettare come cinciallegre a primavera, perché quel genere di rosea vitalità da giornata finalmente primaverile dopo un lungo inverno non può contenere altro che se stessa.

Così abbozzo quello che mi sembra un sorriso accogliente e pieno di calore e cerco un argomento di conversazione che crei complicità femminile e getti le basi per una futura, solida amicizia.

Per un attimo sono tentata di chiederle se conosce Marco Castoldi in arte Morgan, ma soprassiedo. Tentenno ancora tra gli orecchini e gli stivali, poi mi butto a lodare questi ultimi, neanche a dirlo dotati di un medio tacco perfetto, un colore non nero non marrone introvabile, insistendo su quanto sia difficile al giorno d'oggi beccare un paio di stivali non troppo alti non troppo bassi non troppo a punta non troppo tondi.

Non un argomento di alta letteratura, ne convengo.

«Cose di ragazze» come rispondevo a mio padre quando tornando dal lavoro si affacciava nella mia camera di adolescente stipata di compagne chiedendoci che stavamo combinando.

Elisa guarda i suoi stivali perfetti distrattamente, come se ricordasse solo vagamente d'indossarli e flauta un Grazie, figurati che li ho comprati una settimana fa di corsa a una bancarella, nemmeno mi ricordo dove perché le mie scarpe erano fradice e, ti ricordi Orso?, quel bambino rom di cui ti ho parlato era per lui la riunione oggi l'ho rivisto forse gli abbiamo trovato un posto.

Io ci ho provato Orso. L'hai visto anche tu.

L'incerto destino del ragazzino rom li assorbe trascinandoli nella corrente di una discussione socio-antropologica che volentieri eviterei in favore di un morso di tramezzino ancorché stantio, non fosse che interromperli per salutare educatamente, sperando di aver presto occasione di rivederci e darmela a gambe maledicendo Olga, la sua cascina e le sue marmellate biologiche che li hanno fatti incontrare, risulta impossibile.

Parlano come se fino a quel momento qualcuno li avesse costretti al gioco del silenzio.

S'accavallano, s'interrompono, ridono, si danno ragione a vicenda. Anzi non aspettano nemmeno che l'altro abbia detto quello che vuole dire prima di dargli ragione. Si danno ragione sulla fiducia. Disgustosi, come tutti gli innamorati.

Con l'aggravante che lui è il mio migliore amico, lei Mary Poppins travestita da Twiggy e io tra di voi che non parlo mai ho fame. Veramente fame.

Finalmente si salutano Ti chiamo mi chiami dobbiamo vedere quel film prima che lo tolgano siamo rimasti gli unici ricordati che mi hai promesso di portarmi a bere in quel posto ai Murazzi quando vuoi allora ci conto ti chiamo mi chiami ciao Consolata piacere ti averti conosciuta Orso parla sempre di te buona giornata buon lavoro anche a te e questi convenevoli non finiscono mai, ho lo stomaco aggrovigliato su se stesso e a questo punto anche freddo nonostante i golfoni sciarponi e giacconi, come faccia questa a girare con una giacchetta di velluto e nient'altro senza diventare una stalagmite lo sa solo lei.

«Scusa Orso mi copri dieci minuti? Non ho mangiato niente.»

«Che, sei matta? Ci sono cinquanta scatole di novità Mondadori da sballare e sistemare.»

E con un'energia marziale da Avanti Savoia! mi prende a braccetto e mi trascina oltre le porte a vetri, sordo al brontolio del mio stomaco, teso e concentrato sull'unico obiettivo di raccogliere ogni sfumatura del mio giudizio che non può essere che positivo sulla nuova luce della sua vita.

«Che ne pensi di Elisa? Non è fantastica? E poi è incredibilmente intelligente, ancora non mi sembra vero come ci capiamo su tutto.»

«Sì, ho visto, però senti Orso io svengo se non mangio qualcosa.»

«Ma che hai fatto invece di andare in pausa pranzo?»

«Niente. Cioè. Due lacrime chiusa in bagno, sicuramente sono un po' esaurita.»

Finalmente si ferma e mi guarda fisso negli occhi, spostando di peso l'energia della sua felicità sulla mia malinconica disperazione.

«Questa mattina, quando parlavi di Morgan... Eri seria?»

Un po', dovrei dirgli. Abbastanza. Tra il serio e il faceto.

«Ma no, che dici, neanche mi ricordo chi è Morgan, è solo un periodo strano, succede. Fantastica davvero la tua Elisa.»

# 3

L'idea è quella di dare un'occhiata.

Così, *en passant*, zappando tra un programma e l'altro, senza una vera intenzionalità. Tanto per. In fondo almeno una puntata di *X Factor* l'hanno vista tutti. Anche solo per raccattare puntelli argomentativi nel caso si fossero trovati nel mezzo di una discussione sul preoccupante fenomeno del successo troppo facilmente ottenuto grazie al dilagare di reality in forma di talent, salvo poi rimanere invischiati nella logica dell'appuntamento settimanale, costretti a inventare scuse sempre più arzigogolate per scansare cinema-letture-teatri off-concerti di arpa medievale, e tenersi il mercoledì sera libero.

Paolo era arrivato a sostenere che il suo attaccamento al *Grande Fratello* era puramente accademico, tutta materia di studio, prendeva addirittura distratti appunti millantando l'intenzione di scandagliare il fenomeno attraverso un breve saggio, un articolo da rivista specializzata, un pamphlet e con la scusa non si perdeva una puntata e guai se provavo a distrarlo, La «persona che deve abbandonare la casa» diventavo io.

Alle venti e quaranta sono già in pigiama, acciambellata sul divano, un vassoio di avanzi in vari stati di decomposizione, in pericoloso equilibrio sulle ginocchia e telecomando in mano.

E, tanto per rinsaldare il castello di giustificazioni non richieste, mi dico che si tratta di una visione a scopo terapeutico, sicuramente guardarlo muoversi e parlare in diretta segnerà il sopravvento della cruda realtà sulle mie fanciullesche fantasie e, come auspica Orso, tornerò in me.

Forse. Ma anche no.

Perché dal momento in cui appare sul palco e poi in un susseguirsi a scadenza settimanale di prove, liti, assegnazioni, clip, esibizioni, discussioni, esternazioni, processi, gestacci, scuse, bevande non meglio identificate, caramelle all'assenzio, pettinature improbabili, abiti discutibili, abbracci, citazioni musicali e non, logorrea, silenzi, rientri in ritardo dopo la pausa pubblicitaria e una sconvolgente ottava serata con Asia in studio seduta accanto a lui nel suo nuovo stile signora mia, Chiara che canta e lui che piange il suo perduto amore e io a soffrire con lui mentre muoio di gelosia e penso che non c'è chance e non c'è partita, fino alla vittoria finale di Marco e il tasto di spegnimento sul telecomando e lo schermo che va al nero con l'angosciosa sensazione che è finita, anche quel simulacro di frequentazione virtuale non sarà più, in quei tre mesi di messa in onda Morgan mi entra definitivamente nel sangue e tornare in me come vorrebbe Orso semplicemente non è possibile. Ancor di più non ha senso. Perché Io sono colei che ama Morgan.

Con la fine di *X Factor* mi sento come un'eroina d'altri tempi il cui amato è partito per una lunga guerra dalla quale potrebbe non tornare e di lui non restano che fotografie.

Molte, per fortuna, dati i progressi della tecnologia. E anche una valanga di video su YouTube. Ma sono comunque poca cosa. Pallida cura palliativa. Il segno inequivocabile di un'assenza nell'assenza, resa ancor più insopportabile dal susseguirsi di angosciosi bollettini dal fronte della futura edizione che lo dichiarano orgogliosamente autoescluso dallo scranno dei giudici per inconciliabile diversità di vedute con il mondo intero.

Le giornate le passo come in trance, persa in fantasticherie assurdamente complesse, delle quali curo particolari insignificanti come la canzone che farà da sottofondo al nostro primo, deliziosamente casuale incontro, sulla banchina affollata della stazione di Milano nella quale io mi trovo per ragioni che non saprei spiegare ma non importa, lo vedo balenare per un attimo tra la folla, potrebbe essere lui ma anche no, ha un cappello nero da jazzista, occhiali da sole, è più basso più alto più magro più grasso di come appare in televisione, cerco di avvicinarmi ma in quel momento arriva il treno e la folla di passeggeri in partenza si sposta, si mette tra noi, transuma tra la banchina e il treno e io sono sicura di averlo perso, era lui e non lo rivedrò mai più, non posso certo beccheggiare per tutto il treno avanti e indietro sbirciando tra i sedili, son cose che non si fanno, e mi cala addosso una tristezza infinita, sarà pure che amo le rose che non colsi ma insomma le rose alla fine sfioriscono comunque, colte o non colte, e allora meglio coglierle e mentre mi crogiolo in tali crepuscolari pensieri raggiungo il mio posto in carrozza di prima classe e davanti a me c'è lui, si è tolto il cappello alza gli occhi oltre gli occhiali da sole mi sorride e dice Ciao e il resto è meraviglia di chiacchiere infinite e risate, e poi il treno improvvisamente si blocca in mezzo al nulla per un guasto imprevisto che richiederà almeno dieci ore di lavoro matto e disperatissimo delle Squadre Rialzo e Mi sa che ci tocca dormire qui e intanto scende la sera e sbocconcelliamo un pacchetto di cracker e ci organizziamo per la notte e Appoggiati se vuoi dormire e, in trance davanti a una pila di *Solitudine dei numeri primi*, passo un'ora buona a cercare d'immaginare il suo profumo e continuo a chiedermi perché avevo un biglietto di prima classe quando io viaggio sempre in seconda e lui molto probabilmente mai in treno, e quando finalmente ci baciamo sono quasi a fine turno e gioisco perché posso scappare a casa infilarmi sotto le coperte e riprendere con il secondo atto e comunque una canzone adatta non l'ho trovata e poi non mi ricordo se nelle stazioni diffondano musica a beneficio dei passeggeri, possibile che il mio Super Io non si acquieti mai, nemmeno nei sogni autoindotti.

Fantasticare può essere un'attività a tempo pieno, esattamente come innamorarsi.

Sviluppa le stesse endorfine, scatena la stessa allegria e del resto non si può dire che gli innamorati siano poi così in contatto con la realtà.

Orso ed Elisa, per esempio, vivono in quell'atmosfera rarefatta da ralenti sulla spiaggia, lui e lei che si rincorrono tra le onde si rotolano sulla sabbia, si baciano tra le conchiglie e poi tornano allacciati verso casa mentre alle loro spalle s'incendia il tramonto.

Io sulla spiaggia con Morgan non mi ci vedo.

Non che non ci abbia provato. La passeggiata sulla spiaggia deserta è un mai più senza dei filmini matrimoniali, non c'è innamoramento che si rispetti che non abbia sperimentato la sabbia tiepida tra le dita.

È che Morgan non mi sembra un tipo da spiaggia.

Non riesco a immaginare che razza di costume potrebbe sfoggiare, dubito addirittura che sappia nuotare. E siccome io nuoto con la testa fuori come le signore degli anni Cinquanta, bracciate lente e ponderate, mai troppo distante dalla riva, nessuno mi tocchi perché mi viene una crisi di panico e mi metto a urlare, da quando ho visto *Lo squalo* ogni cosa che mi sfiora le gambe mentre sono in acqua, anche la spugna caduta inavvertitamente nella vasca da bagno, mi fa balzare il cuore in gola, dunque sono costituzionalmente inadatta a ogni genere di gioco d'acqua tipo buttarsi-tuffarsi-cavalcarsi tra le onde, che Morgan possa non saper nuotare mi solleva da ansie da prestazione acquatica ancorché oniriche.

Trovo molto più adatti a noi i ritardi delle Ferrovie dello Stato, l'aria pressurizzata della cabina di un Boeing 747 in volo tra Torino e Sidney con alcuni scali tecnici di cui l'ultimo molto problematico, addirittura le cabine di un piroscafo in traversata oceanica, se non fosse che in nave ormai non ci viaggia più nessuno a meno che non siano i 7 giorni 6 notti tra le perle del Mediterraneo della Costa Crociere che fa molto *Love Boat*, ma certo fantasticare su Morgan ingaggiato per allietare l'atmosfera soffusa e rilassante del piano bar Excite della Costa Deliziosa, mentre io, allungata su un divanetto, sorseggio un drink dal gusto tropicale come una Mata Hari solitaria e misteriosa ha già in sé qualcosa di decadente, chiama successive confessioni di disastri esistenziali indicibili tra lacrime trattenute e molte bottiglie di superalcolici, è un genere di romanticismo da ultimi fuochi che mi affascina nei romanzi di Bukowski ma che non ambisco a vivere in prima persona. Allora meglio la spiaggia.

La location Trenitalia la centellino, una volta al giorno, non tutti i giorni, variando ogni particolare possibile, vestiti destinazione battute di dialogo posizioni del Kamasutra, invece del guasto un incidente di vaste proporzioni e io e lui magicamente superstiti che usciamo dalle lamiere contorte tenendoci per mano Come stai? Tutta intera? in qualche caso sono svenuta o pesantemente fratturata e Morgan mi porta fuori a braccia, urla chiedendo aiuto, sale con me sull'ambulanza, non si stacca dal mio capezzale, là per là compone la canzone che diventerà il suo prossimo successo, io morente sono la sua musa ispiratrice e quando finalmente, dopo giorni d'incoscienza, apro un occhio muovo un dito mi scende una lacrima siamo ormai in pieno *ER* e uniti per sempre.

Non che muoia dalla voglia di sedurre un uomo con la forza del respiratore che mi tiene in vita, ma la variazione sul tema è d'obbligo, le fantasie si consumano più in fretta degli spazzolini da denti, creano assuefazione peggio delle droghe pesanti e con il passare dei giorni perdono di slancio, smarriscono il loro potere euforizzante, obbligano ad aumenti progressivi ed esponenziali delle dosi, seguono in fondo la stessa parabola discendente delle piacevolezze da freschi innamorati, alla sesta volta che si occupa lo stesso tavolo d'angolo nella stessa pizzeria defilata, la solita battuta del solito cameriere non fa più ridere come prima e non ci si attarda più tanto a lungo a guardarsi negli occhi, la pizza in fondo non è poi così eccezionale, ma non lo si dice per non spezzare l'incanto e anzi ci si sente anche un po' in colpa a sussurrare Che dici paghiamo e andiamo? per correre subito al dessert, a casa, tenacemente aggrappati alla già scricchiolante certezza che il sesso, almeno quello se non la pizza, non perderà mai il suo incanto e si apre la porta già bocca nella bocca, ci si butta sul divano come la prima volta ma questa volta il divano mostra tutta la sua cigolante scomodità e Che ne dici se andiamo a letto? e si sa, lo si sa con certezza assoluta e incontrovertibile e non c'è scusa che tenga che da lì a Che ne dici se stasera guardiamo un film? il passo sarà brevissimo.

Dunque centellino. Rinfocolo. M'impegno nella creazione di scenari sempre nuovi.

E soprattutto mi fermo prudenzialmente sulla sottile linea rossa dell'happy end.

Mi spingo al massimo alle foto in paginone centrale di «Chi» che testimoniano la nostra unione MORGAN: VI RACCONTO COME HO RITROVATO L'AMORE. Io e lui in sfocatura da teleobiettivo che usciamo da un ristorante alla moda. Abbracciati per strada nella luce giallognola dei lampioni. Mentre entriamo in macchina e ci spostiamo verso nuove meravigliose avventure.

Fine.

Titoli di coda.

Una spessa coltre di mistero avvolge il dove e soprattutto il come del resto. Non che non mi piaccia Monza. Monza è sempre stata nella short list di città dove vorrei vivere, subito dopo Parigi, New York e Londra. E comunque, nebbia per nebbia, tra Monza e Torino non ci sarà poi tanta differenza. Potrei lasciare il lavoro e nessuno se ne accorgerebbe. Ma poi?

Non riesco a immaginare nessun futuro possibile.

Io a casa a togliere la polvere mentre lui gira l'Italia in tournée suona francamente deprimente. Io in veste servo di scena nei camerini di *X Factor* a detergergli il sudore tra uno stacco pubblicitario e l'altro è anche peggio.

E poi sua figlia, Asia, sua madre, mia madre, le vacanze, Natale, Pasqua, la domenica, Sono incinta, Non ti amo più, tutto precipita verso gli abissi di un trito dramma familiar borghese due camere e tinello e cocci di sogni infranti.

Io i miei sogni li voglio tutti interi, lucidi e fulgidi come certe mele che vendono al supermercato, che grazie a chissà quali spaventosi trattamenti chimici raggiungono la perfezione quasi smaterializzata di Mela Ideale e della mela hanno la forma, il colore, addirittura il profumo e solo quando le addenti scopri che non sanno di niente.

# 4

Giusto mentre sto mettendo a punto gli ultimi particolari di un nuovo scenario d'incontro deliziosamente casuale, una pioggia torrenziale che paralizza una città non meglio identificata dove io mi trovo per ragioni non meglio chiarite e che mi obbliga a rintanarmi bagnata fino al midollo nell'androne di un vecchio palazzo, lui che arriva fradicio e gelato e casualmente quella è casa sua, io neppure lo riconosco troppo impegnata a mantenermi in vita e riscaldarmi alitandomi sulle mani, lui fa per andare poi si ferma, torna indietro, per ragioni ancora da scandagliare nel dettaglio, mi offre di salire a casa sua finché non spiove, mi da un asciugamano un phon una sua vecchia felpa, mi prepara un tè e intanto scende la sera, la sera si adatta molto a questo genere d'incontri deliziosamente casuali, e alla fine spiove anche, ma lui non mi dice d'andarmene e io non ci penso nemmeno e proprio quando sono sul più bello l'autobus si ferma, cazzo è la mia fermata, mi precipito fuori, alzo gli occhi al cielo e le vedo.

Le Luci d'Artista.

Il Natale è già arrivato e io non me ne sono accorta.

Se c'è un periodo dell'anno in cui l'immaginario picchia duro è il Natale. Il mio, al momento, ruota attorno a un provvidenziale diluvio che mi obbliga a cercare riparo nell'androne di casa di Morgan.

Ma anche, più prosaicamente, a una lunga dormita senza l'ossessione della sveglia, una rapida fuga dalla cena a casa dei miei e un regalo diverso dal solito profumo da parte di mia sorella.

Fendere a suon di gomitate una folla compatta di maschi adolescenti in libera uscita che si spintonano rimpallandosi battutacce a sfondo sessuale mentre gli opposti esemplari femminili impiastricciati di ombretti mascara gloss e smalti metallizzati occupano l'intero marciapiede tenendosi a braccetto e stonando a squarciagola l'ultimo successo di Tiziano Ferro e affrettare il passo per sfuggire al dileggio testosteronico e all'ira del capo settore per l'inevitabile ritardo che non ha scuse sapendo che di lì a breve, agghindata con una triste maglietta rossa con il logo della libreria e un cappellino da Babbo Natale bordato di peluche, dovrò rispondere a domande tipo Cosa potrei regalare a mio cognato che non è un tipo che legge? be', tutto questo non aiuta.

Una volta il Natale mi piaceva.

Era pieno di promesse, speranze, buoni propositi.

Sorridevo senza soluzione di continuità per venticinque giorni a tutti i clienti che entravano in libreria facendo appello a tutte le mie risorse intellettuali e umane per aiutarli a trovare il regalo giusto, il dono inaspettato, la magia del Natale a prezzo ribassato.

Addirittura m'impegnavo a trovare la miglior combinazione carta nastro, attardandomi tra fiocchetti scotch forbici e Vuole prima scrivere una dedica aggiungiamo un biglietto le metto FR su quello per suo Fratello e F su quello per sua nipote Flaminia. Loro pagavano soddisfatti, io sorridevo porgendo la busta, gli addobbi luminosi della strada sfarfallavano per un attimo sulle porte a vetri che si aprivano e si chiudevano, i mulini erano bianchi, Paolo mi aspettava a casa scrivendo il suo interminabile saggio sulla Beneficenza come rassegnazione, cenavamo sotto il piumone davanti a un vecchio film e mi addormentavo pensando che, se non era quella la felicità, era perlomeno un'ottima approssimazione.

Poi l'azienda ha deciso che carta nastri scotch e forbici erano una spesa ingiustificata nonché un rallentamento delle normali operazioni di vendita e ha cominciato a rifornirci di vagonate di orride buste con il logo bene in vista e altrettanti orridi adesivi con lo spazio predisposto per il nome del destinatario del regalo.

Busta, adesivo, grazie e Buon Natale.

Aspetto un figlio da un'altra, è finita, grazie e arrivederci.

E nessuno si è lamentato.

Avvolgiamo chilometri di lucine sopra ogni cosa, libri compresi, gli altoparlanti diffondono *White Christmas*, *Jingle Bells* e *All I Want for Christmas*, indossiamo simpatiche ed evocative magliette rosse e cappellini da Babbo Natale, ma il tutto si risolve nell'afferrare cinque o sei libri a caso dal bancone Novità, pagarli e guardarli distrattamente finire nelle buste sigillate con l'apposito adesivo ecchissenefrega con tutto quello che ho per la testa il lavoro, il mutuo, i bambini con il morbillo, la nonna che forse la ricoverano. Ci mancava pure il Natale.

Avvinta come l'edera alla magia della tradizionale festa in famiglia c'è solo più mia madre.

Già a partire da fine novembre le sue telefonate dilagano a ogni ora del giorno e della notte, in un parossismo organizzativo volto al raggiungimento di un'atmosfera di serenità e gioia direttamente ispirata alla pubblicità del pandoro Bauli che culmina il 25 dicembre in una deprimente abbuffata di gamberetti decongelati in busta affogati in una salsa rosa di maionese e ketchup, ma intanto ogni santo giorno Scusa cara ti ho svegliata-disturbata-interrotta. Lo so che stai dormendo-lavorando-mangiando, ma ti rubo solo un momento. Allora siamo d'accordo, vai tu a prendere la zia, no perché sai com'è tuo padre, sempre davanti alla televisione, mai che mi dia una mano. Da quando è andato in pensione non c'è verso di fargli fare niente, neanche la spesa che ieri mi sono dovuta trascinare tre chili di patate due chili di mandarini e il tacchino e tutta la carne per il brodo. Allora per il pranzo ho pensato i crostini di salmone che piacciono sempre, figurati che al supermercato il salmone l'ho trovato in offerta quando mai s'è visto il salmone in offerta sotto Natale è proprio brutta questa crisi pensa che anche il pandoro e il panettone ormai te li tirano dietro. Ho preso quello senza canditi, ti ricordi quand'eri piccola che di nascosto ti mangiavi tutta la crosta e le mandorle e come si arrabbiava papà sembra ieri che ci svegliavi alle cinque per aprire i regali e cominciavi a ottobre a chiedermi quando veniva Babbo Natale. Non mi sembra vero che hai già quasi quarant'anni, come passa il tempo uno non ci pensa e poi in un attimo è tutto finito.

Quale allegria.

Ovviamente è solo ed esclusivamente colpa nostra, mia e di mia sorella, se il Natale non è mai quel Natale perfetto che lei si sforza con ogni mezzo di organizzare, perché se anche abbiamo azzeccato i regali, siamo andate a prendere la zia, abbiamo partecipato con entusiasmo alla riesumazione di aneddoti e ricordi di famiglia, sempre manchiamo nella fornitura di pargoli, vera essenza della festa.

Io l'ascolto, rispondo a monosillabi, imbusto ed etichetto libri e intanto penso ad altro.

A Morgan, tanto per dirne una.

*Quando due s'incontrano per caso in corridoio* anche se non ci siamo mai incontrati *E per almeno tre giorni si pensano reciprocamente* anche se lui ignora la mia esistenza *Quando due, prima di avvicinarsi, fanno il giro delle persone che entrambi conoscono* anche se non abbiamo nemmeno un'amicizia in comune *Quando due pretendono di cancellarsi dalla mente, a forza, ma la vicendevolezza non lo permette* anche se non c'è alcuna vicendevolezza *Quando due desiderano reincontrarsi* o meglio incontrarsi almeno una volta. Anche se a desiderarlo sono solo io.

Ormai la follia mi ha preso la mano. E non cerco nemmeno più di giustificarmi arrampicandomi sugli specchi di dotte citazioni sull'amor cortese «Non avrò mia gioia d'amore se non quest'amore di lontano», se proprio devo citare preferisco citare Morgan «Forse già lo sai che a volte la follia sembra l'unica via per la felicità» e comunque tutto questo fantasticare vaneggiare desiderare mi riempie le giornate, mi consuma, mi dà allegria e allora chi se ne frega. Che vuoi farci è la vita è la vita la mia.

Senza Morgan la mia vita sarebbe nient'altro che una prevedibile successione di giorni sempre uguali, le giornate brevi buie e fredde dell'inverno che scoraggiano ogni genere di uscita, giusto una volta un aperitivo al baretto appena fuori la libreria per salutare Giulia che ci lascia per aprire un ristorante a Barcellona con il fidanzato, Orso troppo occupato nella frequentazione non solo platonica, a giudicare dal colore sempre più improbabile dei suoi pile, con Elisa, perso lui sì in un ritmo frenetico di cinema-pizzeria-copule-concertini-affittiamo un dvd e ce lo vediamo nel lettone, del nostro cinema del mercoledì non si è più parlato, figuriamoci di kebab e felafel da mangiare a casa mia. E forse è meglio così. Almeno non ha visto i vuoti listati a lutto lasciati sui muri da poster litografie e manifesti che Paolo si è portato nella sua nuova vita fiorire di Morgan in un'accozzaglia da *Collezionista di ossa*. Più che un appartamento da single casa mia ormai sembra l'antro di una fan schizzata con tendenze omicide, piatti sporchi nel lavello e invasione di formiche rosse compresi.

Tanto non ci viene mai nessuno.

Sono anche riuscita a ricontattare Alessia, la mia ex collega che suonava il basso o la chitarra o comunque uno strumento da vera rocker in un gruppo di impiegati statali e commessi di supermercato. Quando l'ho chiamata sul cellulare le c'è voluta una quantità imbarazzante di tempo e di domande per ricollegare il mio nome a una faccia e inserirlo nel quadro delle sue conoscenze. Adesso lavora in un negozio di abbigliamento rock fetish.

In sostanza fa sempre la commessa, ma con un quantum di realizzazione personale in più Sai un ambiente molto stimolante, da noi viene solo un certo tipo di gente, molto ai margini, ma anche molto particolare un sacco di musicisti performer ballerine anche se poi certi stivali alla coscia in pvc viola ormai se li comprano tutti. Annuisco sorridendo come mia madre quando ascolta le elucubrazioni del balengo sul suo futuro imprenditoriale, cercando d'immaginare mia sorella in stivali alla coscia di pvc viola mentre Alessia rigira il cucchiaino nel suo caffè e improvvisamente non le è più molto chiaro perché sembrava tanto un'idea carina vedersi per un caffè in pausa pranzo.

«Nella band suoni ancora?» butto là tanto per introdurre il discorso. Scuote la testa. Quella è roba che va bene quando hai vent'anni e ancora ti fai certi sogni assurdi pensi che sfonderai alla grande ti chiameranno a fare un disco e poi ospite alla serata finale di Sanremo. Gian e gli altri ancora ci credono, si ostinano a farsi crescere quei quattro peli che gli son rimasti in testa, si esaltano per una serata in qualche pub della cintura e intanto parlano sempre dei bambini del mutuo della moglie che non li capisce. Patetici.

Me li vedo, questo Gian e gli altri che non ho mai conosciuto e in altri tempi avrei certamente disprezzato, mentre si liberano di cravatte camici cartellini da timbrare, infilano le giacche di pelle prese in saldo alla Conbipel e caricano sulla Multipla gli strumenti per la grande serata all'American Pub di Piossasco.

E mi fanno simpatia. Certamente più di Alessia che ormai guarda ostentatamente l'orologio e mentalmente si prepara la sequela di Va be' devo andare è stato bello rivederti sentiamoci così un'altra volta pranziamo insieme.

«E Morgan ti piace sempre?»

Mi guarda e negli occhi le passa intero il sottopancia di Che palle questa vecchia sfigata che non ha nessuno con cui passare la pausa pranzo e chiama gente a caso, come Verdone in quel film in cui cerca qualcuno con cui andare in vacanza e sulla rubrica ha solo i numeri di quelli che erano in coda con lui alla visita militare, chi me l'ha fatto fare di dirle di sì, sono veramente troppo buona.

Di nuovo scuote la testa con un accenno di disprezzo. Da quando si è messo a fare *X Factor* e sta sempre in tivù si è venduto l'anima, non ha più fatto una canzone buona, si atteggia ad artista prestato al mondo dello spettacolo ma è il peggio di tutti. Un'ipocrisia unica.

Lascio cadere il discorso. La mia venerazione non accetta profanatori. Io e solo io posso contestarlo, eventualmente criticarlo o mettere in discussione certi suoi atteggiamenti e Pago io figurati per un caffè alla prossima.

Un po' ci avevo sperato.

Un complice, un orecchio ben disposto ad ascoltare, una comunanza d'immaginario, qualcuno che potesse riempire il vuoto di una passione a senso unico, intellettualmente deprecabile, socialmente accettabile solo in ragazzine in età puberale e solo in quanto viatico verso ben più realistiche forme d'innamoramento.

Parlarne con Orso è escluso.

Dopo soli tre mesi di Situazione sentimentale: fidanzato ufficialmente già si comporta come un maturo padre di famiglia, elargisce a chiunque, clienti compresi, massime di navigata saggezza su felicità-fedeltà-organizzazione-tenuta di una coppia, favoleggiando *urbi et orbi* della sua partenza post natalizia per mete isolate e innevate, rigorosamente distanti dagli intruppamenti del turismo invernale, dove amici sciatori li attendono per concludere l'anno con una fiaccolata di solidarietà verso qualche popolo affamato assediato sconvolto dalla guerra.

Il tocco altruistico è d'obbligo.

Elisa non muove un passo se non può portarsi dietro il suo Sé impegnato nella strenua lotta in favore della giustizia, della pace e dell'uguaglianza sociale. Un po' come mia madre, che con il Natale rinfocola la sua istanza pro nipotini, lei si sente in dovere di ricordare a tutti e continuamente che, a causa delle tortuose e spietate vie del benessere e del consumismo, molte vite si trascinano nel fango perché noi possiamo godere di rilucenti palline di plastica rossa, appese su finti alberi di plastica verde. Come se qualcuno sentisse il bisogno di un surplus d'angoscia natalizia.

Eppure all'inizio con Orso ci ho provato.

Ho caricato sul suo lettore mp3 la mia Morganlist sperando che, in quanto conoscitore musicale assai più esperto e raffinato di me, potesse entusiasmarsi o quanto meno apprezzare quella che ormai era la colonna sonora delle mie giornate, Io non simulo il mio progresso perché sono contro me stesso, Ieri sono stato sotto dove ora c'è un enorme specchio, Un ultimo sguardo commosso all'arredamento, mi sono addirittura spinta a confessare che a un primo ascolto le avevo trovate quantomeno ostiche quando non decisamente dissonanti, ma poi piano piano mi erano entrate dentro con quella voce roca di troppe sigarette e adesso, metabolizzati i grandi successi, mi stavo appassionando al resto con calma e senza fretta perché, nonostante la crescente passione per l'uomo e il musicista, Orso lo sa, io fino a ieri ascoltavo Baglioni-Venditti-Tiziano Ferro, al massimo qualche pezzo dei Negramaro, e gli unici cd che compravo, quando ancora si compravano i cd, erano i *The best of* per ritrovare i pezzi che conoscevo ed evitare tutto il resto e nel pozzo della mia ignoranza musicale ero convinta che *All You Need Is Love* fosse un pezzo scritto da qualche oscuro compositore Mediaset apposta per la sigla di *Stranamore*.

Orso non si è entusiasmato.

Ma la colpa non è di Morgan e delle sue canzoni. Il problema sono io. Io che ormai non parlo d'altro. Io che ho smesso di uscire, vedere gente, fare una vita normale o almeno cercare di averla. Io che non sono più la stessa, «Insomma una come te laureata intelligente discretamente colta che vaneggia commentando ossessivamente lo sguardo le parole i gesti lo stato d'animo di qualcuno che nemmeno conosce» Ma io lo conosco è come se lo conoscessi, anch'io sono stata abbandonata, ho avuto il cuore in pezzi, mi sono sentita, mi sento sempre sbagliata, fuori luogo e poi indovino i suoi stati d'animo appena comincia la puntata di *X Factor* mi basta vedere come sorride e capisco se è stata una settimana buona meno buona decisamente di schifo glielo leggo negli occhi quel dolore senza nome e senza cura che lo martella «Tu non leggi niente Consolata, non lo conosci, tu ti ri-conosci è il meccanismo di proiezione classico che determina il successo di cantanti presentatori gente di spettacolo come fai a non capirlo?!»

Fino a che estenuato e ormai seriamente preoccupato mi ha invitata in un triste ristorante cinese per dirmi che forse era arrivato il momento di trovarmi un aiuto psicologico. Possibilmente bravo.

La sua teoria, che verosimilmente ha formulato tra una sigaretta e l'altra in ripetute sedute post coito con Miss Save the Children, è che io abbia difficoltà ad affrontare la realtà dei miei fallimenti sentimentali e professionali e quindi mi rifugi in un mondo di sogni e fantasie adolescenziali per sfuggire al presente.

Un capolavoro di raffinata psicologia.

«E se anche fosse?»

La mia risposta lo spiazza completamente. Si blocca con il *laviolo vapole* a mezz'aria, interdetto. Se anche fosse? Se anche volessi acquattarmi per un po' nel mondo dei sogni, tenere i miei scheletri nell'armadio, la polvere sotto il tappeto e fantasticare su un amore impossibile come mio cognato fantastica del suo night club per soli vip che non aprirà mai? È davvero così necessario concentrarsi sempre e solo sulla realtà? La stessa vecchia zia zitella e petulante acquattata nel fondo del mio stomaco che mi ripeteva che Orso aveva ragione quando diceva che sarei invecchiata con lui in quella libreria, adesso ripete che A costruir castelli in aria non si guadagna niente, ma non voglio ascoltarla, come non l'ho ascoltata allora e così la soffoco con il *liso cantonese* fino a che non s'azzittisce.

Vorrei poter portare qualche dotta citazione letteraria a suffragio della mia tesi La Vittoria del Sogno sul Reale, ma dopo aver fatto man bassa di Jaufré Rudel e della poesia cortese, il resto delle mie reminiscenze universitarie tende a sfumare in un pulviscolo di nozioni appiccicate a forza, testi studiati troppo in fretta, appunti superficiali e dopo due bottiglie di *billa cinese* non sono più tanto sicura che *La vita è sogno* di Calderón de la Barca sostenesse poi esattamente ciò che il titolo suggerisce, così alla fine mi scappa che I sogni aiutano a vivere meglio e nel momento esatto in cui lo dico vedo le sopracciglia di Orso sollevarsi d'incredula indignazione e una sequela inarrestabile di soia gocciolare dal suo boccone di *anatla vapole* finendo sul pile grigio perla nuovo di zecca e capisco che citare Marzullo non è stata la mossa migliore.

Se adesso ci butto sopra un Crederci sempre arrendersi mai sono sicura che si alza e se ne va senza aspettare il *gelato flitto* che è poi l'unica ragione per cui si ostina a frequentare i ristoranti cinesi.

Però qualcuno dentro di me che non è la vecchia zia zitella e petulante urla vendetta, chiede comprensione, fiducia, appoggio.

Da punti imprecisati di una me stessa ormai più sovraffollata di un condominio di periferia si alzano le voci di Marzullo, Simona Ventura, Julia Roberts in versione *Pretty Woman*, Cenerentola in versione pre-Fata Madrina, Martin Luther King, i miracolati di ogni talent show guidati da Susan Boyle e la fan di Luke Perry che a forza di spedirgli lettere, cartoline e reggiseni se l'è sposato.

Perché no? Perché non può esserci nemmeno una piccola, infinitesimale possibilità che Morgan sia l'uomo della mia vita e io la donna della sua? Da quando la roulette del destino funziona solo tra simili, calciatori con veline, cantanti con attori, impiegati di banca con insegnanti, assistenti sociali con commessi di libreria?

Decisamente stordito, Orso cerca di riportare i toni della conversazione al di sotto di una soglia che richieda l'intervento della forza pubblica e la mia mente su binari di una razionalità di base. «Innamorarsi delle rockstar è una cosa che succede alle ragazzine.»

«La mia è stata un'adolescenza negata e mi sto rifacendo» rispondo con un'improvvisa illuminazione psicanalitica che in sette parole rende giustizia alle infinite domeniche a scalar monti e raccogliere funghi.

Orso però non coglie quella che a me sembra una perfetta sintesi di passato e presente, ottenuta per altro senza alcun costo aggiuntivo di lettini, sedute settimanali e E lei come si è sentita? Orso tira dritto per la sua strada.

«E non ti viene il vago sospetto che il fatto che centinaia di ragazzine e, sottolineo, ragazzine la pensino come te sul loro idolo del momento voglia dire qualcosa? Perché la meravigliosa roulette del destino dovrebbe valere per te e non per loro?»

«E perché per loro e non per me?»

«Forse perché non vale per nessuno, Consolata. Almeno non così come vorresti tu.»

Orso esulta, potesse alzerebbe i guantoni come un

pugile che ha messo l'avversario ko, ma l'arbitro sta ancora contando, non sono al tappeto, ho solo bisogno di raccogliere le idee perché Quello che hai detto non è necessariamente vero, ci sono plotoni di oscure hostess, cameriere di bar e ristoranti, qualche baby sitter prendi Sonia e Alex Del Piero se non vuoi andare troppo distante lei non faceva forse la commessa? A qualcuna è successo, altrimenti non ce ne sarebbero milioni che lo sperano.

Orso puccia un angolo del tovagliolo nell'acqua frizzate per ripulire la patacca di soia con aria grave, deve pensare che sono senza speranza, lui ha fatto tutto il possibile, si è comportato da vero amico, mi ha messa di fronte al problema, ha provato ad allontanarmi, disintossicarmi, aprirmi gli occhi di fronte al mio brutto vizio, ma è stato tutto inutile.

«Puoi ragionevolmente sostenere senza possibilità di essere smentito che è impossibile che io arrivi a conoscerlo?» gli chiedo.

«Non posso ragionevolmente sostenere senza possibilità di essere smentito nemmeno che Dio non esista.»

«Per questo c'è chi crede di aver visto la Madonna e chi s'innamora di Morgan» concludo afferrando il conto con mano sicura.

E Orso mi lascia pagare.

# 5

Devono averne parlato ancora, lui e Barbie Beneficenza.

Con toni decisamente più lugubri ed emotivamente coinvolti, immagino durante una delle loro cenette Vieni da me porta il pane e una bottiglia di vino ho preso quel ragù della macelleria che l'altra volta ti è piaciuto tanto, Orso con la faccia contrita di chi si porta un peso sul cuore Tu non la conosci come la conosco io, Consolata non è più la stessa, che cosa possiamo fare, e lei a prendergli una mano oltre il tavolo, non c'è niente come una preoccupazione condivisa per far sentire una neo coppia incredibilmente unita e solidale Noi due ce la faremo insieme siamo una forza, ed Elisa a sorridere e minimizzare per non mettere preoccupazione su preoccupazione e Vedrai che le passerà presto intanto possiamo coinvolgerla in qualcosa, costringerla a riprendere i contatti con il mondo reale e sicuramente ci avrà infilato qualche termine da laureata in psicologia tanto per circostanziare e consolidare la sua tesi, ma soprattutto sfoggiare competenze e raffinata conoscenza dell'animo umano, come se questo bastasse a metterla al riparo da inciampi-cadute-deragliamenti-fragilità-intermittenze dell'anima.

Dev'essere successo qualcosa del genere perché qualche giorno dopo il nostro pranzo cinese, Orso si è presentato con un sorriso da buone notizie invitandomi a una simpatica cenetta a quattro pre-natalizia.

A casa di Elisa.

Con un suo collega, tal Maurizio. Perfetto per me.

Senza dubbio qualche remota università del Wyoming ha scientificamente provato come i neo accoppiati, così come i neo genitori, sviluppino tendenze affiliative e spinte al proselitismo peggio dei Testimoni di Geova. Unisciti a noi nella vera salvezza. Abbraccia Dio e scampa la fine del mondo. Fai come me e troverai la felicità. Apprezzo l'altruismo del tentativo, ma Preferirei di no sono stanca, non sono in vena, sento che sta per venirmi la febbre, non ho niente da mettermi.

Non c'è scusa che tenga. Questo Maurizio mi tocca.

Tanto per cambiare piove.

C'è il temporale e nelle case la luce si fa artificiale. C'è il temporale e anche se non fosse stato Natale ti avrei amata uguale. Cammino verso casa di Elisa con la mia ormai inconfondibile andatura geriatrica e un misero ombrellino a fiori rosa su viola da tre euro e intanto ascolto in loop questa *Canzone per Natale* che ancora dopo la milionesima volta riesce a farmi venire i brividi.

A meno che non sia un inizio dell'influenza evocata per sfuggire alla simpatica cenetta che mi aspetta.

Le luci a intermittenza di un albero di Natale dietro una tenda tirata. Festoni rossi bianchi blu intorno alle balaustre. Cascate digradanti di lucine da un terrazzo. Babbo Natale in versione ladro d'appartamento che si arrampica per spiare chissà quali vite amori solitudini. Le finestre accese le ombre tutte quante insieme a conversare. I nostri ritorni in città dopo le scampagnate domenicali erano sempre avvolti dal silenzio, mia madre troppo stanca per intonare canzoni, mio padre concentrato sul traffico congestionato e lentissimo, Guarda *sto piciu gnanca 'na freccia*, mia sorella semi addormentata e io a guardare fuori, la guancia appoggiata al vetro appannato dal mio fiato a disegnare cuori iniziali fiori e curiosare nelle facce di quelli in coda accanto a noi, i bambini in ginocchio sul sedile dietro a fare le boccacce, i genitori davanti in silenzio o presi da eterne recriminazioni Te l'avevo detto che dovevamo partire prima adesso con la cena come facciamo devo ancora mettere su la lavatrice, le donne che parlavano parlavano parlavano e gli uomini in silenzio, mani al volante e occhi sulla strada, neanche un debole cenno con il capo, finché non scoppiavano in insulti minacce urla da spaventare e se per caso qualcuno si voltava e vedeva che lo stavo fissando, alitavo più forte sul vetro per nascondermi.

Quando passavamo vicino alle luci accese delle prime case mi sembrava quasi di sentire l'acciottolio dei piatti, le voci dei televisori, cercavo d'immaginare tutto quel mondo di sconosciuti e le loro vite mi sembravano sempre, nonostante tutto invidiabili, più semplici, più serene, più ordinate la cena la televisione i compiti e poi a letto ed era esattamente quello che facevamo noi, ma dietro quelle finestre accese le cose di tutti i giorni avevano un grado superiore di perfezione, come al cinema, dove anche stare seduti intorno al tavolo per la cena non è come cenare davvero, tutto è più nitido, chiaro, tutto ha un senso e mi chiedevo sempre perché per noi non era così.

Piazza Madama Cristina 23. Suonare Fugliero.

«Sono io, Consolata.»

«Sali, terzo piano.»

La mia faccia riflessa nello specchio dell'ascensore non me la ricordavo così. Sono io quella punta del naso rossa di freddo, la pelle a chiazze, lo sguardo opaco fisso come quello delle orate disposte in bell'ordine sul letto di ghiaccio al banco del pesce del supermercato? Mi sorrido. *Date 'n andi*, anima e coraggio, ormai sono qui cerchiamo di divertirci.

La forza dell'abitudine spinge il mio sguardo alla destra dello specchio, dove a casa ho appeso la foto di Morgan che preferisco, trovata per caso in una delle innumerevoli serate passate su Google Marco Castoldi Immagini Cerca.

È di profilo e l'ho sistemata in modo che sembra guardi proprio me che armeggio con spazzole, phon, fondotinta e mascara. O mi lavo i denti. O anche mi schiaccio i punti neri. Lui sorride sempre. Anzi, ride proprio. Con i suoi capelli lunghi striati di grigio, la barbetta, i basettoni, la camicia bianca con il colletto alzato, il panciotto e la cravatta sciolta tra le mani. Ci stiamo preparando per uscire, io ho detto qualche sciocchezza e lui ride. Mi guarda con occhi innamorati e ride.

Ma qui niente Morgan.

Terzo piano. Ci siamo.

Sistemo la giacca, i capelli, ma tanto lo so che è fatica sprecata, per quanto m'impegni finirò comunque per sentirmi sbagliata e fuori posto non appena We are the world aprirà la porta con i suoi jeans perfetti, né troppo lunghi né corti né stretti né larghi, l'orlo sdrucito quanto basta, piedi nudi e maglietta appena un po' scollata, catenine e collanine buttate lì come per caso, capelli ancora freschi di phon un po' bagnati perché Ho fatto tardissimo in ufficio forse abbiamo trovato una sistemazione per i fratellini afghani, cosa veda in Orso e nei suoi pile una che non sfigurerebbe accanto a Brad Pitt ancora non l'ho afferrato. Forse l'emozione per il caso umano. L'uomo da salvare. La vecchia storia della Bella e la Bestia.

Povero Orso, non dovrei pensare certe cose proprio io che ho approfittato fin troppo della sua pazienza, del suo buon cuore, del suo senso pratico. Ci siamo fatti compagnia come due vecchi pensionati negli anni migliori della nostra vita e adesso che lui ha finalmente trovato la felicità dovrei essere felice per lui e allora questa cos'è? Invidia? Gelosia? Cattiveria pura?

Da un passato di pomeriggi ai giardinetti e pane burro e zucchero a merenda riaffiora il viso di mia madre con gli occhi stretti di riprovazione Non essere cattiva, fai giocare anche le altre bambine sii generosa. Va bene, mamma. Sarò generosa. Le darò un'altra possibilità. In fondo è stata carina a invitarmi, figurati che mi presenta addirittura un suo amico, vuol dire che mi trova quantomeno interessante e poi non è certo colpa sua se è così magra, così carina, così sempre insopportabilmente perfetta e anche socialmente impegnata, anzi quasi quasi la colpa è mia che non mi applico a sufficienza per salvare il pianeta dalla catastrofe, non mi metto seriamente a dieta e non sono capace di scegliere un paio di stivali, e stasera prometto sarò gentile, brillante e intelligente. Per l'occasione mi sono messa anche un po' di quella polvere dorata per il viso che mi ha regalato la zia Elide il Natale scorso, anche se con la pioggia e il freddo ormai non ce n'è più traccia.

La corona natalizia sulla porta di casa con i pupazzetti acchiappasogni equiesolidali, fatti a mano dalle donne peruviane, destabilizza per un attimo i miei buoni propositi, ma ormai sono qui, è Natale e sono decisa a fare del mio meglio. Suono.

Un leggero trambusto Vai tu per favore che ho il tagine sul fuoco! per un attimo mi sembra di essere la domenica davanti alla porta di casa dei miei e di nuovo gli occhi aggrottati di mia madre «Sii brava, sii generosa, Consolata» e finalmente qualcuno apre la porta e quel qualcuno è la prova vivente che Elisa è una stronza.

«Ciao, tu devi essere Consolata. Piacere, Maurizio. Entra, dammi pure la giacca, piove ancora?»

Teli tessuti a mano dalle donne africane alle pareti. Tappeti annodati a mano dalle donne nepalesi per terra. Ceste intrecciate a mano da qualcuno un po' ovunque. Candele ai profumi naturali, manifesti della Giornata Mondiale contro la fame nel mondo, il lavoro minorile, l'oppressione delle donne, dalla cucina le risatine di Elisa e Orso e davanti a me questo Maurizio con una terrificante T-shirt a scacchi neri e viola che farebbe sfigurare il maglione ai ferri con l'alce indossato da Colin Firth alla festa di Natale dei genitori di Bridget Jones, il tipo di ragazzo che al liceo era il miglior amico della cicciona addobbata di teschi e festoni di catenacci, aggressiva e ostentatamente sboccata, che durante la lezione leggeva *Lo zen e l'arte della manutenzione della motocicletta* sotto il banco, presumibilmente li chiamavano la Coppia di Sfigati o Sfigo e Sfiga e se lo percepisco con tale millimetrica chiarezza è perché pur senza aver mai letto *Lo zen e l'arte della manutenzione della motocicletta* addobbata di teschi e festoni di catenacci, Sfiga ero anche io.

Un grumo d'imbarazzo ci congela ai blocchi di partenza.

Con tutta la buona volontà quest'uomo non può essere perfetto per me.

E non perché è Sfigo. Perché è gay.

Evidentemente, completamente gay. Clarabella più

che Maurizio. Forse il segreto intento di Miss Fao era trovarmi una nuova amica visto che si è portata via il mio, una con cui andare a fare shopping e rinnovare il guardaroba con un tocco di shock psichedelico.

Clarabella sorride e in quel momento Elisa entra in scena trillando «Ciao, Consolata! Arrivo subito, Maurizio offrile del vino» e lui solerte «Ti va un bicchiere di vino?» e per fortuna dalla cucina emerge Orso, cominciavo a temere che la simpatica cenetta a quattro fosse una trappola per trascinarmi in un appuntamento al buio e già mi vedevo ad annaspare cercando argomenti di conversazione per riempire le prossime due ore.

«Allora, Maurizio, non è proprio come te l'avevo descritta la nostra Consolata?»

Vorrei chiarire subito che io non sono di nessuno e se dovessi essere di qualcuno sono «tua» e non «nostra», ma Maurizio mi prende le mani e temo seriamente che da un momento all'altro comincerà a dondolarle come le bambine di fine Ottocento nelle cartoline augurali.

«Orso mi ha raccontato un sacco di cose belle su di te.»

«Ah sì, eh?»

Silenzio.

Di tutte queste cose belle su di me improvvisamente non se ne ricordano neanche una. Del resto come dargli torto. Non vengono in mente nemmeno a me.

Il ghiaccio si solidifica intorno a noi nonostante l'atmosfera etnica e solidale, mentre con tempismo perfetto Elisa esce dalla cucina portando in trionfo un coccio di carne e verdure sul quale Maurizio si sdilinquisce.

«Il *tagine*! Che meraviglia, lo sai che l'adoro!»

«Lo so, te l'avevo promesso, ma oggi ho fatto tardissimo, spero di non aver sbagliato la cottura.»

«Ma figurati, sarà buonissimo.»

Il coccio fumante finisce sul tavolino che mia madre chiamerebbe "da caffè", certamente sbalzato a mano da qualche falegname del globo, e tutti scivolano a terra palleggiandosi cuscini divano un sostegno di qualche genere e io, che alla fine ho pensato di fare cosa buona e giusta mettendo una gonna nera corta acquistata sull'onda dell'invidia per quella che aveva addosso Elisa la prima volta che l'ho vista, mi accomodo come un'amazzone e comincio a fare il conto alla rovescia di quando potrò tornare a casa.

Sull'onda dell'entusiasmo etnico sono stati eliminati anche i piatti e le forchette, tutti pescano con le mani mettendo quello che poi in verità è una specie di cous cous, una tipica rivisitazione occidentale di due piatti completamente diversi, direttamente in bocca o su una versione più spugnosa della classica piadina romagnola che mi offrono chiamandola *pita*, ma io mi tengo stretto il mio bicchiere, non farà parte della tradizione berbera ma un po' di vino mi ci vuole, mentre Elisa che mi vede lì immobile si alza sinuosa e agile come un gatto e «Aspetta, Consolata ti prendo un piatto» e i successivi dieci minuti arrancano nel tentativo di convincerla che «Non c'è bisogno, figurati, va benissimo così».

Dopodiché cala un silenzio così pesante che un orecchio allenato potrebbe addirittura sentire il crepitio dei vasi sanguigni della mia gamba destra ostruiti e formicolanti.

Orso accenna a un film che hanno visto solo lui ed Elisa e che fa ridere solo loro, Elisa ci delizia con qualche aneddoto di vita vissuta di un'assistente sociale e l'imbarazzante aborto di conversazione si trasforma definitivamente in un dialogo a due tra lei e Maurizio, collega e compagno di mille battaglie, su burocrati imbecilli, insegnanti di frontiera e situazioni disagiate in genere.

Orso volenterosamente si sforza di partecipare ricollegando avvenimenti e nomi a precedenti racconti, mentre io mi butto sul *tagine* apprezzando in fondo il fatto che nessuno, nemmeno io, può tenere il conto di quanto mi abbufferò. Maurizio di tanto in tanto si volta verso di me e cerca approvazione al suo sdegno o partecipazione al suo entusiasmo. Ma io non mi sdegno e non mi entusiasmo. Vorrei interromperli e chiedere perché questa cena per farli conoscere quando lui è evidentemente disinteressato all'argomento femminile. Chi sta prendendo in giro chi? Chi ha pensato che questo simpatico assistente sociale in T-shirt a scacchi neri e viola, che probabilmente ha la stanza tappezzata di foto di George Clooney come io di Morgan, potesse essere perfetto per me? Di cosa dovremmo parlare? Di borsette? Ma annego nel silenzio mentre intorno a me infuria una discussione sui criteri di adottabilità dei minori vittime di guerra e penso che quella sbagliata, come al solito sono io. Perché non partecipo, non mi viene in mente niente d'intelligente sul tema, non mi sforzo neppure e in ultima istanza, a essere del tutto franca, non me ne importa granché.

«*Possìbil a t'anteressa mai gnente!*» tuona la voce di mio padre nel vigore dei suoi cinquant'anni, al tavolo di una cena come mille altre, davanti al televisore acceso che riporta la notizia dell'ennesima tangente, l'ennesimo sciopero, l'ennesimo attentato e io che sbuffo e mi agito sulla sedia, mal sopporto il suo concionare rissoso da sindacalista di lungo corso e vorrei rispondere, ma non trovo le parole per spiegare qualcosa che è oscuro a me per prima, come può essere una sensazione così potente e sconosciuta allo stesso tempo, mi sento incompresa per ciò che nemmeno io riesco a comprendere M'interessano altre cose, ma cosa non so dire. Altro. Qualcosa che sta altrove, oltre e intorno ai fatti quotidiani, m'interessano le persone, le case in cui vivono, i vestiti che indossano, i libri che leggono, le strategie che inventano per sommare un giorno dopo l'altro senza esserne schiacciati, vorrei sapere quando Cuccia ha cominciato a camminare come Joda, se chiama sua moglie Idea Nuova Socialista anche nell'intimità e che nomignolo ha inventato per lei quando si è innamorato, perché sembra impossibile a vederlo, così ma anche lui un giorno si è innamorato, chissà come l'ha conosciuta, dove l'ha portata la prima volta che sono usciti, come le ha chiesto di sposarlo, che vita le ha prospettato.

Il *tagine* è finito e il vino anche, gli amici se ne vanno. Che inutile serata.

Scendiamo insieme, io e Maurizio.

Orso naturalmente si ferma a dormire da Elisa e il suo bacio sul pianerottolo ha tutto il sapore di un addio, la fine di un'epoca, *It's time we all reach out for something new that means you too* in uno dei tanti cd Miscellanea × Consolata che mi ha regalato cercando invano di raffinare la mia educazione musicale.

L'ascensore in discesa produce sinistri cigolii che in salita non avevo notato. Maurizio mi sorride rassicurante «Fa sempre così, ma è sicurissimo».

Sarà, ma dalli e dalli si spezzano anche i metalli e anche se nego di avere il benché minimo timore, butto l'occhio alla targhetta che indica numero di persone e portata massima stimando i 140 chili che sviluppiamo io e Clarabella un buon margine di sicurezza rispetto ai 230 concessi, ma comunque quando arriviamo al piano terra esalo un sospiro di sollievo.

Fuori dal portone continua a infuriare l'atmosfera

*Blade Runner* che ormai ci accompagna da mesi, senza neanche il conforto di insegne al neon dai colori vivaci e traffico congestionato.

Maurizio ci tiene ad accompagnarmi a casa.

A quest'ora di notte non è saggio per una donna avventurarsi da sola a piedi. Apprezzo la galanteria del gesto ma tentenno temendo le conseguenze. Perché nonostante la sua per me lampante gayezza, Maurizio allude. Infarcisce di sottotesti. Lascia intendere che la notte è piccola per noi e francamente la prospettiva di due ore di chiacchiere compulsive e inutili sotto casa mia nel gelo della Panda ferma a motore spento e poi Sali a bere qualcosa? o peggio ancora Non m'inviti a bere qualcosa? e alla fine non si beve niente o si beve solo per riempire l'imbarazzante vuoto che precede il fatidico primo bacio che è sempre un po' impacciato e goffo o esageratamente passionale, completo di viso tra le mani e labbra tumide da film, tanto per convincere e convincersi che il desiderio è veramente travolgente e inarrestabile, un'ondata di piena che ha rotto gli argini di una vita altrimenti monotona e spenta e non avrebbe concesso sonno e requie nemmeno con venti gocce di Prezene, non mi esalta.

Soprattutto perché so che, al momento buono, non saprò dire di no. Non ci sono mai riuscita. M'immedesimo troppo nella delusione altrui. Non sostengo il contraccolpo di essere proprio io a dare un dispiacere e poi già immagino i foschi pensieri del rifiutato mentre guida solo e umiliato verso casa Guarda 'sta stronza pure culona ma chi si crede di essere dovrebbe ringraziare mi sono pure sorbito quell'assurdo film giapponese per niente, che comunque è ancora una prospettiva più sopportabile di far fronte a quelli che insistono argomentando Perché no? io ti piaccio, tu mi piaci, potrebbe essere l'inizio di qualcosa d'importante buttati lasciati andare vieni vieni che poi ti piace.

Così io non mi nego.

Preferisco procrastinare fino all'inevitabile e poi pentirmi della mia incapacità di autoaffermazione il mattino dopo.

«Sicuro che non ti porto fuori strada? Guarda che da qui a casa mia a piedi sono dieci minuti, se poi passa il 15 notturno in due fermate arrivo sana e salva.»

Maurizio non mi lascia nemmeno finire «Ma quale 15 notturno, non se ne parla neanche!» mi afferra una mano e mi trascina in un'allegra marcetta sotto la pioggia verso la sua Panda senza alcun riguardo per le mie caviglie deboli e, mentre mi concentro per mettere saldamente un piede davanti all'altro, mi attraversa il pensiero che forse sono io la malfidata malpensante e c'è sempre la possibilità che questo Maurizio voglia veramente darmi solo un passaggio a casa.

Già al primo semaforo il mio ottimismo è messo a dura prova.

Ci sta indiscutibilmente provando. Ciarla come un centometrista deciso a rimettersi in gara nonostante l'insoddisfacente scatto iniziale. Quasi gli manca il fiato per la quantità di parole, domande, considerazioni. Vuole farmi credere che dell'appassionata discussione sulle storture dei servizi sociali italiani gliene importava poco o niente Ma sai com'è Elisa, con lei è difficile parlare d'altro figurati anch'io adoro il mio lavoro, ma per lei non è neanche un lavoro è una missione e io le voglio un bene da morire e la stimo moltissimo, ce ne fossero, però ogni tanto mi rendo conto che è un po' pesante, non le passa nemmeno per l'anticamera del cervello che non tutti sono come lei e poi ci sono altre cose nella vita, alla fine non abbiamo parlato di te, non so niente, cosa ti piace, cosa non ti piace, se uno è già un po' timido, con Elisa finisce sempre per fare scena muta ma adesso che siamo soli non ti mollo.

Appunto. Clarabella punta alle mie lenzuola. In un mondo perfetto punterebbe a quelle di Keanu Reeves, ma nell'immediato evidentemente sente il bisogno di sviare i sospetti, consolidare il suo Sé maschile sfoggiando una conquista femminile e una patetica single senza speranza che gli è stata venduta come affamata d'amore e di coppia è l'obiettivo perfetto. Sono il fondo del suo barile. E lui va sul sicuro pensando di essere il fondo del mio. Una storia d'amore e raschiamento.

Arrivato sotto il mio portone addirittura parcheggia e spegne il motore, aumentando per contro i giri della chiacchiera.

Nonostante il mio intimo a prova di calamità naturale, devo trovare il modo di sottrarmi. Magari accennando al fatto che Mi vedo con qualcuno nemmeno Orso lo sa, che in fondo sarebbe una versione di realtà creativa, visto che *qualcuno* in effetti lo frequento tutti i giorni anche se lui non frequenta me.

E se poi Orso gli ha raccontato della mia ossessione per Morgan e questo mi tana? Potrei mettermi addirittura in guai peggiori di quelli derivanti da una veloce scopata con un uomo dalle incerte tendenze sessuali. Clarabella potrebbe essere uno psicologo amico di Elisa sotto mentite spoglie, assoldato dai due per una consulenza amichevole e informale. La possibilità non è in fondo così remota e chissà perché quando si entra nella trama del complotto tutto torna, forse proprio perché è falsa, e solo nella finzione i fili si dipanano con logica perfetta.

Intanto Maurizio ha allungato una mano a prendere la mia e questo taglia la testa al toro, nessuna psicanalisi non richiesta, qua si punta all'incontro ravvicinato del primo tipo e io devo affrettare i miei tempi di reazione se non voglio ritrovarmi tra meno di un minuto a fare lingua in bocca con Clarabella. Inutile appellarsi a ritrosie difficilmente giustificabili, Non sono pronta, Non ci conosciamo abbastanza, Esco da una storia di tre anni con un tipo, quando il pericolo è alle porte le vie di mezzo portano alla morte, qui ci vuole un unico colpo secco, meglio ancora se giocato d'anticipo. L'anticipo sincero.

«Tu vuoi veramente fare l'amore con me?»

L'incredulità dura lo spazio di un attimo, subito seguita da un sorriso rassicurante e una carezza a scopo persuasivo del tipo Lo so che altri uomini in passato ti hanno raggirata delusa ferita ma io sono diverso.

Ecco. Non ha capito. Non mi sono spiegata.

«Potrei sbagliarmi, ma avrei detto che l'articolo femminile non t'interessasse poi granché.»

La sua mano ancora nella mia si affloscia. Come se l'avesse colto un improvviso calo glicemico si fa pallido e smunto, perde tono. E insieme al tono perde anche la parola. Restiamo così, lui in silenzio con lo sguardo fisso fuori dal parabrezza, io con la sua mano fredda in grembo a cercare le parole per venir fuori da quel buco nero in cui mi sono cacciata, per un tempo assurdamente lungo. Tendente all'infinito.

Avrei fatto meglio a farlo salire a casa e concedergli i miei favori. A quest'ora starei già dormendo beata sotto il piumone invece di battere i denti per il freddo in una Panda in via di congelamento. Potevo abbandonarmi alla mia playlist di fantasie erotiche, far l'amore con lui pensando di stare insieme a Morgan e mentre chiudo gli occhi sono tua.

Il solo pensiero mi riscalda.

Io e Morgan sul nostro Freccia Rossa in guasto tecnico. Forse sarebbe più comoda una cuccetta, ma non è il momento di perdersi in dettagli. Flebili luci di servizio azzurrognole. Le sue dita che attraversano le mie vertebre come tasti del pianoforte. Una vampata di calore mi costringe a risistemarmi sul sedile della Panda e attraverso la sua mano ancora nella mia il movimento si trasmette come un'onda a Clarabella che si volta e mi guarda gonfio di stupore.

Bisogna dare un senso, sennò rischia che tra due ore siamo ancora qui occhi negli occhi, lui tramortito io intirizzita. La cosa più semplice è ritirare la mano a sasso ormai abbondantemente lanciato. «Scusami, non sono affari miei, sai io tendo a farmi dei film che poco o niente hanno a che fare con la realtà. Comunque è stata una piacevole serata, speriamo di rivederci presto. Auguri e buon Natale.»

Recupero la borsa, agguanto la maniglia e tengo stretta l'immagine di me e Morgan in fase avanzata di conoscenza carnale, calcolando che in due minuti al massimo sarò a letto per dare libero sfogo al prosieguo, metto insieme un ultimo sorriso per Maurizio che vorrebbe essere un po' Scusa e un po' Arrivederci e lì mi blocco. Clarabella non dà segni di vita. Morgan e i sedili del Freccia Rossa evaporano di fronte al suo sguardo nudo e incredulo, come quello dei bambini quando gli si dice che Babbo Natale non esiste.

Era sicuro che nessuno se ne fosse accorto. Pensava di sostenere la sua parte di maschio virile con strabiliante immedesimazione. Forse si aspettava addirittura degli applausi. Possibile che nessuno a parte la vecchia zia che certamente anche lui si porta nello stomaco gliel'abbia mai detto? Questa entra di diritto al primo posto nella Top Ten delle volte in cui avrei fatto meglio a tenere la bocca chiusa. Mi fa pena per quanto è distrutto, immagino il lavorio incessante della sua mente che cerca di rimettere insieme i pezzi, organizzare una barricata di difesa con materiale di risulta, già sapendo che basterà un soffio del lupo cattivo per distruggerla, come la casetta di paglia del primo porcellino, ma i mattoni scarseggiano e si fa quel che si può, tutti noi ci arrabattiamo con fango paglia lamiere quando ci va bene un po' di cemento per tenere in piedi le nostre misere case, forse se gli dicessi che io puntello le crepe a suon di Morgan si sentirebbe meno solo, ma non faccio in tempo ad aprire bocca perché con lo sguardo illuminato come se avesse visto la Madonna di Lourdes e una voce che arriva direttamente da un altro universo spazio temporale esala «Sei una persona meravigliosa, veramente speciale. Orso aveva ragione». Poi comincia a singhiozzare.

Oh, no. Ti prego non piangere, non sono preparata, che si fa in questi casi?

Fa tutto lui. Mi si butta addosso tirando su col naso una valanga di parole che cercano di dare un senso di tormenti segreti bugie tentazioni imposizioni convenzioni dolore rabbia paura vigliaccheria tentativi sempre troppo deboli e mai risolutivi e ogni sera pensare Domani lo dico, lo faccio, l'affronto e domani diventa ogni volta domani l'altro e il tempo passa e si sfalda tra le mani come cenere, cosa morta che nemmeno più brucia e fa soffrire ma semplicemente affoga, sotterra, toglie il respiro.

Ho freddo e soprattutto non so bene che dire. Oltre a fargli *pat pat* sulla spalla a ritmo cadenzato non riesco a farmi venire in mente niente d'intelligente da contrapporre alle sue lacrime, niente che vada oltre il «Mi dispiace, vedrai che cambierà, non so dirti come o quando, ma un bel giorno cambierà. Vedrai, vedrai non sei finito sai» e l'unica cosa che riesco a pensare è che devo fare qualcosa per portare tutto questo tumulto esistenziale pre natalizio in un luogo riparato e caldo.

«Senti, perché non saliamo? Ti offro una camomilla, parliamo con calma. L'unica cosa non ti spaventare, casa mia sembra la location per una puntata di CSI su un malato mentale con tendenze omicide, ho le pareti tappezzate di foto di Morgan, ma non sono pericolosa, solo un po' disadattata.»

Riprendo la borsa, rimetto la mano sulla maniglia, ma nel frattempo è successo qualcosa. Maurizio non è più lo stesso. Qualcosa l'ha illuminato, trasfigurato, spariti i segni della dolorosa confessione come se un'improvvisa primavera si fosse impossessata di lui.

«Morgan? Morgan-il-leader-dei-Bluevertigo-il-giudice-di-*X Factor*-l'ex-marito-di-Asia-Argento?»

«Be' sì lui. Non la macchina.»

Sorride festoso. Riprende vita come un palloncino attaccato alla bombola dell'elio. E come se non mi avesse fino a due minuti prima resa testimone dei suoi intimi smottamenti esistenziali, delle sue incerte tendenze sessuali particolari inclusi, scende dalla macchina, mi prende sottobraccio e, incurante della pioggia e dei miei problemi deambulatori, riprende quel passo che adesso capisco essergli abituale, l'allegra marcetta verso il portone, ciarlando garrulo e snocciolando una competenza musicale e bibliografica sul mio futuro marito che tracima nell'ossessione pura.

Sono troppo occupata a superare indenne le insidie del marciapiede bagnato per concedermi la sorpresa di quel brusco cambiamento di stato, ma una volta al sicuro nell'androne comincio a innervosirmi. Insomma. Morgan è roba mia. Cos'è tutto questo sfoggio di adorazione incondizionata, umana partecipazione alle sue vicende personali e professionali, citazioni dei suoi testi?

Di pari passo con la risalita delle scale mi monta una gelosia rovente, del genere che potrebbe trovare sfogo solo in scenate plateali, urla tra il pianerottolo e la tromba delle scale, unghiate e ciuffi di capelli dell'odiata rivale tra le mani.

E sono anche preoccupata.

Nel pieno esercizio dei miei luoghi comuni ero convinta che le icone gay in campo musicale fossero Mina, Patty Pravo e gli Abba. Non vorrei che quest'insana passione di Clarabella per il mio idolo pregiudicasse la mia futura vita sessuale. E mentre lo penso si materializza la visione di me che torno a casa con le buste della spesa e scopro Morgan e Maurizio contorti in ansimanti acrobazie sessuali sul divano. L'avessi saputo non lo invitavo certo a bere una camomilla. Non voglio che veda le mie foto di Morgan o peggio ancora le commenti. Non mi va per niente. Ma ormai è troppo tardi, siamo davanti alla porta di casa e non c'è scusa che tenga, lo devo far entrare.

Di fronte ai miei altarini casalinghi, Maurizio si prostra come i fedeli a San Giovanni Rotondo.

«Dio come lo amo!» esala estatico, mentre io con la scusa della camomilla mi sono rifugiata a macerare odio e gelosia in cucina e sbatto con malagrazia tazze e bollitore mettendo subito in chiaro che «Oddio non mi ero resa conto di quant'è tardi! Domani mi devo alzare all'alba, puoi immaginare questo periodo cos'è in libreria», mentre vorrei dirgli senza mezzi termini che sono Io quella che ama Morgan mentre lui non è niente, nemmeno una comparsa sullo sfondo del nostro radioso futuro.

Quando torno in salotto sono decisa a fargliela ingurgitare così, alla temperatura di fusione dell'acciaio, quella maledetta camomilla.

Una pensa di essere gentile, di soccorrere l'amico della fidanzata del suo migliore amico nel momento del bisogno e invece si ritrova il nemico in casa.

«Io e te siamo al grado zero della solitudine», soffia cupo ed esistenziale Maurizio sulla tazza, a occhi bassi, quasi non fosse un suo pensiero ma un vaticinio da fondi di camomilla.

Ci sarai tu al grado zero della solitudine! vorrei urlargli in faccia, ma quella stessa faccia adesso mi sorride complice, con quel Io e te gettato tra di noi come una mano tesa, un ponte di liane su un fiume amazzonico, nessun giudizio, nessuna psicologia di basso cabotaggio sulle mie ossessioni, Visto da vicino nessuno è normale come recitano certe magliette che vendiamo in libreria, capiscimi perché io ti capisco.

Vorrei abbracciarlo e mentre lo penso lo faccio, così, di punto in bianco e Maurizio non ha un attimo di esitazione né di sorpresa nell'accogliermi tra le sue braccia, e stringermi e siamo ancora e per sempre Sfigo e Sfiga e anche se non ci siamo mai visti prima di quella sera è come se ci fossimo ritrovati dopo anni di forzata lontananza, io ho perso un amico, tu hai bisogno di un'amica e odio ammetterlo, ma forse involontariamente Elisa ci ha visto giusto.

Da quel momento in poi scivoliamo in un'atmosfera da pigiama party tra diciassettenni, lui infilato in una mia vecchia T-shirt extra large, io che faccio la spola tra il salotto e il bagno tra struccanti e creme e intanto cantiamo a squarciagola Lascio che le cose mi portino altrove e ci commuoviamo con Assurdo cosa accadde quando ti vidi per la prima volta chiedendoci quanti litri di vino rosso sono necessari per riempire una vasca da bagno, ci raccontiamo le nostre disastrose storie d'amore e ci addormentiamo abbracciati sul divano giurandoci amicizia eterna.

# 6

La sera della Vigilia, dopo otto ore di Signora la posso aiutare, e quanti anni ha il suo nipotino-sua zia-la cugina di suo marito sa se preferisce leggere qualcosa in particolare, questo ha venduto moltissimo, è un giallo, un romanzo storico, un affascinante affresco dell'Italia del dopoguerra, un divertente spaccato della gioventù d'oggi, le faccio un pacchetto, impacchetta lei, ecco guardi abbiamo queste buste con l'etichetta prestampata per scrivere il nome della persona a cui è destinato il regalo così non si sbaglia arrivederci e Buon Natale sapendo che nemmeno la metà dei libri che ho venduto verrà davvero letta, la gran parte finirà a prender la polvere sul comodino, a far numero sulle scaffalature, nel peggiore dei casi a puntellare una delle gambe del tavolo della cucina che Dovremmo proprio cambiarlo ma chi ha tempo, l'ultima cosa che ho voglia di affrontare è la cena dai miei.

Ma non c'è scampo. Mi tocca.

Puntuale nel pieno del caos del pomeriggio è arrivata anche la chiamata di mia madre che, fibrillante di natalizia attesa, mi ha pregato Vestiti carina che le previsioni danno neve per stasera che sarebbe tanto come dire

Con i fiocchi che volteggiano tra le luminarie tutto potrebbe essere perfetto se anche tu facessi del tuo meglio ed evitassi di presentarti conciata come una profuga.

Tradizionalmente noi nordici saremmo portati a festeggiare con un lauto pranzo il 25, secondo il lucido e razionale avvicendarsi degli eventi che prevede la faticata di Babbo Natale o la nascita di Gesù Bambino che dir si voglia nella notte del 24, l'apertura dei regali la mattina successiva e a seguire la celebrazione familiare, non fosse che la progressiva esponenziale esposizione di mia madre a film, filmtv, fiction e pubblicità di varia provenienza l'ha convinta che la sera della Vigilia fa più Natale. È più magica. Crea più atmosfera. Come il brandy Etichetta nera.

Il fatto che questo mi costringa a catapultarmi fuori dalla libreria un nanosecondo dopo lo scoccare dell'orario di chiusura per agguantare un autobus che sfidando l'impenetrabilità del traffico natalizio mi porti a casa dove in tempo record dovrò farmi una doccia, cambiarmi, recuperare i regali e poi uscire per prendere al volo un altro autobus che riattraversi la città in tempo per non far scuocere gli agnolotti, non la fa smuovere di un millimetro dai suoi propositi. E mi raccomando vestiti carina.

Riflessa nello specchio mentre armeggio senza convinzione con ombretti mascara spazzola e phon Carina non mi definirei.

Più che altro cementata. Mascherata da felicità con prodotti di sottomarca. Improvvisamente sconosciuta a me stessa, per quel noto effetto che svuota di senso le parole ripetute ossessivamente e rende irriconoscibile il proprio viso fissato troppo a lungo. L'invenzione dello specchio dovrebbe essere equiparata a quella della polvere da sparo per i danni che provoca.

Mi sorrido e tento di ripescare la mia faccia che gioca a nascondino e cercando cercando faccio una boccaccia a Morgan che, immarcescibile ed eterno come Dorian Grey, continua ad annodarsi il suo cravattino così meravigliosamente démodé, da anarchico fuori tempo massimo. Potresti darmi una mano anche tu. Almeno a Natale. Materializzarti nello specchio alle mie spalle, darmi un bacio sul collo e dirmi che sono bellissima, che siamo in ritardo, che domani è un altro giorno. Anche Francamente me ne infischio andrebbe bene, guarda. Qualunque cosa è meglio di questo ostinato silenzio, di questo nulla con cui ripaghi la mia ottusa dedizione.

Come se lui potesse fare qualcosa. Come se tutto questo avesse un senso. Sono io che voglio trovare un senso a tante cose, anche se tante cose chiaramente un senso non ce l'hanno. Altro che mia nonna che sosteneva di aver visto Ylenia Carrisi alla cassa del Pam. Io farò la fine di quella poveretta convinta che re Giorgio V d'Inghilterra l'amasse e comunicasse con lei attraverso sibillini e infinitesimali spostamenti delle tende dietro le finestre di Buckingham Palace. Andrò in giro blaterando di messaggi d'amore che Morgan mi fa arrivare in sogno. Di astrusi codici che usa per comunicare con me attraverso le sue interviste, sottilizzando tra le evidenti variazioni tra cartaceo e televisivo. Nella migliore delle ipotesi mi studieranno come un raro caso clinico e finirò i miei giorni in una stanza con le pareti imbottite.

Orso ha ragione. Devo uscire da questa ossessione. Riallacciare i rapporti con la realtà. Coltivare relazioni con persone che hanno un numero di telefono rintracciabile. Magari comprarmi un vestito nuovo e flirtare con qualche cliente. Disintossicarmi.

E mentre formulo tutti questi buoni propositi, esagerando come sempre si fa quando ci si appresta ad affrontare le pulizie di Pasqua della propria esistenza, sento che ce la posso fare. Che è cosa buona e giusta. Che la strada è segnata ed è una strada maestra, ampia e soleggiata, che non può che portare a una vita migliore.

Con l'anno nuovo mi metterò seriamente a dieta, rinnoverò il guardaroba, l'appartamento, m'impegnerò a cercare un nuovo lavoro, potrei addirittura rimettere un piede in università, vedere che aria tira, magari prendere una seconda laurea studiando di sera, di notte nei turni liberi la domenica e poi da cosa nasce cosa, quando la ruota si rimette in moto e ricomincia a girare tutto può essere, l'importante è prendere le cose di petto, smetterla di crogiolarsi in questa brodaglia zuccherosa d'infatuazione sciocca e fuori tempo. Animo, animo. Zaino in spalla e via andare.

Questo Natale sarà l'inizio di una nuova vita! mi riprometto imbustandomi nel mio tubino nero da insufficienza respiratoria. E sarà pure vero che le strade dell'Inferno sono lastricate di buone intenzioni, ma da qualche parte bisognerà pure cominciare, volli sempre volli sempre fortissimamente volli, con un po' di buona volontà le cose possono cambiare e tanto per chiarire il concetto all'invisibile pubblico che dagli spalti plaude alla mia determinazione, stacco dal muro la foto di Morgan e sono quasi tentata di farla a pezzi per strappare l'ovazione, se non fosse che un residuo tuffo al cuore mi blocca il gesto sul più bello e la foto non me la sento di strapparla proprio.

La piego delicatamente e la infilo nel cassetto degli assorbenti, rimandando a più tardi la spoliazione del salotto. Un passo alla volta.

Quando arrivo a casa di mia madre sono spaventosamente in ritardo, ma gonfia di spirito natalizio. Trasudo serenità. Tracimo letizia e generosa disposizione d'animo verso tutti. Abbraccio la cara vecchia zia Elide che nemmeno mi riconosce. Scambio affettuosità con il balengo. Mi commuovo per l'eterno maglione verde prato che indossa mio padre a ogni Natale. Addirittura elargisco lodi sperticate alla smania decorativa di mia madre che non ha risparmiato gli strofinacci della cucina, tutti amorevolmente ricamati a tralci di vischio e bacche rosse. Nemmeno commento la piramide di Ferrero Rocher sul tavolino accanto al divano.

Allora ci siamo tutti, la zia si mette qui vicino a papà, Maria, Alberto sedetevi che io porto gli antipasti, ci sono i gamberetti in salsa rosa e ho fatto anche i vol-au-vent con la fonduta che so che ti piacciono, vero Alberto?, che bello che siamo tutti insieme, non sapete che gioia dicono che addirittura stasera nevica, dai mangiate, il vino l'avete aperto, facciamo un brindisi come sono felice allora Buon Natale. Mia madre è esausta di felicità, il suo entusiasmo lambisce l'esaurimento nervoso e la costringe a parlare, alzarsi, intervenire servire incessantemente, come se un istante di riposo potesse esserle fatale, come se dal suo moto perpetuo dipendessero le sorti dell'umanità intera.

In altre occasioni l'avrei sopportata a stento, ma non stasera, non con questo mood di agrodolce, malinconica consapevolezza da finale felliniano, questa sono io, io come sono e non come vorrei essere, io che la realtà la lavoro all'uncinetto come mi insegnava mia nonna da piccola per intrattenermi mentre cucinava, una maglia bassa e cinque maglie alte nella stessa presa ed esce una specie di ventaglio e con un po' di buona volontà quell'unico filo diventa centrini coperte sciarpe vestiti per le bambole, prende vita e forma, acquista un senso, ma è sempre quello stesso filo, io lo so, non mi perdo, ci sto attenta nonna una maglia bassa e cinque maglie alte nella stessa presa, ogni punto deve essere preciso, non andare avanti se ti accorgi di aver sbagliato, non fare pasticci, così se poi un giorno vuoi sfilarlo il filo non si rompe, si può arrotolarlo in una nuova matassina e ricominciare daccapo. Da domani ricomincio. Sfilo tutto e ricomincio, magari con un punto più semplice, così non sbaglio più.

Li guardo. Mia madre, mio padre, la zia Elide, il balengo, mia sorella e questo salotto addobbato a festa e per una volta sono felice di essere qui e non vorrei essere da nessun'altra parte. E almeno per le prossime due ore intendo godermi i gamberetti scongelati, gli agnolotti, i regali e mentre lo penso mi risale quell'attesa che da bambina mi mozzava il respiro per la gioia e che ora si mescola con la curiosità di vedere le facce degli altri quando apriranno i miei di regali. E speriamo che mia sorella non se la sia cavata con il solito profumo.

Il moto ondoso provocato dal pensiero di mia sorella si propaga in uno sguardo che va a cercare il suo sguardo sperando in un lampo di complicità che superi la barriera degli anni e dei troppi inutili flaconi di profumo natalizi, ma quello che vedo, e lo vedo solo adesso, come se fino a un minuto fa l'immagine di mia sorella che avevo davanti agli occhi fosse quella di sempre, di ogni domenica, di ogni Natale, più che un'immagine un fermo immagine che cancella ogni successiva variazione, quello che vedo decreta l'immediato spegnimento della colonna sonora di Nino Rota per sintonizzarmi su un più prosaico Masini, un Luca Carboni degli esordi, anzi meglio un Baglioni d'antan. Signora Lia stasera piangerai da sola lava i piatti asciuga il viso e accendi la tivù.

Mia sorella ha chiaramente qualcosa che non va.

Non è del suo solito umore.

Tanto per cominciare indossa un vestito grigio suora di almeno due taglie più grande che sospetto facesse parte del suo corredo per il viaggio di nozze e che da allora non le ho mai più visto addosso. Niente tigrato pervinca, niente paillettes, niente giaietti, nemmeno il filo di perle del matrimonio. Trucco svogliato, capelli sistemati in casa. E se mia sorella evita il parrucchiere per il cenone della Vigilia non può che essere successo qualcosa di grave.

Guardo il balengo cercando segni di una crisi matrimoniale, le eccessive premure del marito fedifrago scoperto in flagrante e desideroso di farsi perdonare, lo sguardo pentito dell'imprenditore wannabe incappato nell'ennesimo disastro, la tensione del quasi-ex-marito costretto a cercarsi al più presto un'altra sistemazione. Niente.

Pimpante e logorroico come sempre nel suo maglioncino rosso Natale, dispensa gamberetti alla zia, s'ingozza di vol-au-vent, rabbocca i bicchieri e aggiorna chiunque abbia voglia di ascoltarlo sui lavori di ristrutturazione ormai quasi terminati del suo locale notturno, completamente reinventato da un architetto di grido, conforme a tutte le norme anti-incendio e anti-infortunio, rifiniture di pregio e materiali di prima qualità.

Mia sorella mangia in silenzio, risponde a monosillabi e fa sorrisi tiratissimi come un'attrice di terz'ordine, coprendosi di tanto in tanto la bocca con un gesto che si sforza di far apparire leggiadro, neanche stesse ingurgitando chili di Gran Soleil invece dei gamberetti maionese e ketchup. Mia madre è talmente presa dalla riuscita della serata che non si accorge di nulla. Per lei del resto Maria è la figlia realizzata, sistemata, accasata. Nella sua sistematizzazione dell'esistenza, una volta raggiunto l'altare il grosso è fatto e il resto è una croce che ciascuno ha la sua e se la porta in silenzio. Questa sera poi, a onor del vero, non ha tirato fuori neanche una volta l'argomento nipotini e, considerando l'enorme sforzo che dev'essere per lei tralasciarlo proprio in un'occasione così ghiotta, sente di aver dato il massimo per la serenità della sua prole.

Le supposizioni sul malessere di mia sorella occupano tutte le successive portate. Per quanto mi sforzi, non riesco nemmeno lontanamente a immaginare quali tribolazioni possa nascondere il suo cuore e questo mi dà la misura di quanto poco la conosco, mi fa cadere addosso un velo di tristezza, di parole non dette, porte chiuse, diari segreti gelosamente custoditi, conversazioni in direzione sempre ostinata e contraria, tese solo a marcare differenze Io non Io mai Io non so come fai, e ho un bel tentare una comunicazione non verbale in zona Cesarini, una sequela di sguardi preoccupati, allarmati, sopracciglia aggrottate, lo so anch'io che è decisamente tardi per cercare una complicità che non abbiamo mai avuto, un codice che non abbiamo mai stabilito.

Eppure mi spezza il cuore il suo malessere che nessuno sembra notare, che lei vuole chiaramente mascherare e intanto siamo già ai contorni, i funghi le patate al forno l'insalata, manca solo il panettone, lo spumante, il brindisi, i regali, immagino stia facendo il conto alla rovescia, ancora due ore e sarà tutto finito, potrà tornare a casa, infilarsi a letto e finalmente soffrire rimuginare angosciarsi in silenzio, lontano da occhi indiscreti, per fortuna l'ansia da prestazione natalizia di mia madre accelera il supplizio, i piatti vanno e vengono alla velocità della luce.

«Porto la frutta?» e mentre lo dice ha già fatto sparire i resti dell'arrosto e il cestino del pane, Maria mi aiuti con i piattini per i dolci, Avete mangiato abbastanza, che bella serata, peccato che non abbia nevicato, ma che ci vuoi fare le previsioni sbagliano sempre, e Maria si alza a raccogliere i piatti, diligente e precisa com'è sempre stata e questa volta mi alzo anch'io, colgo la palla al balzo, magari riesco a bloccarla un minuto in cucina «Cosa c'è che non va a me puoi dirlo siamo sorelle».

Ma ritagliarsi un minuto è vana speranza.

Ci sono le noci da sistemare nell'allegro cestino con il nastro rosso, Lo zucchero a velo sul pandoro lo metto io, tu porta la tagliata di frutta e con la coda dell'occhio vedo che Maria va a rifugiarsi in bagno, e allora mollo velocemente il trionfo di primizie al maraschino e la raggiungo, non fa a tempo a chiudere la porta che sono dentro, giro la chiave.

«Che cos'hai?»

Mi guarda come se nel bagno fosse entrato un Visitor.

Si sforza di arrangiare velocemente una risposta, buttare lì una rassicurazione qualunque che plachi la mia inattesa preoccupazione e la traghetti sana e salva verso la fine della serata. Ci sta provando, lo vedo. Raccoglie le forze. Ma qualcosa nel meccanismo bene oliato del suo decennale ruolo di sorella maggiore e figlia perfetta s'inceppa, sussulta e poi si ferma, posso quasi vedere le parole che si vetrificano in gola, l'abbozzo di sorriso che stava organizzando che si cementa in faccia, temo quasi che le si fermi il cuore e cada a terra così, di colpo, morta.

Invece si mette a piangere. Singhiozza disperata, come quando da piccola le pasticciavo i quaderni di scuola o tagliavo i capelli alle sue Barbie, e intanto dal salotto arriva la voce di nostra madre che annuncia lo spumante Ma dove sono finite le ragazze Mariaaaaa Consolataaaaaa venite a fare il brindisi.

«Arriviamo mammaaaaaa» e intanto apro il rubinetto del lavandino, srotolo chilometri di carta igienica, afferro cotone e latte detergente per rimediare alle autostrade di mascara che solcano il fondotinta mal distribuito sulla faccia ormai devastata di mia sorella, ma a lei non interessa, il decoro che è stato il faro nella notte della sua esistenza è andato a farsi benedire, continua a piangere, singhiozzare, stropicciarsi gli occhi con la carta igienica e «Si può sapere che cosa è successo? Hai dei problemi al lavoro? Alberto ti tradisce? Siete in bancarotta, hai una malattia grave? Ti prego, Maria, dì qualcosa che la situazione è già abbastanza drammatica così».

Ride. Adesso ride tra le lacrime.

«Sembri mamma», mi dice e ricomincia a lacrimare, si siede sul bordo della vasca e io lì, in *freeze frame* con il rotolo della carta igienica in mano, che realizzo con orrore che sembro davvero mamma, mamma che si disperava e blaterava di stalker e cancro mentre io piangevo sul divano sognando Morgan, e all'improvviso ho un'illuminazione, mi siedo anch'io sul bordo della vasca.

«Ti sei innamorata?»

«Sono incinta.»

Adesso è il mio turno di boccheggiare. Qualcosa non quadra. Questa dovrebbe essere una buona notizia, il genere di annuncio da fare a reti unificate, lei e Alberto mano nella mano occhi negli occhi allo scoccare della mezzanotte e Non potevate farci regalo più bello, che meraviglia hai sentito Fulvio?, e da quanto, quando nasce e giù a fare pronostici Se è maschio lo vorremmo chiamare Ugo come il nonno, se è femmina ancora non sappiamo forse Alice o Matilde allora un bel brindisi e mamma con le lacrime agli occhi Finalmente un nipotino che felicità. E invece siamo qui a disperarci sul bordo della vasca da bagno e a questo punto ho paura di chiedere perché. Mi aspetto il peggio. Una gravidanza a rischio. Una diagnosi di malformazioni gravi. C'è da scegliere tra la mamma e il bambino e io non avrei dubbi, la mamma prima di tutto, ma forse mia sorella punta a immolarsi per la vita che porta in grembo e si sente già in odore di santità e allora timidamente arrischio un «Alberto che dice?»

«Non è di Alberto.»

Faccio un salto. Ne faccio anche un altro. Potrei fare anche la riverenza e la penitenza.

«Come non è di Alberto?!»

Mi scappa così, con il punto interrogativo e quello esclamativo insieme e mi sento subito in dovere di ridimensionare, perché Maria mi scodella una sguardo che sarebbe tanto come dire Ti prego Consolata almeno tu. Almeno io cosa? Non me l'aspettavo. Non avrei mai immaginato. Non mi ha mai sfiorato l'idea che tu potessi *farlo* con altri uomini oltre a tuo marito. E anche con tuo marito comunque poco. In prevalenza il sabato sera.

«Sessualmente Alberto è un analfabeta.»

Non sono pronta per i particolari. Che mia sorella confessi i dettagli della sua vita sessuale non faceva parte delle mie previsioni natalizie. Neanche di quelle più estreme. Ma nell'istante stesso in cui lo penso, lei ha già cominciato a parlare e io sono qui, autoconfinata sul bordo della vasca da bagno della casa che ci ha viste bambine, ad ascoltare la storia dei suoi orgasmi, tentando invano di scacciare la visualizzazione del balengo che avanza nudo e ancheggiante verso il talamo coniugale. Il succo è che arrivare illibata alle nozze non è stato sufficiente a nascondere le magagne sessuali del consorte che, in estrema analisi, risulta non sufficientemente dotato e, soprattutto, drammaticamente incapace di generosità, creatività, sperimentazione amorosa. Il peggio dovrebbe essere passato. Sono riuscita ad arrivare in fondo senza arrossire, nascondere la faccia nella carta igienica o peggio scappare a gambe levate. Mi resta la stupefacente scoperta di essere la sorella di Dita Von Teese quando ho sempre pensato che una versione in bagna cauda della Sora Cecioni fosse più nelle sue corde. Rimane il nodo della questione. «Chi è il padre?»

«Non lo so.»

Quando è troppo è troppo.

«Come non lo sai?!»

E questa volta il punto esclamativo e quello interrogativo insieme ci stanno tutti. Non lo so non è possibile. Non lo so apre scenari di attività sessuale extraconiugale che non voglio nemmeno provare a immaginare. Non lo so è la tragedia che mamma aspetta da una vita, la scusa perfetta per cadere in una depressione da manuale da cui non la solleverebbe nemmeno l'intera produzione mondiale di Prozac. Non lo so è una risposta a cui sono totalmente impreparata.

«Forse di Fabio.»

Fabio Fazio. Fabio Volo. Fabio Bunin, il ragazzino biondo del catechismo. Fabio Savona che mi ha convinta a fare un bagno a mezzanotte completamente nuda nell'estate del '93. Fabio Cinti il musicista che lavora con Morgan. Una selva di Fabio m'intasa i neuroni facendosi largo a gomitate, ma nessuno mi sembra papabile come padre della creatura di mia sorella.

«Fabio Boni, il socio di Alberto» mi viene in aiuto lei.

Non sapevo che il balengo avesse un socio. E meno che mai che con questo socio mia sorella intrattenesse una relazione. Quello che si dice un Natale indimenticabile. Su quest'ultima notizia mi cala addosso una stanchezza che nemmeno se avessi fatto un'ora di tapis roulant a velocità massima. L'unica cosa che vorrei è stendermi nella vasca, rannicchiarmi sotto un asciugamano e svegliarmi nel nuovo anno, evitando di tornare in salotto, inventare una spiegazione plausibile per la prolungata assenza, scartare i regali, tenere d'occhio mia sorella, salutare il balengo che quasi quasi mi fa pena, baciare mia madre sperando che non si sia accorta di niente che si sa le mamme sono tutte un po' streghe.

A conti fatti avrei preferito non sapere.

Perché sapere è una responsabilità. Implica empatia, sostegno, conforto, un costante aggiornamento sullo stato delle cose e una fattiva collaborazione nel loro dipanarsi. E io non ho la forza. Fino a poche ore fa tracimavo buoni propositi e fiducia nel futuro e improvvisamente non ho energia sufficiente nemmeno per alzarmi dal bordo di questa vasca.

Per la teoria dei vasi comunicanti, mentre io sono ormai sul punto di stramazzare al suolo chiedendo pietà, mia sorella si rianima. Evidentemente lo sfogo ha avuto su di lei inattesi effetti terapeutici e con una tempra e un'efficienza tipicamente sabaudi che sarebbero l'orgoglio di mio padre, Maria si alza, si sistema, si pettina, trova perfino un vecchio rossetto Notte di Passione, reperto del viaggio di nozze di nostra madre, e riorganizza le truppe per affrontare il resto della serata, arrivando addirittura a fare progetti per il futuro.

Mamma e papà non devono sapere niente. Alberto

men che meno. Fabio Boni neanche sotto tortura, essendo sposato con una megera ricchissima, sua unica fonte di sostentamento e padre di turbolenti adolescenti sulla china dell'alcolismo. Forse ne parlerà con Emanuele, il collega di Matematica e Scienze che potrebbe essere il vero padre. Uomo perbene, amatore di un certo interesse, divorziato, con il quale non sarebbe poi così terribile impiantare una nuova vita e una nuova famiglia.

Mia sorella mi ha ufficialmente superata a sinistra.

Sposata, traditrice seriale, pronta al divorzio e a rifilare al collega di Matematica e Scienze un figlio che potrebbe essere suo ma anche no. Al confronto il mio goffo smarcamento familiare a suon di Morgan è roba da dilettanti allo sbaraglio.

E improvvisamente mi sovviene che in quell'occasione la mia sorella non più così perfetta come voleva farci credere mi ha trattata con tale supponente superiorità che a ripensarci gliela farei ingoiare, adesso che sono qui ad ascoltare le sue esperienze di educazione sessuale fuori tempo e senza contraccezione adeguata, senza commentare e men che meno giudicare.

«Andiamo?» mi apostrofa incongruamente baldanzosa.

Quando torniamo finalmente in salotto siamo lo specchio di quando ne siamo uscite.

Maria rifiorita come una rosa a maggio si getta entusiasta su pacchetti e pacchettini accatastati davanti al suo piatto, mentre io percossa e attonita, con la faccia di Luke Skywalker quando scopre che Darth Vader è suo padre, mi lascio cadere sul divano preda delle più fosche previsioni sul futuro.

E torno a casa con l'immancabile flacone di Chanel.

# 7

Senza che me ne rendessi conto la mia famiglia è precipitata in pieno climax di un film di Douglas Sirk e, per essere in tono, ci vorrebbe un bel bicchiere di whiskey. O di bourbon. Senza ghiaccio. Tracannato così, in un sorso, tanto per dimostrare la propria sana e robusta costituzione di fronte alle asperità della vita. Roba da uomini veri. I personaggi femminili, invece, di fronte alle difficoltà indulgono spesso in una doccia, preferibilmente in case iper riscaldate, lussuosamente arredate e disseminate di punti luce. Quelle che vivono in squallidi tuguri di periferia ci danno dentro con superalcolici non meglio identificati in busta del pane. Io forse ho ancora una vecchia bottiglia di Punt e Mes lasciata dai precedenti proprietari che Paolo non ha mai voluto buttare considerandola un buon augurio per la nostra nuova casa e comunque un nostalgico reperto dei tempi che furono.

Pun Pun appuntamento yes appuntamento con Punt e Mes. Oppure potrei tentare di stordirmi inalando lo Chanel. Perché di farmi una doccia adesso non se ne parla. Rannicchiata come sono sotto il piumone, la sola idea di mettere il naso fuori mi fa venire i brividi.

Avrei bisogno di parlare con qualcuno, questa è la verità. Condividere il peso della confessione che ho malauguratamente estorto a Maria. Sviscerarne le possibili conseguenze. Riderci su. Soprattutto sentire che la mia esistenza è costruita con le più moderne tecnologie antisismiche e la gravidanza extraconiugale di mia sorella non può causare altro che un leggero dondolare di culla e non lo smottamento da tragedia che prevedo.

In momenti come questo, scartata l'opzione superalcolici, ci si attacca a ciò che si ha ma io, stringi stringi, fuggito Paolo, perso Orso, steso un plaid sul *coté* professionale, sono ancora ineluttabilmente la ragazzina intruppata nella gita familiare domenicale. Io sono ancora quella ragazzina che piange.

Per un attimo accarezzo l'idea di telefonare a Maurizio. Un amico, anche se di nuovissima acquisizione, è meglio di niente in certi frangenti. Ma sono quasi le due del mattino e Maurizio è in quel di Bra per il Santo Natale con la famiglia, e certe cose non si fanno.

*As costuma nen*, direbbe mia madre.

Mentre indugio senza costrutto sulla lettera M della rubrica del cellulare mi rendo conto che il mio istinto folle e scomposto sta cercando il numero di Morgan.

Che naturalmente non ho. Ci mancherebbe.

Ma il fatto di non averlo per un attimo mi lascia interdetta, quasi fosse un problema della memoria del cellulare più che un periodo ipotetico dell'irrealtà. Perché dopo averlo così compulsivamente letto ascoltato guardato sognato desiderato immaginato in questi ultimi mesi, avere il suo numero di cellulare mi sembrerebbe naturale.

*Ti conosco meglio di quanto conosco me stesso*, ha postato maddi80, rudiAssurdo, malvena o qualcuno di questi su una delle pagine Facebook, su un forum, su uno dei siti dedicati a Morgan che regolarmente scandaglio anch'io cercando chissà che cosa, senza mai naturalmente scrivere niente per il terrore di essere additata contraddetta sbeffeggiata da perfetti sconosciuti con i quali non ho nulla a che spartire, a parte la passione per un cantante, ma che nella loro compatta ancorché virtuale presenza mi paralizzano.

E poi comunque scrivere per dire cosa?

Quanto mi manca anche se non l'ho mai conosciuto?

Il dileggio sarebbe automatico. E sensato.

Eppure *Ti conosco meglio di quanto conosco me stesso* e allora perché non ho il tuo numero di telefono?

Chiamarti adesso e raccontarti di Maria, del balengo, del bambino che non si sa di chi è mi sembrerebbe la cosa più naturale del mondo, la quadratura di un cerchio, la giusta fine della serata. Tu capiresti, ne sono sicura. Ci faresti sopra quella bella risata che è il toccasana in queste situazioni. Arrischieresti addirittura un consiglio. E io potrei fare lo stesso con te, nel momento del bisogno.

Il desiderio di parlare con Morgan, pungente, struggente desiderio, è lo stesso che per mesi, dopo l'abbandono di Paolo, mi ha attanagliato ogni minuto. Non fa differenza il fatto che Paolo avesse una consistenza, una storia, una realtà che Morgan non ha.

Il desiderio non coglie le sfumature o meglio le elimina di suo pugno, confonde sogno e son desto, come un animale ferito e affamato esce dallo stomaco e afferra alla gola, rifiutando di sottomettersi all'orgoglio, alla convenienza, alla decenza, figuriamoci al principio di realtà, obbligando a impugnare il telefono, salire in macchina, attaccarsi a un citofono piangendo urlando pietendo un gesto, una parola, una frase un rigo appena.

E adesso ho voglia di contatto, di scriverti e parlarti.
Ecco, io adesso voglio parlarti.
In questo istante. Subito.
Con la stessa ingenua ostinazione di Et Telefono Casa. E l'impossibilità di farlo, lungi dal sedare il desiderio, lo alimenta, lo rinfocola, lo spinge con la determinazione di un Don Quijote contro i mulini a vento del possibile.
Gli scrivo una lettera.
Un gesto d'altri tempi, carta di pregio e stilografica a inchiostro nero, Caro Morgan virgola a capo, il fruscio della busta che scivola nella fenditura delle cassette rosse della Posta, il sapore vagamente ottocentesco dell'attesa di una risposta, il mito della Royal Mail che tesseva amori e tradimenti tra la posta del mattino e quella del pomeriggio, le *Relazioni pericolose*, il visconte di Valmont e la marchesa di Merteuil, il fascino degli epistolari, Carissimo Simenon Mon cher Fellini Piccola Biblioteca Adelphi ultimo scaffale in fondo alla sala chieda pure al mio collega.
Uscire dal letto è escluso.
Nella penombra creativamente propizia dell'abat-jour afferro a caso un libro e una penna dal comodino e cerco una pagina abbastanza bianca per buttare giù una brutta copia. L'impresa mi esalta. Sento di essere arrivata a un punto di non ritorno. Una svolta. Un vero atto di coraggio. Nella nebbia dell'eccitazione solo vagamente mi sovviene che non più di cinque ore fa la svolta della mia vita doveva essere esattamente il contrario, la foto di Morgan nell'armadietto degli assorbenti e via verso nuove meravigliose reali avventure. Dettagli. Inutili sofismi.
Dunque Caro Morgan virgola a capo mi chiamo Consolata e ho trentasette anni. E lavoro in una libre-

ria. E gli amici mi chiamano Cos. E sono una tua fan. Ammiratrice. Sostenitrice.

Mi faccio tristezza da sola.

Possibile che con una laurea in Lettere da 110 e lode non sia in grado di mettere insieme qualcosa di meglio?

Ricominciamo.

Caro Morgan virgola a capo. E fin qua ci siamo. Ho cominciato per caso ad ascoltare le tue canzoni e ho trovato me stessa in ogni parola punto. La mia vita fino qua non è stata esattamente un tappeto di petali di rosa, ma nemmeno un letto di spine.

Così sembra la lettera al Dottore, quella che i concorrenti di *Affari Tuoi* sono costretti a leggere tra le lacrime all'apertura del pacco dei cinquecentomila euro, tutt'un fiorire di disgrazie e determinazione, precarietà e coraggio, figli mogli mariti che sono la luce della mia vita e grazie per quest'opportunità e anche se non vinco niente tanto io ho già vinto la mia battaglia contro il destino cinico e baro, applausi.

Devo trovare qualcosa di più intrigante, qualcosa che lo colpisca, che susciti la sua curiosità, che lo spinga a rispondermi, a chiedermi, qualcosa, che lo impegni in una conversazione epistolare inaspettata. Altrimenti facevo prima a spedirgli uno di quegli orsi di peluche che stringono tra le zampe un cuore con scritto Ti Amo.

Il genere di regali che faceva il balengo a mia sorella per il compimese.

Ecco, mia sorella.

Potrei sfruttare la storia di Maria e della sua non-immacolata concezione come volano per una discussione su amore e famiglia, maternità e responsabilità. Perché poi a Morgan l'argomento dovrebbe interessare non lo so. Non è mica un sociologo o un terapista di coppia. È un uomo che non mi conosce e che dovrei cercare di affascinare con la mia scrittura profonda brillante ironica colta.

Come Winnie the Pooh mi chiudo nel mio angolino riflessivo e penso penso penso. Penso a cosa mi piace di lui. A cosa mi piace di me. A cosa di me potrebbe piacere a lui. A cosa abbiamo in comune. Al suo sorriso disarmante. Ai suoi capelli sghembi. Alle sue mani tozze. A quel modo violento di cercare gli accordi sulla tastiera, più adatto a Gerard Depardieu in quel film in cui voleva ottenere la cittadinanza grazie a un falso matrimonio con Andie MacDowell che a uno con il fisico da lanciatore di coriandoli. Penso alle sue canzoni, che al primo ascolto mi sembravano inascoltabili e ora risuonano con la perfetta meraviglia di un codice decifrato. Penso a quelle foto al mare con la mamma, la figlia, la sorella e a come può essere il suo bagno, la sua casa, la sua macchina, il bar dove va a fare colazione, i libri che legge, la torta per il suo compleanno, l'anniversario del giorno in cui suo padre ha deciso di non essere più.

Caro Morgan virgola a capo.

Penso alle sue interviste, alle sue dichiarazioni. Sono storto sbagliato autodistruttivo non faccio niente di giusto. Sono ferito – pesantemente trasformato – spento. Ecco, forse partire da qui, poter dire Anch'io. Anch'io mi sento così e ti capisco, ma è così banale, superficiale, ovvio. Tutti, prima o poi, si sentono storti, sbagliati, incapaci. Tutti prima o poi sono feriti pesantemente trasformati-spenti. E allora cosa? Cosa dire? Com'è possibile sentirsi così vicini, affini, compatibili e non trovare le parole giuste per raccontarlo?

Caro Morgan virgola a capo.

E qui mi fermo. I possibili inizi s'accavallano e s'ingarbugliano intruppandosi e sgomitando davanti alla cruna dell'ago della scelta, schiacciati gli uni sugli altri a rivendicare ciascuno il suo diritto di precedenza come i ragazzini davanti a una discoteca con selezione all'ingresso con me nella parte del buttafuori.

Caro Morgan, virgola a capo.

Dopo un altro paio di tentativi abortiti, alzo bandiera bianca e mi consegno mani in alto e niente scherzi alla parte peggiore della mia natura. Chiudo la discoteca. Tutti a casa, non entra nessuno. Appallottolo il foglio e lo lascio cadere a terra. E poi chissà quante lettere riceve, quante mail, cartoline, bigliettini d'auguri che nemmeno legge, nemmeno apre, ettari di Amazzonia direttamente destinati al riciclo Nessun albero è morto per questo quaderno, solo centinaia di sospiri speranze attese. Partecipare a questo macero di aspettative è inutile. Mi si nota di più se non ci sono.

Forse un goccio di Punt e Mes non è poi una cattiva idea, ma mentre valuto la possibilità di abbandonare i 200 gradi Fahrenheit del piumone per alzarmi, ciabattare in cucina, rovistare negli armadietti e attaccarmi al collo della bottiglia, scivolo nel sonno e anche questo Natale è passato.

# 8

Il nuovo anno entra in libreria con il passo dinoccolato di Orso imbustato in un tessuto che non è pile ma una cosa a metà tra la tuta da sub e quella di un astronauta.

Morbido ma rigido, leggermente lucido.

Indefinibile.

Con il cappuccio.

Lo guardo avanzare con lo stesso stupore dei primi spettatori dei film dei Lumière e affilo il sarcasmo in vista delle spiegazioni dovute.

Che puntualmente non arrivano.

Orso si china a controllare la bolla delle rese come se niente fosse. In silenzio.

«Bella questa felpa» butto là fintissima. «Un regalo di Elisa?»

«Dei suoi» bofonchia. «È un tessuto tecnico di ultima generazione.»

«Ah, un tessuto tecnico.»

Tanto come dire una strategia non violenta di eliminazione del pile. Astuta, la ragazza.

«Come sono andate le feste?»

«Bene.»

Orso continua a tenere lo sguardo ostentatamente puntato sull'invenduto. Laconico e reticente.

«Elisa?»

«Bene.»

«Allora tutto bene?»

«Uhm uhm.»

Siamo passati al bofonchio. Pessimo segno.

Qua è successo sicuramente qualcosa, ma dopo l'esperienza natalizia con mia sorella l'idea di trascinare Orso nel bagno dei dipendenti e metterlo spalle al muro costringendolo a confessare l'origine del suo cattivo umore mi fa tremare i polsi. Temo quello che potrei scoprire. Elisa l'ha lasciato? Vuole partire per affrontare l'esperienza dura ma formativa di un anno tra gli orfani del Darfur per portare il suo sostegno e il suo impegno civile laddove è davvero utile? È incinta anche lei? Di un altro?

D'un tratto mi balena l'orribile sospetto che tra Natale e capodanno sia cominciata una gara tra chi riusciva a infilarsi nel tunnel del dramma esistenziale più interessante.

Io, come sempre, non mi sono nemmeno presentata alle iscrizioni, anche perché francamente credevo di essere già in buona posizione per le finali.

Sarei tentata di scodellare a Orso la storia dell'incredibile gravidanza di Maria, ma non è aria. Non faccio nemmeno in tempo a organizzare un esordio tipo Non immaginerai mai, che si è già dileguato verso il magazzino impartendo ordini come un comandante dei Marines. Lo guardo allontanarsi rimasticando tra le labbra un odio che ha il sapore dei vecchi tempi, ma poi quelle gambe leggere e arcuate, l'andatura ballonzolante, quelle spalle un po' curve mi stringono il cuore. In fondo è sempre il mio migliore amico. Tanto più se indossa un tessuto tecnico non meglio identificato, segno inequivocabile di un problema e io, in quanto amica, voglio essere dalla sua parte, così come da quella di mia sorella e di chi altro ancora si presenterà tra qui e la fine della giornata raccontandomi che durante la cena di Natale ha sparato al cognato, derubato la nonna, seviziato il gattino della vicina mentre io spendevo le mie ultime forze abbandonando al primo ostacolo un pallido e comunque inutile tentativo di contatto epistolare con Marco Castoldi in arte Morgan.

Il quale peraltro, nel pieno fulgore di un successo personale e artistico, risulta tra i big di Sanremo.

Tra Pupo ed Emanuele Filiberto.

La notizia illumina come un bengala il lungo pezzo d'inverno che ancora mi aspetta. A botte di articoli sui giornali, foto, interviste, anticipazioni, collegamenti, Festival e Dopofestival posso arrivare tranquillamente fino a fine febbraio e poi da lì marzo è a un passo e con l'arrivo della primavera è fatta.

Perché il segreto è tutto qui.

Gettare un'ancora verso il futuro, avere qualcosa da aspettare, anche una cosa sciocca come il Festival di Sanremo va bene, purché ti proietti in avanti, crei un appuntamento, visualizzi una possibile felicità. È la linea continua che uccide, come quella in primo piano sull'elettrocardiografo nelle fiction ospedaliere, quando il paziente è morto e non c'è più niente da fare, non c'è massaggio cardiaco, adrenalina, carica a 300 e Libera! che tenga, finiti i picchi è finito tutto, e tanto per rendere più chiaro il concetto c'è sempre qualcuno che spegne il monitor e via con il carrello in allontanamento a significare la pietosa distanza dal dolore umano.

Allora quello che conta è spezzare, far succedere

qualcosa, anche solo per poi rimpiangere il nulla che avevamo prima.

Sposarsi può essere una buona idea.

Tra dichiarazione proposta annuncio organizzazione bomboniere pranzo viaggio di nozze ci si assicura almeno un anno di alti e bassi, emozioni distrazioni ansie ripensamenti e gioie. E poi, quando l'effetto scema, si può pensare di fare un figlio. E lì, tra il dire e il fare, la gravidanza il parto l'allattamento lo svezzamento le prime paroline, quando va bene sono quattro anni pieni pieni. A quel punto, bambini a scuola e mariti e mogli sul piano inclinato della noia, appena la linea si stabilizza, si può passare a tutte le conseguenze dei passi precedentemente affrontati. Amante. Separazione. Divorzio. Con un paio di giravolte professionali, due o tre viaggi intercontinentali, un accenno di malattia che Sembrava grave ma poi per fortuna si è risolto tutto per il meglio, la vita è sfangata e ci si può spegnere sereni.

Quando non si hanno proposte di matrimonio o gravidanze sottomano, un Festival di Sanremo può fare la sua parte.

Aspettare qualcosa, qualunque cosa, è ancora un'occupazione diceva Pavese.

La canzone di Morgan per Sanremo ha un titolo leopardiano, dal sapore ottocentesco, niente Italian Violence Acidi e Basi Assenzio o Cieli Neri. Ispira sontuosi arrangiamenti d'archi e atmosfere *rétro*.

*La sera.*

Un titolo inaspettato, venendo da lui.

Un titolo con tutto un sottotesto di maturità, crescita, riflessione profonda, sentimento dell'ineluttabile, un risvolto romantico crepuscolare, quasi un addio senza più rabbia né rancore a un amore definitivamente finito con la speranza che il nuovo giorno sia foriero di nuove emozioni. O almeno si spera.

Avvolta nei miei maglioni calzettoni sciarponi, apro il giornale ogni mattina di questo gennaio di temperature più adatte agli Inuit che ai piemontesi, sapendo che una notiziola, una fotina, uno scoop sanremese non potrà non esserci e, nelle nuvole di fiato che si condensano nel gelo, vedo Morgan in piena prova costume, giacca marsina frac smoking farfallini di ogni foggia e colore plastron camicie di seta organza a fiori frutti tralci d'edera scarpe lucide e l'albergo le valigie gli ultimi ritocchi all'arrangiamento le prove trucco e parrucco l'emozione il cuore in gola e certo fa un po' tristezza l'ingresso di quel teatro Ariston che sembra un cinema bulgaro degli anni '70 con il tappeto rosso steso fuori a fare Grande Evento e le signore impellicciate, le ragazzine che urlano e allungano carta e penna per l'autografo e nove su dieci piove, fa un freddo cane, ma tutti lì ad aspettare i big della canzone sotto una selva di ombrelli e tutti a dire che il Festival non è più quello di una volta e a ripercorrere le edizioni migliori Quando c'era Fazio E l'anno scorso Bonolis Anche Baudo però Perché non lo fanno fare a Fiorello che sarebbe bravissimo e a forza di chiacchierare non sanno più nemmeno perché sono lì, sotto gli ombrelli, i cantanti nemmeno si riconoscono, forse Pupo per l'altezza, Ma quello era Toto Cutugno oddio com'è invecchiato e qualcuno fa partire il coretto Lasciatemi cantare con la chitarra in mano e le pensionate con le mani rovinate da troppi detersivi che cantano, stonano e ancheggiano a tempo sulle gambe gonfie, stanche, varicose, ma quando c'è da cantare o da ballare le donne non si fanno mai pregare e trascinano i mariti, li obbligano a ballonzolare come tanti orsi Baloo con gli ombrelli in mano, spinti a forza davanti al tappeto rosso dell'Ariston perché Abitiamo qua a due passi ci facciamo una passeggiata e Almeno una volta all'anno che succede qualcosa Speriamo che quest'anno ci sian delle belle canzoni, canzoni da canticchiare mentre si rifanno i letti, da ascoltare alla radio il pomeriggio, canzoni che si lasciano ricordare. Ha un bel motivo diceva mia nonna quando sentiva una canzone, che per lei era come dire Fa allegria, ma si sa che le canzoni quando le ascolti la prima volta son sempre un po' strane, non ti piacciono mai, alle canzoni bisogna dare una seconda possibilità, per quello le fanno ascoltare anche sette volte in tre giorni Certo però una settimana di Festival ai tempi miei era sabato e domenica, Figurati che mi ricordo ancora quando mamma lo ascoltava alla radio, Eh ma il Festival non è più quello di una volta, Fortuna che Sanremo è rimasta Sanremo.

Perché Morgan abbia accettato o addirittura desiderato di andare al Festival di Sanremo è un particolare che mi sfugge.

Forse vuole sfruttare l'attimo del successo mediatico, ampliare il suo pubblico, vendere più dischi, conoscere Antonella Clerici, rivedere Noemi per la quale pare si fosse preso una cotta, mangiare una trenetta al pesto fatta come si deve, la questione non m'interessa poi più di tanto, mi basta bearmi della prospettiva di cinque serate scodellata sul divano con lui.

Nell'impossibilità di condividere il lieto evento con Orso, che con il passare dei giorni sfoggia uno sguardo sempre più simile alla patina oleosa del suo nuovo capo d'abbigliamento, mi risolvo a chiamare Maurizio che, in quanto appassionato sostenitore, potrebbe addirittura scodellarsi sul divano accanto a me per commentare insieme le serate.

E poi magari lui sa di Elisa cose che noi umani non possiamo immaginare e potrebbe aiutarmi a decifrare la deriva in tessuto tecnico di Orso.

Mi risponde al primo squillo.

Entusiasta.

Addirittura frizzante e ansioso di vedermi, invitandomi seduta stante a prendere un aperitivo in centro in un locale che non ho mai sentito nominare, ma devo assolutamente conoscere.

«Ho delle grandi novità da raccontarti» trilla.

Oddio.

Mi era sembrato di capire che fosse il duemiladodici l'anno della fine del mondo.

Siamo solo al duemiladieci e tutti sembrano già sotto l'influsso di una congiunzione astrale confusa e movimentata.

Vorrei rispondergli che da un po' di tempo in qua le novità non mi piacciono, nemmeno le sorprese e meno che mai i bruschi cambi di programma. Improvvisamente vorrei che tutti restassero fermi al loro posto, tetragoni alle pressioni del cambiamento, radicati nella loro linea piatta almeno finché anch'io non sarò riuscita a far ripartire qualche pulsazione nella mia.

Orso, Maurizio, mia sorella, tutti sono attraversati da scosse di fluidi vitali neanche fosse primavera.

«Insomma, datevi una calmata!» vorrei urlare.

Zitti e a cuccia. Sembra che lo facciate apposta a rubarmi sempre il momento. Mi sono imbattuta in Morgan e Orso se n'è uscito con Elisa. Volevo raccontargli di mia sorella e lui si è votato al tessuto tecnico. Volevo commentare con Maurizio il Festival di Sanremo e lui ha grandi novità da raccontarmi.

C'è di buono che il tipo di novità da aperitivo è solitamente piacevole. Raramente si racconta di malattie terminali, morti in famiglia o imminente disoccupazione sgranocchiando noccioline e anacardi in un locale del centro in stile finto delabré, tavolini tutti diversi, poltrone sfondate, vecchi poster alle pareti, cameriere spocchiose e stressate come top model in giorno di sfilata, affollato di trentenni intellettual rampanti alla fine di un giorno noioso con la gaiezza che risorge nel cuor.

L'escursione termica tra esterno e interno ricorda le notti nel Sahara.

Stretta nella calca di gioventù gaudente, annaspo per liberarmi di sciarpa guanti cappello e giaccone e mi toglierei anche le scarpe, se l'operazione non richiedesse uno spazio vitale maggiore dei venti centimetri quadrati che mi sono concessi.

Carica come una guardarobiera e già spossata dalla temperatura tropicale, avanzo a fatica cercando d'identificare Maurizio e proporgli di cambiare locale, ma quando finalmente lo intravedo oltre la selva di capelli biondi, mani alzate a salutarsi, guance offerte per un bacio, risatine, calici di vino bianco, bottiglie di birra e Stasera ci sei anche tu al Big? spalle nude di donne accorte che sono uscite nel gelo della mattina già sapendo che avrebbero concluso la giornata all'equatore e dunque a contatto con la pelle hanno infilato il cotone, la seta, il jersey leggero di un top, una maglietta, un nonnulla screziato di paillettes, un vedo non vedo nel quale fluttuano leggere come farfalle, quando lo vedo Maurizio non è solo.

Sorseggia vino rosso con altre cinque o sei persone.

Impossibile stabilire il numero preciso, tavolini, sedie, divanetti sono accatastati l'uno sull'altro costringendo chi ne usufruisce alla stessa caotica implosione, una sedia per due e il terzo sulle ginocchia del secondo, il quarto appollaiato su uno sgabello, il quinto in piedi riverso sullo schienale del divano, il sesto accovacciato a terra come un sioux. Augh.

Per quattro lunghissimi minuti rimango in piedi accanto al gruppetto, le braccia cariche di capi d'abbigliamento, troppo timida, educata, imbarazzata e in ultima istanza imbecille per interrompere l'accesa conversazione di Maurizio con il suo vicino di divano, costringerlo a girarsi e riconoscermi, salutarmi, presentarmi agli altri. Rimango lì, immobile, come quei cani che stazionano davanti al cancello ad aspettare il ritorno del padrone morto ormai da un decennio.

Per il primo minuto e mezzo genero indifferenza.

Tutti continuano a fare quello che stavano facendo senza scomporsi.

Poi qualcuno s'incuriosisce.

I successivi quaranta secondi sono densi di sguardi, mezzi sorrisi, grossi punti interrogativi tra sopracciglia e naso che velocemente si trasformano in fastidio, disagio, quando non aperta ostilità tipo Chi è questa la conosci Non compriamo niente.

Finalmente Maurizio si gira e tutti tiriamo un sospiro di sollievo. Maldestramente m'incuneo tra tavolini e sedie tirandomi dietro le mie masserizie, mi accomodo sui quattro centimetri a me destinati e vengo presentata alla compagnia senza riuscire a memorizzare nemmeno un nome.

Così a occhio non sono colleghi di lavoro.

Troppe camicie dal colletto rigido. Addirittura un paio di cravatte. Nessuna collanina, sciarpa peruviana, *This is not a plastic bag*.

Anche Maurizio ha evitato gli scacchi viola e neri a favore di un gilet blu da college inglese. Vorrei chiedergli chi sono i suoi amici, perché mi ha invitata, cos'è successo tra Elisa e Orso, quali sono le sue grandi novità e cosa ne pensa di Morgan a Sanremo, ma l'affollamento di facce sconosciute, bicchieri, bottiglie, chiacchiere mi riduce al silenzio. Non ho nemmeno niente da sorseggiare per darmi un tono, così ascolto, sorrido a caso, annuisco moltissimo e, soprattutto, continuo a spogliarmi sfiorando il limite della decenza, fino a che ai miei piedi si è ricreata la promettente montagnola di stracci di un mercato di periferia.

Maurizio continua a spumeggiare nel suo gilet come se niente fosse, lanciandomi di tanto in tanto occhiate, sorrisi e smorfie che all'inizio interpreto come semplici gesti di amicizia, rassicurazione, vicinanza nella mischia, poi lentamente capisco essere segnali.

Sta cercando di dirmi qualcosa.

Ma cosa?

Non sono mai riuscita a imparare nemmeno l'alfabeto muto, figuriamoci se riesco a interpretare questo linguaggio dei segni in versione criptata.

Maurizio capisce che non ho capito e si agita.

Discretamente indica. Davanti a noi a destra. Ore due.

Sorrido e annuisco esageratamente entusiasta come a dire Sì sì ci sono tutto chiaro. Una brunetta in jeans saldati all'epidermide sulle ginocchia di un giovanissimo biondino dai gracidanti occhi azzurri in pantaloni e T-shirt neri.

Perplessa cerco lo sguardo di Maurizio. Mi vuol far capire che la brunetta ha definitivamente sancito la sua conversione da cripto gay a eterosessuale?

«L-u-i» articolano silenziose le labbra del mio amico.

Ah. Lui. Con il fulmineo cambio di direzione oculare di un camaleonte torno a focalizzare la strana coppia e mi concentro su di lui. Né bello né brutto. *A l'é un tipo*, avrebbe detto mia nonna. Intendendo dire Non sarà Tyrone Power ma c'è poco da fare la schizzinosa non è storpio né deforme né gobbo quindi va più che bene, un Tipo sottintende comunque un universo sconfinato di qualità interiori, simpatia, intelligenza, buon cuore che a ben vedere son le più importanti quindi fattelo piacere.

Questo comunque è un Bel Tipo che a occhio e croce ha da poco superato la maggiore età, il total black gli dà tutta un'allure esistenzial creativo artistoide e certo ha gli occhi come Bette Davis, ma l'ipertiroidismo ha anche un suo fascino e su Maurizio deve averlo particolarmente perché lo guarda come fosse una creatura ultraterrena, mi prende una mano e mi sorride con tutto un'emozione di Non è bellissimo sono pazzo di lui adesso mi alzo e lo bacio.

Finalmente una delle top model in grembiule mi allunga stancamente la mia birra e sono ormai in pieno Françoise Hardy Solo io devo andare sola sola senza amore.

Nella successiva mezz'ora, grazie al diradarsi della pressione umana nel locale e al momentaneo coinvolgimento dell'esistenzialista poco più che minorenne in un crocicchio di entusiasti ammiratori di non so quale fotografo, in una frenesia di sussurri sguardi sospiri vengo a sapere che quello che per Maurizio è la versione in prosa di un dio greco si chiama Valerio, ha ventiquattro anni, vorrebbe fare e comunque già più o meno fa l'attore e come la stella cometa si è materializzato in tutta la sua prorompente beltà a una festa di capodanno alla quale Maurizio nemmeno voleva andare, ma poi l'amico di un amico ce l'ha trascinato ed è stato colpo di fulmine.

Io a capodanno sono rimasta chiusa in casa a rivedere le partecipazioni di Morgan alle *Invasioni barbariche*, *L'era glaciale* e *Victor Victoria* su YouTube, ma del resto l'unico invito che mi è arrivato è stato quello di mio cognato che voleva coinvolgermi in una serata karaoke a casa del suo socio e francamente la prospettiva di passare l'ultimo dell'anno con mia sorella incinta, suo marito ignaro e il socio ammogliato forse padre del bambino, non l'ho trovata entusiasmante.

Meglio Morgan che dirci Buonasera cara come ti trovo bene, ci sono anche i Cotinelli, ah che piacere ancora un po' di spumante.

Insomma Maurizio e Apollo si sono incrociati davanti al catino della sangria e da lì in poi il conto alla rovescia ha preso tutto un suo significato. Perché a dispetto della brunetta in micro jeans che stazionava sulle sue ginocchia, Valerio è gay. Platealmente, serenamente gay e dunque pronto e desideroso di offrire le sue ginocchia in forma di strapuntino a Maurizio stesso, il quale invece si dibatte nella terra di mezzo con gli hobbit.

«Che devo fare?» mi chiede con gli occhi che fibrillano, come se io avessi pronta la risposta o potessi dare un significativo apporto nella bilancia della scelta.

Sarei tentata di proporgli una chiacchierata con mia sorella, che in quanto a decisioni estreme sembra essere assai più ferrata di me, ma forse non è nemmeno necessario.

Perché Maurizio ha evidentemente già scelto e ha solo bisogno di un'amichevole spinta verso l'inevitabile.

Il consiglio ponderato è un'attività inutile, peggio ancora una bugia colossale, un'immensa perdita di tempo ed energie, scegliere è un atto immediato e istintivo, che non ha niente a che fare con le liste di Pro e Contro pazientemente stilate su blocchi di carta gallina come suggeriscono i manuali di Auto Aiuto, i suggerimenti delle amiche, le notti fumose e insonni di cui sono inzeppati i film, la revisione in flash back dei momenti salienti della propria vita o la catalogazione dei momenti simili in cui sono incappati artisti politici intellettuali, amici e parenti, la scelta avviene in un secondo e tutto quello che c'è dopo è solo il tempo che ci vuole per trovare il coraggio di metterla in pratica.

Tra il dire e il fare c'è di mezzo il mare e io sono Caron dimonio con occhi di bragia. O, in una versione più moderna e cool, una pon pon girl che si dimena al ritmo di Dammi una O dammi una U dammi una T.

Outing. Il proposito per il nuovo anno di Maurizio.

Perché più di Che devo fare, quello che in realtà mi sta chiedendo è Ce la farò?, già sapendo che la mia risposta non potrà che essere «Certo che ce la farai, lo devi fare, non puoi farti fottere un grande amore dalla paura.»

Fottere non se l'aspettava.

In effetti non è nel mio stile usare questo genere di lessico, in altri tempi mia madre mi avrebbe obbligata a cinque Ave Maria e cinque Padre Nostro per penitenza, ma quando ci vuole ci vuole e comunque non c'è soddisfazione più grande, per una che non ha avuto nemmeno il coraggio sufficiente per scrivere due righe, comprare un francobollo e spedire una lettera, di vestire i panni della temeraria, laddove l'audacia la devono mettere gli altri. Indecisi e pavidi quando si tratta di spingere gli altri sulle barricate trovano sempre parole infiammate e convincenti e poi si tengono prudentemente nelle retrovie mentre infuria la battaglia, segretamente immaginando e desiderando di partecipare alla lotta, addirittura distinguendosi per ardimento e sprezzo del pericolo, ma raggelati da ogni fischio di pallottola.

Guardo Maurizio e, a voler essere spudoratamente sincera, lo invidio.

Invidio il suo capodanno, il suo incontro, il suo colpo di fulmine, l'eccitazione, l'ansia, il panico, la proiezione di felicità a lungo termine che lo trasfigurano e odio me stessa per la mia invidia, ma non posso farne a meno, perché la colpa della mia vita è solo mia, ma è infinitamente più semplice addossarla a un altro.

«Hai visto che a febbraio è in programma un concerto di Morgan? Ci andiamo insieme vero?»

Me lo dice così, tra la confessione di un innamoramento e la prospettiva di un outing, saltando di palo in frasca, illuminandosi improvvisamente d'immenso e facendomi sentire, se ancora ce n'era bisogno, molto peggio di come mi sentivo un secondo fa, mentre ruminavo astio verso la sua felicità crogiolandomi nella parte di Calimero piccolo e nero e adesso oltre che infida, invidiosa e pavida mi sento anche ingenerosa ed egocentrica, perché Maurizio è pronto a soprassedere sugli enormi cambiamenti che potrebbero sconvolgere la sua vita per entusiasmarsi alla mia personale follia.

E mentre lo penso, lui sta già facendo progetti sulle serate di Sanremo, sui posti da prenotare per il concerto, sul dopo concerto soprattutto Non esiste che perdi quest'occasione Consolata un secondo dopo la chiusura del sipario noi ci piazziamo all'uscita degli artisti e a costo di incatenarci-congelarci-supplicare-richiedere l'intervento delle forze dell'ordine tu lo devi incontrare, gli devi parlare, lo invitiamo a cena, prenotiamo il ristorante gli fai recapitare l'invito con un mazzo di rose in camerino prima dell'inizio dello spettacolo, anzi non un mazzo di rose un libro una scelta più raffinata, intellettuale. Dobbiamo solo trovare il libro giusto, ma a quello ci pensi tu. Quando ho visto sul calendario del tour che c'era anche Torino, volevo chiamarti subito, ero sicuro avessi già comprato i biglietti, in verità ho pensato che potevi fare una follia e comprarli tutti, tutto il teatro, sai che meraviglia, una scena da film: lui che entra pensando al sold out e in teatro ci sei solo tu e canta solo per te perché a quel punto non può non cantare e la serata si trasforma in un tête-à-tête roba da pelle d'oca alta così.

A tali vette d'immaginazione non ero arrivata nemmeno io.

In effetti mi stavo ancora chiedendo se non era più saggio non andarci proprio al concerto, non mischiarsi alla folla di ragazzine in adorazione rendendosi ridicola più del necessario, tanto a che serve guardarlo da lontano, essere lì a pochi metri senza poterlo toccare, ma l'entusiasmo è una malattia contagiosa contro la quale non si è mai sufficientemente immunizzati, basta che qualcuno s'infiammi per una parola, un'idea, uno spunto buttato lì e subito ci sentiamo pronti a traversar l'oceano su una chiatta.

Il resto della serata, mentre il locale si svuota, io e Valerio facciamo conoscenza, le top model in grembiule appoggiano le stanche membra agli sgabelli e raccolgono i frutti di tanto sdegnoso civettare con i clienti, è tutto un organizzare, prevedere, fantasticare. Il concerto.

Morgan.

Il ristorante.

Il dopo cena.

Valerio.

I colleghi di Maurizio.

I suoi genitori.

Come la prenderanno.

Come reagiranno.

Quanto ci metteranno a farsene una ragione.

Cosa mi metterò per l'incontro con il destino.

# 9

Torno a casa camminando leggera, in un'ebbrezza da tardo pomeriggio primaverile nonostante la nottata da temperature polari e ti vedo scritto su tutti i muri e ogni canzone mi parla di te, anche perché tue sono le canzoni che mi girano in testa e, galvanizzate da quel po' di gradazione alcolica della birra, si accavallano, e s'interrompono a vicenda, quasi vivessero di vita propria, ciascuna decisa a mostrare le sue strofe migliori, la sua anima più profonda e tua potrebbe anche essere, chissà, quella macchina che rallenta e poi accelera davanti al semaforo lampeggiante, in momenti come questo tutto sembra possibile, potrebbe essere tuo anche il passo che mi segue e sembra voglia raggiungermi, ma quando mi affianca e poi mi supera si rivela subito come non tuo, è un uomo alto, più vecchio, che non vede l'ora di tornare a casa e mettersi a letto e passa oltre senza degnarmi di uno sguardo. Ma non importa, non sono delusa e nemmeno mi sento una stupida per aver per un attimo sperato in qualcosa di così evidentemente insperabile, tu sei dappertutto questa notte, persino il buio e il freddo e queste strade vuote sono così pieni e densi di te che è impossibile sentirsi sola, impossibile avere paura, la mia unica paura è fermarmi e perderti, quasi fosse il mio ritmo di marcia a tenere viva questa sensazione di folle pienezza, questa panna montata di felicità che non è ancora vera e propria felicità ma un'ottima prefigurazione, un prologo, un'introduzione un Aspettando qualcosa come si usa adesso, Aspettando Quelli che Aspettano Don Matteo, Ho passato una vita ad aspettare Godot cantava Claudio Lolli, ma io non passerò una vita, la mia felicità è là, ancora distante e indistinta come l'alone di luce di un lampione nella nebbia, ma c'è e se continuo a camminare non potrò non raggiungerla.

Così nemmeno guardo dove metto i piedi.

Me ne frego del ghiaccio, dell'asfalto dissestato, della neve infida, delle lingue di poltiglia fangosa che nascondono le proporzioni dei marciapiedi.

Semplicemente non ci penso.

Sprezzante del pericolo, volteggio senza peso sul pericolosissimo finto carrarmato delle Camper e l'andamento dei miei passi segue un ritmo che sembra quello di sempre, ma non è quello di sempre, è stranamente velocizzato, come in certi vecchi film di Charlot dove gli attori si muovono come marionette impazzite e così macino chilometri come un Concorde, in dieci minuti sono a casa e casa mia è dall'altra parte della città e in quegli stessi dieci minuti mi si è srotolato davanti agli occhi un montaggio in *full music overlay* del resto della mia vita, dal giorno del concerto fino alle soglie della terza età, io a potare le rose in giardino mentre Morgan suona il piano oltre la vetrata, e senza capirne un'acca di fisica ho la netta sensazione di vivere contemporaneamente in quest'universo e in uno parallelo e per una volta non saprei dire qual è il migliore, forse perché mai come questa sera la possibilità che i due universi s'incontrino e si fondano mi è sembrata più reale.

Dipende solo da me.

E questa volta non voglio tirarmi indietro.

Niente ritrosie, paure, vergogna, inciampi, ripensamenti dell'ultimo minuto.

Questa volta ci provo davvero.

Ho deciso di perdermi nel mondo mentre cerco nella borsa le chiavi di casa e come il balengo, che a ogni nuovo slancio imprenditoriale sotterra nella cenere gl'imbarazzanti tentativi precedenti, cancella la memoria senza nemmeno fare un back up, anch'io resetto il passato e guardo avanti.

E davanti a me c'è qualcuno.

Una figura umana raggomitolata con la schiena contro il mio portone, indistinguibile nel buio.

Morgan, è il mio primo pensiero.

Morgan di passaggio a Torino con un mese e mezzo d'anticipo sulla data del concerto, perso per ragioni imperscrutabili nei meandri del mio quartiere semi periferico e bloccato esattamente sotto casa mia da un imprevisto guasto alla cinghia di trasmissione della macchina.

Troppa grazia sant'Antonio, avrebbe detto mia nonna.

E in effetti la possibilità che quel fagotto umano possa essere Morgan sembra parecchio remota anche a me, nonostante l'atmosfera rarefatta da alta montagna in cui fluttuano i miei neuroni questa sera.

Ma se non è Morgan chi è?

Istintivamente rallento l'andatura fino a paralizzarmi con le chiavi in mano, mentre il mio cervello comincia a zampettare a velocità doppia sul ventaglio delle possibilità di dramma. Un ubriaco. Un barbone. Un drogato da leggenda metropolitana Dammi tutto quello che hai o benvenuta nel mondo dell'Aids. Un violentatore seriale. Lo squartatore di Santa Rita. Invece del paginone nelle riviste di gossip finirò in un trafiletto in cronaca tra i necrologi e Specchio dei Tempi: Barbaramente uccisa sulla soglia di casa ed è subito fobia del mostro.

Proprio stasera che ho messo quelle stupide mutandine con Minnie e Topolino del tutto scoordinate dal reggiseno nero.

Mia madre non me lo perdonerà mai.

L'essere si è mosso. Guarda verso di me.

L'ho sempre detto che questa strada è male illuminata, una volta ho anche pensato di sporgere reclamo all'Aem, devo averne addirittura parlato con la signora Ines del secondo piano che mi ha attaccato un bottone di tre quarti d'ora sulla pericolosità della zona, Insomma è una vergogna una non può più uscire tranquilla a fare la spesa, prendere aria, portare giù il cane *pié 'n gelato 'na bibita*, proprio lei che estate e inverno alle quattro è già barricata in casa con le imposte chiuse e comunque di comune accordo avevamo deciso di sollevare la questione in assemblea di condominio e raccogliere delle firme, fare una petizione, poi naturalmente la cosa è finita lì e adesso la signora Ines starà felicemente russando sotto venti coperte mentre io sono qui a due passi dal pericolo e nemmeno lo vedo in faccia.

«Consolata...?»

Mi conosce. L'assassino conosceva la vittima. Mia figlia era una ragazza molto prudente, dichiarerà mia madre tra le lacrime, l'ho allevata con sani principi: l'uomo nero, gli zingari che rubano i bambini, il lupo che mangia Cappuccetto Rosso. Non si sarebbe mai avvicinata così senza precauzioni a qualcuno che non conosceva.

«Consolata, sono io.»

È una donna. Istintivamente tiro un sospiro di sollievo. Con una donna, per quanto in stato fortemente alterato, si può parlare senza il panico dell'assalto sessuale, della superiorità fisica, della deriva da cronaca nera.

Resta il dubbio dell'«Io chi?», ma proprio in quel momento il fagotto si alza, mi viene incontro e finalmente entra nella pozza di luce giallognola di un lampione e riconosco... «Maria?!»

Mia sorella in versione homeless, avvolta nella coperta amorevolmente lavorata all'uncinetto l'inverno prima del matrimonio e che ho sempre visto sulla poltrona in pelle bianca del suo salotto, si butta tra le mie braccia rifacendosi in quattro secondi del forzato silenzio a cui l'hanno costretta le due ore di attesa sotto il portone, Ho provato a chiamarti, avevi il cellulare sempre irraggiungibile, non sapevo dove andare, Alla fine è successo, Alberto ci ha scoperti, gli ho detto cento volte di non chiamarmi a casa, ma lui niente da quando ha saputo del bambino è impazzito, non mi molla più, adesso come faccio? Alberto è diventato una furia, non l'ho mai visto così, sono scappata, diceva cose terribili, ha tirato un vaso contro il muro, quello di Baccarat bianco latte che ci aveva regalato sua cugina Daria, pensavo volesse uccidermi, Aiutami Consolata.

A parte la provenienza del vaso non ho capito niente.

Chi ha chiamato chi, chi ha saputo del bambino, chi ha capito cosa. Comunque non mi sembra il momento di perdersi in sottigliezze o godersi il meritato momento dell'Io te l'avevo detto prima di aver raggiunto il divano di casa.

Non voglio sfidare oltre gli standard di sicurezza del quartiere.

Mentre saliamo le scale, io davanti e mia sorella avvolta nella coperta frettolosamente recuperata mentre scappava dal delirio di Baccarat in frantumi, ogni traccia dell'ebbrezza da tardo pomeriggio primaverile è scomparsa.

È decisamente una fonda notte invernale e io sono Jo March, la sorella un po' matta ma forte, risoluta, saggia, che non ha paura di tagliarsi i capelli e vendere le sue magnifiche chiome per far fronte ai problemi economici della famiglia, tanto ricresceranno. Non mi dispiace essere Jo March. A parte la storia dei capelli, naturalmente, che non ho intenzione di tagliare per nessun motivo, soprattutto alla vigilia di una cena con Morgan.

Mia sorella trascina i piedi e tira su con il naso, amplificando la mia immedesimazione tardo ottocentesca, quasi quasi vorrei avere tra le mani un lume a olio invece di un interruttore per la luce.

Una volta entrata in casa, Maria si lascia andare sul divano come Francesca Bertini nei tempi d'oro, ma non creda di poter rimuginare in silenzio il suo dolore, una spiegazione lievemente più articolata me la deve.

«Insomma, chi ha telefonato a casa? Cosa è successo?»

«Emanuele.»

Emanuele Ortolani, il collega di Matematica e Scienze che potrebbe, ma anche no, essere il vero padre, l'uomo perbene, l'amatore di un certo interesse, divorziato, con il quale non sarebbe poi così terribile impiantare una nuova vita e una nuova famiglia ha perso la testa.

«E Fabio il socio di Alberto che fine ha fatto?»

Maria mi guarda in tralice. Puoi sentirti Jo quanto vuoi, ma alla fine sei e sarai sempre quella svampita stupidotta di Amy.

«Fabio non deve sapere niente, mi pare di avertelo detto che è sposato con una megera ricchissima e poi ha due figli adolescenti sulla china dell'alcolismo. Fabio Boni dimenticatelo. Il problema è Emanuele.»

Adesso la meno.

Finisco il lavoro che Alberto ha lasciato a metà.

«Guarda che quest'arietta di superiorità da saputella di periferia è proprio fuori luogo, vedi di darti una calmata perché, checché tu ne pensi, anche io ho una vita e non sono tenuta a ricordarmi la genealogia delle tue relazioni extra coniugali, senza considerare il fatto che, se non era per me, a quest'ora stavi a bivaccare su un binario morto di Porta Susa o nella migliore delle ipotesi alla Casa della Madre e del Fanciullo. Quindi prendila più bassa.»

Maria sgrana gli occhi circonfusa da una nuvola di stupore.

Si stringe nella coperta e forse è una mia impressione, ma sta cercando d'imbozzolarsi e sparire.

Non so come mi è uscita, ma è stato fantastico. Suona donna di polso. Padrona della situazione. E siccome anche la casa è mia, mi prendo del tempo per accendere e spegnere luci, andare in cucina a prendere dell'acqua e mi tolgo anche le scarpe.

Con molta calma.

Lasciando sedimentare nel silenzio la rinnovata distribuzione di pesi e misure. Tu sei la moglie fedifraga, la figlia ingrata, la futura madre di figlio di NN, io l'esempio di virtù che nella sua immensa bontà si prodiga per aiutarti.

Maria tace, com'è giusto che sia.

Discretamente si guarda intorno e, man mano che focalizza il mio santuario morganiano, il suo sguardo diventa quello delle ragazzine dei telefilm polizieschi americani quando si rendono conto di essere entrate a chiedere aiuto nella casa sbagliata. Immagino stia rivalutando l'opzione Casa della Madre e del Fanciullo, ma ormai è in trappola.

«Pensavo scherzassi» bisbiglia dalla sua tomba di filet dopo un silenzio così prolungato che mi ero praticamente dimenticata della sua presenza, «Quando dicevi quelle cose su Morgan, pensavo scherzassi.»

«Io non scherzo mai» ci starebbe benissimo. Una battuta secca, chiara, definitiva. Molto Charles Bronson e poi via con la sventagliata di mitra. Adesso lo dico. Non avrò mai occasione migliore di questa, lei sepolta nella sua colpa, io assurta al ruolo di salvatrice e ancora della famiglia.

Io non scherzo mai. La risposta perfetta è là, servita su un piatto d'argento, e invece del tutto inconsapevolmente, facendosi beffe della mia volontà e del mio controllo delle sinapsi mi esce un «Per te sono sempre e solo una svampita e una scema», perdipiù con una vocina piagnucolosa e recriminatoria imbarazzante.

Com'è potuto succedere?

Avevo sulla punta della lingua un Io non scherzo mai, ero molto Jo March e Charles Bronson e invece mi è venuta fuori questa lagna da Shirley Temple con il broncio, con tutt'un retrogusto acido di rimossi familiari assolutamente fuori luogo.

Infatti mia sorella mi guarda incredula, non sa se essere più spaventata dalle foto di Morgan che tappezzano le pareti o dalla mia deriva in stile *Che fine ha fatto Baby Jane*.

Devo riprendere il controllo della situazione prima che cominciamo a tirarci le trecce. Soprattutto perché le mie parole sconvolgono me per prima. Non mi sembra di ricordare che me ne sia mai importato niente dell'approvazione di mia sorella. Anzi. Nella mia personale ricostruzione della nostra storia familiare sono io che ho sempre platealmente o più spesso segretamente disprezzato ogni sua scelta, da quella degli abiti a quella del marito, passando per quella professionale, professoressa di Francese alla scuola media, io gli esami per l'abilitazione all'insegnamento non li ho nemmeno messi in piano di studio, figuriamoci.

«Ammetterai che una cosa del genere non è proprio normale, alla tua età.»

Lo dice abbracciando con lo sguardo le pareti del mio salotto, tanto per chiarire, se ancora ce ne fosse bisogno, che con "cosa" intende il moltiplicarsi di sorrisi ciuffi grigi giacche con spalline rinforzate di cui mi circondo.

«Ammetterai che nemmeno la tua situazione è proprio normale.» E nascondendo un sorriso di trionfo accenno alla sua pancia, tanto per chiarire, se ancora ce ne fosse bisogno, che con "situazione" intendo la sua gravidanza.

Tace e torna a tumularsi nel suo filet.

Perfetto. Ho ripreso con grande stile il controllo di palla.

Con la regale saggezza di un Dalai Lama mi accomodo sulla poltrona davanti al divano, lasciando cadere un breve silenzio che sarebbe tanto come dire Soprassediamo su Morgan e parliamo di cose serie. Le tue.

«Spiegami dall'inizio e con calma che cosa è successo» sillabo come se mia sorella potesse non comprendere esattamente la mia lingua.

«Ho detto a Emanuele che il figlio è suo» esala lei ripiombando in un attimo nella cupa palude delle sue tribolazioni.

Sospiro, empatica e condiscendente, ma con un chiaro sottotesto di riprovazione, il genere di sospiro del prete in confessionale prima dell'assoluzione con tre Ave Marie e due Padre Nostro.

«Sei innamorata di lui?» le chiedo dalla mia poltrona di saggezza.

«Non è questo il problema.»

Comincio a rivalutare il balengo.

Se questo è il livello delle risposte di mia sorella, la distruzione del Baccarat della cugina mi sembra il minimo. Anzi, francamente trovo che si è comportato da signore. Io le avrei assestato una sberla.

«È anche questo il problema, Maria! Se gli dici che il figlio è suo, implicitamente stai dicendo che vuoi lasciare Alberto e mettere su famiglia con lui e se non lo ami neanche un po' allora potevi far passare ad Alberto questo figlio come suo e vivevamo tutti più sereni!»

Spalanca gli occhi come se le avessi prospettato un omicidio a sangue freddo.

«Non avrei mai potuto fare una cosa del genere!»

«No, scusa, invece andare a letto con tutti e chiunque alle sue spalle dopo avergli giurato fedeltà eterna di fronte a centocinquanta invitati a ottanta euro al coperto rientrava a pieno titolo nel tuo ventaglio di possibilità?»

Ormai ripiegata su se stessa come la vittima di una colica renale, mia sorella chiede pietà alle piastrelle del salotto ciancicando tra le mani il bordo della coperta.

«Sei crudele, Consolata. E comunque è inutile parlarne, perché ormai le cose sono andate come sono andate, l'ho detto a Emanuele e non posso tornare indietro.»

Un minimo di pianificazione non avrebbe guastato, una considerazione anche non troppo approfondita dei rapporti causa effetto, uno straccio di strategia.

«E cosa pensavi che ti rispondesse, Grazie per la bella notizia ora scappo che ho lezione in terza C?»

«Tu non sai cosa significhi sentirsi sola, Consolata.»

No no no no. Aspetta un attimo. Frena i freni. Se c'è qualcosa che posso dire di sapere con cristallina, assoluta certezza è esattamente come ci si sente a essere soli.

Io sono sola al quadrato.

Sola all'ennesima potenza.

Sola da non poterne più.

Tanto per dire parlo con una foto di Morgan appesa al muro che è quasi peggio di parlare al muro.

Maria singhiozza ormai senza ritegno e a questo giro vedo poche possibilità di una pronta ripresa come quella natalizia, zaino in spalla e via andare. A questo giro l'ondata di disperazione è inarrestabile e devastante, tanto che decido di lasciare la mia postazione inquisitoria e la raggiungo sul divano. L'abbraccio e lei si lascia cadere su di me a peso morto. Indifesa. Sperduta.

«Non avrei mai dovuto sposare Alberto, se penso a tutti i soldi che ha speso papà non so neanche io perché l'ho fatto. In fondo in fondo non sono mai stata innamorata di lui non mi piaceva nemmeno tanto, ma lui non mollava. M'invitava sempre fuori, mi faceva regali e poi parlava, parlava di quello che avremmo fatto dei viaggi della casa che voleva comprare per noi e poi forse, se gli affari andavano bene, anche una casa al mare... ho sempre desiderato una casa al mare per andarci nei fine settimana, saranno state tutte quelle gite in montagna di quando eravamo piccole. Alla fine mi ha rimbambita di parole e quello che diceva non mi sembrava poi male, anzi la prospettiva era addirittura piacevole sempre meglio che restare ancora chissà quanti anni intrappolata a casa con mamma e papà, perché tu lo sai non è che avessi poi tutti questi corteggiatori e se lo lasciavo andare chissà se ne trovavo un altro poi e Alberto sarà pure un balengo – lo so che tu e papà lo chiamate così l'ho sempre saputo – ma pensavo meglio un balengo che niente. E invece l'ho capito subito che avevo fatto un'enorme stupidaggine, già due mesi dopo il matrimonio non lo sopportavo più, tutti quei progetti d'affari campati in aria sempre con persone diverse, sempre più improbabili e poi la metà delle cose che mi diceva erano bugie e anche a letto, insomma te l'ho detto, le cose non sono mai andate bene. All'inizio pensavo di essere io, è colpa mia, mi dicevo, perché non ho esperienza, non sono capace e poi è successo quello che sai e io avrò anche sbagliato, lo ammetto, però non ce la facevo più, ogni giorno tornavo a casa mettevo le chiavi nella toppa e mi veniva da piangere e mi guardavo allo specchio e mi vedevo già vecchia e mi saliva come una nostalgia per le cose che non avevo vissuto e il giorno che Emanuele mi ha fermata in sala professori e mi ha invitata a mangiare insieme prima del ricevimento del pomeriggio è stato come se fosse finalmente arrivata la primavera, anche se era pieno inverno e ho detto sì e vaffanculo.»

A parte il vaffanculo finale, l'origine genetica dell'eloquio di mia sorella è evidente. Tutta sua madre.

Però devo ammettere che mi ha colpita al cuore.

Vedere la sua vita dalla sua prospettiva è un'altra cosa. Io mi ero fatta tutt'un altro film. Avrei qualche domanda residua, per esempio sul ruolo in tutto ciò di Fabio-come-si-chiama il socio di Alberto, ma non voglio infierire.

Maria continua a singhiozzare tra le mie braccia e l'unica cosa che mi sento in grado di fare è un minimo di sistematizzazione del problema, un riordino degli eventi e delle prospettive future, oltre naturalmente a offrire ogni genere di conforto compreso il fondo rancido di Punt e Mes che mai come in questo momento potrebbe tornare utile.

«Questo Emanuele cosa dice?»

Maria tira su con il naso e annaspa in uno di quei sospiri profondi e rotti tipici di chi tenta di riprendersi da un eccesso di pianto. E nella scossa di assestamento delle sue emozioni le scappa quasi un sorriso.

«Lui mi ama tanto, dice che ormai non ci sperava più d'incontrare una donna come me, avere un figlio poi... Credo che la sua ex moglie non potesse averne o forse non voleva, non so perché non me ne parla mai, sono divorziati da dieci anni figurati.»

«Quindi non sa che potrebbe non essere lui l'unico padre?»

Maria continua a tormentare la sua povera coperta all'uncinetto che certo, quando è stata amorevolmente intrecciata, mai avrebbe potuto immaginare di fare una simile fine.

«A lui ho detto tutto, anche di Fabio. Non potevo più tenermi questo peso sul cuore e poi, se devo ricominciare, devo ricominciare da zero, senza segreti. Lui questo l'ha capito, non dico che gli ha fatto piacere, però dice che non importa, se ho scelto lui allora il bambino è suo e basta.»

Già mi piace questo Emanuele.

Già non vedo l'ora di conoscerlo.

Mi fa molto uomo d'altri tempi, il genere di uomini che fumavano sigarette senza filtro e sotto la giacca portavano il panciotto, spalle larghe e Tra gentiluomini basta una stretta di mano Ho dato la mia parola e tanto basta, sempre con le scarpe lucide e Prego prima le signore.

Altro che le pantofole con le cifre ricamate in oro e i locali notturni del balengo.

«Quindi ha chiamato Alberto per risolvere la questione tra uomini?» butto là ormai in piena atmosfera alla Matarazzo, mia sorella nei panni di Yvonne Sanson e Emanuele novello Amedeo Nazzari deciso ad affrontare a viso aperto il crudele marito della donna sì fedifraga, ma da lui terribilmente amata e per la quale è pronto anche a battersi a duello.

Maria riporta subito il tutto a una dimensione camera e tinello. «Figurati! Emanuele non avrebbe mai fatto una cosa del genere, avevamo stabilito che avrei trovato il momento e il modo di parlare con Alberto, solo che non è mica una cosa facile da dire... Ogni mattina appena sveglia mi dicevo oggi glielo dico ogni sera prima di addormentarmi pensavo glielo dico, domani e così sono passati i giorni e il momento giusto non veniva mai e... insomma ogni sera, prima di tornare a casa, io ed Emanuele ci sentiamo, lui mi fa uno squillo sul cellulare io lo chiamo e poi spengo, non si sa mai che Alberto ci mette le mani, legge i messaggi, anche se li cancello tutti ho sempre paura di dimenticare qualcosa e stasera avevo la batteria scarica, non l'ho potuto chiamare ed Emanuele è andato nel panico, ha cominciato a pensare che fosse successo qualcosa, che magari stavo male o che avevo parlato con Alberto e lui aveva perso la testa. Insomma non si è più tenuto e ha chiamato a casa, Alberto ha risposto e...»

Ed ecco la fine del vaso bianco latte di Baccarat della cugina Daria. Maria ricomincia a singhiozzare asciugandosi direttamente nella coperta già impregnata di angoscia, tormenti e infelicità a un tale livello che se fossimo in un romanzo sudamericano porterebbe lacrime e sfiga per almeno quattro generazioni a venire e, anche se non siamo in un romanzo sudamericano, anche solo per pura scaramanzia, dopo stasera io la farei comunque sparire per sempre nel fondo canforato di un cassetto.

«Scusa, ma Emanuele non poteva inventarsi una scusa? Dirgli che era una questione della scuola?»

«Ci ha provato, ma Alberto non sai com'è geloso, sospetta di tutti. In questo periodo poi, che mi vede sempre strana, distratta, non ti dico... Insomma alla fine è venuta fuori la verità. Intanto in un modo o nell'altro doveva venire fuori prima o poi.»

Prima ancora che Maria finisca la frase, con un tempismo calibrato al cronometro, il telefono squilla.

E il cuore mi si ferma in gola manco fossimo in una scena di *The Ring*.

Maria si aggrappa al mio braccio. «Chi è?» esala.

Chi è non lo so finché non vado a rispondere. Di solito non ricevo telefonate all'una di notte, ma non abbiamo visto videocassette sospette e posso affermare con buone probabilità di non essere smentita che nessuno ci dirà che moriremo entro sette giorni. A meno che Alberto non intenda lavare nel sangue l'onore perduto, ma in quel caso non vedo perché dovrebbe aspettare una settimana.

«Non rispondere.»

Maria è in pieno panico.

Da come si avvolge nella coperta capisco che vorrebbe sparire, nascondersi, staccare ogni contatto con il mondo, rinchiudersi in un bunker antiatomico ad aspettare la rarefazione delle sostanze tossiche. Come darle torto.

Ma sappiamo tutte e due che non è possibile. O meglio, io lo so più di lei. Nella mia posizione privilegiata di semplice osservatore ONU in terreno di conflitto posso ancora vantare una ragionevole lucidità di giudizio.

Fossi nei suoi panni, sarei già sul primo volo per le isole Svalbard.

«Tranquilla, ci penso io» e mentre lo dico sollevo con mano sicura la cornetta del telefono e, prima ancora che possa avvicinarla all'orecchio, vengo investita da un Consolata sono io sono mamma hai notizie di Maria sono tanto in pena ha telefonato Alberto era sicuro che fosse qui da noi ma perché poi dico io non ho capito niente dice che hanno litigato e lei è uscita dove sarà andata a quest'ora.

«Mamma, calmati. Prima di tutto calmati.»

Maria mi guarda in un misto di terrore e ammirazione mentre con voce gentile, ma ferma, spiego a mia madre che è qui da me, sta bene, hanno litigato, ma sono cose che succedono, per stanotte dorme qui, poi domani vedrai che si sistema tutto. Tradisco solo un filo di panico sul «No, non è il caso che passi, torna a dormire, ci sentiamo domani». E attacco. Fulminea.

Io e Maria ci guardiamo condividendo lo stesso, terrificante pensiero, ovvero Mamma è sul chi va là e adesso non la ferma nessuno, non avrà pace finché non le saranno date spiegazioni assolutamente credibili e circostanziate delle ragioni della lite e del perché lei non è stata tra le prime a esserne informata, nonché rassicurazioni certificate dell'avvenuta riappacificazione. E anche così le terrà gli occhi addosso. E con la pancia che cresce le basteranno, a voler essere ottimiste, due mesi per mettere insieme i pezzi del dramma e rivendicare il suo ruolo tra gli attori principali.

«Sai già se è maschio o femmina?»

Che il perno di tutta questa girandola familiare fosse una creaturina vivente che un giorno mi chiamerà zia e mi chiederà di regalarle un cane, darle lezioni di guida, inventare balle con sua madre per farla uscire di sera, mi è balzato alla coscienza solo in quest'istante, insieme all'immagine di nostra madre furente piangente e blaterante di fronte alla pancia di Maria in versione prémaman.

«Ancora non lo so. Ma se è femmina vorrei chiamarla Asia.»

Asia.

«Asia come Asia Argento l'ex donna di Morgan? Ma perché scusa? Se proprio vuoi tenerti sull'esotico chiamala Oriente. O India. Che poi da dove è saltato fuori questo nome? Non abbiamo nemmeno un'amica, una conoscente, una lontana parente che si chiama Asia.»

«Mi è venuto in mente adesso guardando le foto di Morgan.»

Appunto.

«Ma dico ti sembra di buon gusto?! Se un giorno dovessi finalmente incontrarlo e fidanzarmi e presentarlo in famiglia Questa è mia nipote la piccola Asia, sembra fatto apposta per fargli venire un colpo al cuore, ricordargli il passato, costringerlo ogni Natale a fare confronti tra me e lei e non è che io abbia tutti questi assi nella manica per uscirne vincente. E poi non ti lamentare se quando mi chiedi di tenerla un sabato sera ti dico di no.»

Il mio afflato di ziesca partecipazione all'evento si è dissolto in un attimo.

Perfidamente intono silenziose macumbe affinché il pargolo sia maschio. Anzi meglio. Due maschi. Gemelli. Terribili. Oppure Emanuele potrebbe avere radici nel Sud Italia e una madre Concetta Addolorata Incatenata della quale vuole spasmodicamente tramandare la rimembranza. Consolata la zia e Addolorata la nipote ha un suo perverso stile, una sua bellezza. Mi piace.

«Guarda Consolata che Morgan non lo conosci e non lo conoscerai mai» mi fredda mia sorella con logica stringente e nemmeno un afflato non dico di comprensione, ma anche solo di empatica partecipazione o almeno pura e semplice curiosità.

Be' be' be'.

Non sarei così drastica. Non voglio dire che è cosa fatta, ma ci sono delle buone possibilità, ho già tutt'un programma: il concerto la cena il dopo cena. Questione di settimane e la mia vita potrebbe cambiare. Maria questa volta sono seria e determinata, volere è potere e il fine giustifica i mezzi, sono pronta a sfidare pioggia, vento, tempesta e senso del ridicolo per incontrarlo quando mi ricapita più che Morgan passi per Torino, e se proprio non dovesse degnarmi di uno sguardo mi butto sotto la sua macchina mi faccio sbalzare dal paraurti trascinare agganciata al semiasse per tutta via Madama Cristina. Questa volta non mi ferma niente e nessuno.

L'ho inchiodata.

Mi guarda spalancando le pupille come i cerbiatti investiti dai fari in piena notte, non che ne abbia mai visto uno, ma il senso è quello. La mia dichiarazione di volontario martirio automobilistico l'ha stroncata. Forse dovrei rassicurarla sul fatto che indosserò biancheria intima adeguata e mamma non dovrà vergognarsi davanti al personale medico e paramedico che ci accoglierà al Pronto Soccorso. Anche se, ripensandoci, un pizzo, un volant, un'idea di seduzione in coordinato potrebbe fare il suo bell'effetto sotto l'abito divelto dall'impatto e con il favore del buio notturno che minimizza il difetto fisico. Ci penserò. Ma non adesso, perché mentre Maria cerca di raccapezzarsi tra la sua e la mia vita, precipitate in un delirio da teatro dell'assurdo, suona il citofono e in un attimo siamo di nuovo in pieno film dell'orrore.

Perché questo non può che essere Alberto.

Siccome non è stupido e se non è zuppa è pan bagnato, dopo il buco nell'acqua a casa dei miei si è precipitato qui.

Il panico si condensa intorno a noi come gelatina.

Maria ha un calo di pressione, temperatura corporea e segni vitali tutto insieme e comincia a tremare visibilmente guardandomi come i bambini africani dai poster umanitari a casa di Elisa, manca poco che con il labiale m'informi del numero di telefonia fissa e mobile, attraverso cui fare una donazione.

E le sue labbra effettivamente si muovono, lasciando uscire un filo d'aria malamente articolata che più che un'informazione temo sia il suo ultimo respiro.

«Guarda Maria che siamo al quarto piano con le finestre chiuse, dalla strada non ci sentono nemmeno con un microfono direzionale, quindi se puoi alza la voce.»

«Non rispondere.»

Ancora?

«Guarda che se non rispondo è peggio, quello si attacca al citofono col Bostik e poi comincia con il telefono e in caso di ostinato silenzio si mette a urlare, sveglia tutto il vicinato. Io qua ci devo vivere, Maria, abbi pazienza! E poi prima o poi dovrai pure affrontarlo, cosa pensi di mummificarti in quella coperta sul mio divano e aspettare il Giudizio Universale invocando pietà?»

Non sa, non risponde.

Si limita a guardarmi con occhio vitreo senza articolare desideri o volontà e la sua totale assenza di determinazione fomenta la mia, improvvisamente mi sento come DiCaprio sul *Titanic* che sta affondando So io cosa fare segui me non avere paura e Kate Winslet che, come darle torto, esegue gli ordini come un piccolo soldato, annaspando nelle acque in crescita, senza nemmeno sbavarsi il rossetto e, anche se sai che non potrà che andare a finire molto male, fino all'ultimo ci credi e ti aggrappi alla speranza che Leonardo sappia davvero cosa fare e l'amore vinca anche sugli iceberg.

Il citofono continua a suonare, ma ho i nervi saldi e lo sguardo concentrato di un agente dell'FBI. So cosa fare.

Prendo il ferro da stiro parcheggiato sull'asse aperto tra cucina e salotto da più di una settimana e mi avvio alla porta.

Il balengo non mi è mai sembrato il tipo che potrebbe alzare le mani sulla cognata, ma la cronaca nera è zeppa di Sembrava una così brava persona sempre gentile buongiorno e buonasera chi se l'immaginava che avrebbe ucciso a martellate l'intera famiglia. In certi frangenti può essere più pericoloso muoversi per il tinello di casa che alle Vele di Scampia in piena notte.

«Ci penso io» informo mia sorella con voce ferma.

Ed esco.

Armata del mio ferro da stiro e di un coraggio da leonessa nuovo di pacca, ho tutte le intenzioni di fare muro e proteggere mia sorella dagli assalti coniugali almeno per questa sera. Domani, a mente fresca potrete parlare. Civilmente. Analizzare la situazione. Affrontare il problema.

Io intanto devo affrontare la discesa dei quattro piani di scale a illuminazione cimiteriale del mio palazzo con un ferro da stiro in mano e per distrarmi dall'eventualità più che concreta di mettere un piede in fallo e rotolare fino al portoncino d'ingresso, frantumandomi ossa e tendini con la variabile impazzita del ferro da stiro, mi ripeto mentalmente il discorsetto sereno ed equilibrato che intendo fare al balengo, ma nonostante l'ormai decennale esperienza di controllo del panico da caduta, istintivamente rallento l'andatura e saggio la solidità di ogni gradino prima di lasciarci scivolare il mio dolce peso.

Non posso cadere. Non adesso.

Le conseguenze di una caduta adesso sarebbero fatali e l'eventualità che ruzzolando ruzzolando la punta del ferro da stiro mi tranci la giugulare non è nemmeno la peggiore. Da morta almeno recupererei dignità e status, mentre arrivare al concerto di Morgan arrancando sulle stampelle con un braccio rotto e lividi ed escoriazioni in ordine sparso potrebbe pregiudicare irrimediabilmente il mio futuro sentimentale, relegandomi per sempre nel triste ruolo della sorella zitella che ammorba ogni festa comandata con il racconto di Quello-che-sarebbe-potuto-essere-e-non-è-stato.

Quando finalmente arrivo in fondo sana e salva, prendo un bel respiro, stringo il mio ferro da stiro e faccio scattare la serratura del portoncino pronta a tutto.

Tranne che a quello che vedo.

Il balengo è irriconoscibile.

Sconvolto. In lacrime. Ridotto un cencio.

Altro che Briatore, locali notturni, aragoste mangiate vive e champagne. Qui c'è un uomo che soffre. Soffre con al polso una patacca di Rolex smaccatamente falso e ai piedi dei mocassini con la nappina che gridano vendetta, ma soffre davvero. Sinceramente. «Ti prego, Consolata, lo so che Maria è su da te, fammici parlare.»

«Senti, Alberto, è meglio se torni a casa, cerchi di dormire o almeno riflettere, poi domani a mente fresca potrete parlare civilmente, analizzare il problema, affrontare la situazione, adesso siete tutti e due troppo...»

Il resto del discorso si è perso nella fatica della discesa, ma Troppo puntini puntini mi sembra renda perfettamente l'idea.

Troppo sconvolti. Troppo poco lucidi. Troppo di tutto.

Lo sguardo di Alberto scarroccia per un attimo sul ferro da stiro, poi torna in rotta puntandomi addosso due occhi da Bambi che sono quasi peggio di quelli dei bambini africani dei poster umanitari di Elisa che sfoggiava mia sorella poco fa.

«A casa ho perso le staffe, ma adesso è diverso, non la tocco nemmeno con un dito, te lo giuro, rimango sulla porta, non mi avvicino neanche se non vuole, ma devo vederla, devo parlarle. Maria è tutta la mia vita.»

Il balengo che piange è una visione straziante che da sola basta a rimettere in discussione anni di strisciante disprezzo, una sorta di epifania del genere Anche quelli che Io Sono un Tipo Che hanno dei sentimenti.

Tipo che quando scoprono che la moglie ha una relazione, e ancora nemmeno sospettano che sia già in dolce attesa del figlio di un altro, gli si spezza qualcosa dentro e non c'è strampalato progetto imprenditoriale che li tenga insieme, la boria gli si sfalda addosso come la pelle scottata dal sole e sono pronti ad ammettere tutto, anche sbagli che non hanno commesso, pur di rimettere indietro le lancette dell'orologio e ritrovare il fuoco, il centro, il pivot che li ha tenuti in piedi fino a quel momento.

Il Jack Bauer che è in me prova a suggerirmi che potrebbe essere tutta una finta, una diabolica messa in scena per neutralizzare il mio ferro da stiro, convincermi delle sue buone intenzioni, salire e fare a pezzi mia sorella, ma io non gli credo. Non mi sembra possibile.

Va bene aspettarsi sempre il peggio, ma qui siamo oltre ogni immaginazione.

«Ti prego, Consolata.»

Non replico. Applico alla vita i puntini di sospensione. Mi sposto e lo lascio passare.

Non fosse che, tutta presa dallo slancio di *pietas* e comprensione che evidentemente obnubila le mie facoltà mentali, lascio teatralmente chiudersi il portoncino sull'immagine del balengo che sale le scale quattro gradini alla volta e mi ritrovo in mezzo alla strada.

Alle due del mattino.

Senza giacca e con un ferro da stiro in mano.

Mio malgrado non posso che nutrire sconfinata ammirazione per mia sorella che, fuggendo dai frammenti di un vaso di Baccarat, ha avuto la presenza di spirito di arraffare una coperta e non un elettrodomestico.

E immediatamente dopo la sconfinata ammirazione mi assale il panico, seguito a distanza ravvicinata dall'assedio del gelo notturno che prima nemmeno percepivo ma ora, non appena evocato, mi si butta addosso con tutta la sua tagliente prepotenza e non mi stupirei se il colonnello Bernacca della mia infanzia apparisse ora per puntualizzare che la temperatura si aggira tra i −3 e i −7 gradi con rinforzo dei venti da Nord-Est.

Suonare e interrompere il dispiegarsi di accuse, scuse, recriminazioni, amare verità, violente prese di posizione della coppia infelice mi sembra escluso, per quanto possa entrare in casa nel massimo della discrezione e Solo per prendere una giacca fate come se non ci fossi, sarei comunque importuna e Non Importunare è il quinto comandamento nella tavola delle leggi della mia educazione.

Per un attimo valuto l'opportunità di suonare alla signora Ines del secondo piano, che con un po' di fortuna a quest'ora potrebbe anche essere sveglia, in fondo si sa che gli anziani dormono poco e hanno il sonno leggero, e magari un po' di compagnia potrebbe addirittura farle piacere, Signorina Consolata mi ha fatto spaventare, ma certo che può salire, le offro una camomilla una tisana un bicchierino di vermouth, non può mica restare in mezzo alla strada a quest'ora con il freddo che fa e i malintenzionati che girano oggigiorno, non fosse che suonare o telefonare a chiunque in piena notte, a meno che non si tratti di una questione di vita o di morte non altrimenti risolvibile, va ben oltre il Non Importunare, rientra a pieno titolo nel novero dei Delitti Inscusabili, roba che potrei sentirmi in colpa da qui all'eternità, imputare al mio gesto molesto e irrispettoso ogni e qualsivoglia acciacco, preoccupazione, danno anche solo semipermanente della signora Ines offrendomi come sua badante vita natural durante solo perché una notte buia e tempestosa mi ha dato asilo nel suo salotto tappezzato di ventagli in cornice.

Continuo a fissare la plafoniera del citofono, anche se lo so che non suonerò né a casa mia né a quella della signora Ines e con tutto il rispetto per Jack Bauer e l'inesausta valanga di guai che è costretto ad affrontare nelle sue ventiquattr'ore, questa è senza dubbio la notte più lunga della mia vita.

# 10

Con alle spalle tre ore scarse di sonno, un mal di testa lancinante, il naso che cola e la temperatura corporea in costante crescita, alle otto mi trascino al lavoro come un bravo soldato dell'esercito sabaudo, ma non c'è traccia di senso del dovere nel mio gesto suicida.

Il fatto è che già dalle sei e trenta tutta la telefonia fissa e mobile presente in casa ha cominciato a dare segni d'isteria materna e non c'è stato altro da fare che staccare tutto, fili compresi, perché né io né Maria avevamo alcuna intenzione di rispondere, lei troppo esausta e confusa per sostenere anche un semplice Buongiorno, io decisamente raffreddata nel mio afflato di comprensione e sostegno alla Jo March. Va bene *Piccole donne* va bene Uno per tutti tutti per uno, ma io mi sono quasi presa una polmonite per lasciare che tu e il balengo andaste a fondo nel vostro rapporto, nemmeno so cosa vi siete detti, né lo voglio sapere puoi restare qui tutto il tempo che vuoi ma io con mamma non ci parlo e siccome mamma sa che sei qui e non è stupida tra un'ora te la trovi al portone e io non voglio esserci. Etciù.

Per fortuna non ha avuto la forza di rispondermi,

appena un sussurro di Hai ragione grazie scusa che a vederla così piccola e fragile stavo per chiamare Orso e darmi malata, quale in effetti sono, ma alla fine ho tenuto duro e ho imboccato la porta, questa volta senza ferro da stiro e opportunamente bardata per il gelo mattutino, decisa a riprendere in mano il filo interrotto delle mie grandi speranze, nonostante starnuti e naso gocciolante.

Il pugno nello stomaco mi arriva subito, appena metto piede in libreria, ancora non mi sono tolta sciarpone, cappello, guanti e scialletto di rinforzo sul giaccone, che quest'anno lo scialletto stile vecchia nonna va molto, buttato sopra un vestitino un toppino un golfino a maniche corte non certo come lo porto io che sembro la vecchina delle castagne, insomma ancora sono quasi del tutto avvolta da lana spessa e piume d'oca che Orso mi si para davanti con quel suo imperscrutabile tessuto tecnico ormai d'ordinanza e «Hai visto che ha combinato l'uomo dei tuoi sogni?» mi dice.

Così, senza pietà.

Senza uno straccio d'introduzione, un Siediti Consolata, ti devo dire una cosa, stamattina non hai dato un'occhiata alle notizie, vero?

Hai visto che ha combinato l'uomo dei tuoi sogni.

Anche con un certo compiacimento, un non troppo velato disprezzo, un'eco di Che ti aspettavi da uno così io te l'ho detto da subito di tornare in te e smetterla con certe idiozie.

La mia prima reazione è starnutire.

Colpa del freddo e dell'umido assorbito in dosi massicce nelle due ore abbondanti passate fuori dal portone di casa mia, ma anche dell'inattesa, supplementare botta d'ansia.

È successo qualcosa a Morgan.

Un incidente d'auto. Un involontario rogo della sua stanza d'albergo causato da un mozzicone scivolato dalle dita nel primo sonno. Un tentato suicidio in stile Tenco prima ancora di arrivare nella città dei fiori. Peggio, peggio. Aspettarsi sempre il peggio.

Non fosse che Orso mi guarda con una specie di sorriso cattivo che mi fa pensare che o il tessuto tecnico l'ha convertito a una stronzaggine del tutto scevra di ogni umana pietà o forse Morgan non è ancora morto, lotta in prognosi riservata nel reparto di Terapia intensiva di qualche oscuro ospedale delle sue parti, madre sorella, forse Asia, accorsa in piena notte al suo capezzale, orde di giornalisti all'ingresso a corrompere infermiere per avere notizie, anticipazioni, Fonti non confermate assicurano che se la caverà e A poche settimane dall'inizio della kermesse il Festival di Sanremo perde uno dei suoi cantanti più attesi e di sicuro cancellerà il concerto e a questo punto i giorni di malattia me li prendo tutti e subito e corro da lui in piena sindrome Florence Nightingale, già mi vedo in pantaloni morbidi e cachemire chiari mentre lo aiuto a bere dalla cannuccia gli sistemo i cuscini e i capelli gli leggo brani di Proust nella penombra e finalmente metto a frutto la mia laurea, tanta fatica trova uno scopo e Tutti i miei errori non sono stati che la strada che mi ha portato fino a te.

«Pensavo vivessi attaccata al suo forum, la notizia gira in rete già da ieri. Davvero non ne sai niente?»

La domanda, oltre al tono lievemente sprezzante con cui è pronunciata, contiene una tale escalation d'insulti che fa quasi paura.

Perché sottintende che il massimo delle mie possibilità intellettive ed emotive si estrinsechi nell'armeggiare con un computer e in tale esercizio io sia comunque incapace, visto che non so qualcosa che riguarda il mio beneamato e che tutti a quanto pare conoscono fin nei minimi particolari, pur vivendo vite piene e brillanti nelle quali Morgan non appare se non saltuariamente come distratta chiacchiera di fine serata.

Lo guardo e non lo riconosco. E non è colpa del tessuto tecnico.

È come se non l'avessi mai conosciuto, come se tutte le ore passate insieme, le chiacchiere, i film, le cene, gli straordinari non fossero mai esistiti, o lui non è più Orso o io non sono più Consolata, uno dei due è stato rapito dagli alieni e sostituito con una copia conforme di se stesso e siccome io sono, o almeno mi sento, assolutamente, fortemente io, non posso che pensare che la deriva extraterrestre sia toccata a lui e mi viene da piangere.

Prima ancora di sapere quello che ha combinato Morgan e le sue attuali condizioni psicofisiche, mi struggo per noi, per me e per Orso, per la vita che ci ha allontanati, come amanti che si addormentano allacciati, la mia testa sul tuo petto, le gambe annodate l'una sull'altra, il tuo braccio sulla mia spalla, il mio abbandonato sul tuo fianco e Vorrei restare così tutta la vita ma poi nel corso della notte, senza nemmeno rendersene conto, si allontanano e ciascuno recupera il suo lato del letto, il suo spazio, la sua posizione, ridiventa padrone del suo corpo e di quella libertà che fino a poche ore prima era certo di non desiderare nemmeno.

Orso mi guarda e non favella, ma io so che ha capito benissimo, qualcosa della vecchia complicità è rimasto, perché il mio struggimento, il mio silenzioso rimuginare sul nostro passato e su ciò che abbiamo perduto, gli è arrivato forte e chiaro anche se s'impegna con zelo a far finta di niente, derubrica i miei occhi rossi al raffreddore, evita l'argomento e torna precipitosamente al cuore dell'affaire Morgan, che ha pensato bene di dichiarare in un'intervista che fa quotidiano uso di cocaina come antidepressivo la fuma in basi, ovvero si fa di crack, e quello che lo salva è mangiare molta frutta e neanche ha finito di dirlo che per amore di completezza mi mette in mano la rivista e se ne va.

Temevo peggio.

Anni e anni di allenamento materno al pessimismo più cupo e alla tragedia annunciata mostrano finalmente il loro lato positivo.

Non è morto, non è in coma irreversibile, non ha compiuto quel genere di reati per i quali si finisce dritti dritti nel braccio della morte, aspettando la camera a gas, con stuoli di sostenitori di Amnesty oltre le mura a intonare slogan con le candeline accese. Nel qual caso avrei almeno avuto un argomento di palpitante conversazione con la paladina dell'umanità che si accompagna, malamente a giudicare dagli ultimi sviluppi, al mio ex migliore amico.

Niente di tutto questo.

Morgan ha dichiarato di fare uso di droga. A scopo terapeutico.

Il che così, a una prima, superficiale lettura, intabarrata come Ambrogio Fogar nel bel mezzo del settore Giallo e Horror, guardata a vista da una neoassunta volenterosa che mi ha scambiata per una barbona votata al furto di letteratura, non mi sembra poi così sconvolgente.

Un po' come se Kurt Cobain avesse a suo tempo dichiarato che lui e Courtney largheggiavano sull'orario degli aperitivi.

Non edificante certo, ma nemmeno lo scoop del secolo.

«Posso aiutarla?»

La neoassunta volenterosa mi approccia con un sorriso aziendale e intanto intercetta con lo sguardo uno dei ragazzi della sicurezza, tanto per assicurarsi un pronto salvataggio nel caso dovessi aggredirla con un tetrapak di Tavernello.

Spiegarle che lavoro qui e mi sono bloccata davanti a una pila di Stieg Larsson solo per riordinare i pensieri mi sembra troppo deprimente.

Sconosciuta ai miei stessi colleghi me ne vado a passi lenti, la testa affondata nello scialletto e gli occhi sulla rivista, starnutendo senza ritegno verso la stanza Privato per cambiarmi.

Le foto sono oggettivamente la parte peggiore della faccenda, un campionario di gestacci in smoking bianco, primi piani in trucco pesante, occhi a mezz'asta e labbra arricciate a disprezzare il mondo intero, bucolica sregolatezza di lettini in ferro e galline panciute. Con tutto l'amore, indifendibili.

Mentre mi libero degli innumerevoli strati anti freddo di cui sono composta e tiro su col naso, mi complimento con me stessa. L'ho presa bene.

Senza isterismi o reazioni inconsulte.

Nonostante la notte insonne e il raffreddore che m'intasa il cervello di cotone, sono pronta ad affrontare i commenti, i lazzi e le inevitabili discussioni sulla tossicodipendenza dell'amore della mia vita con encomiabile lucidità.

Potrei quasi spingermi a una raffinata disamina del rapporto tra arte e droga nei secoli. Certo non prima di aver ripassato alcuni passaggi fondamentali.

In ogni caso sono riuscita in pochi minuti a elaborare un punto di vista laico e disincantato, tutt'un sereno composto e superiore sdegno verso l'ipocrisia del gentile pubblico benpensante e moralista pronto ad adorare i suoi dei in un silenzio complice, a tollerare tutt'al più il sussurro e il bisbiglio del dietro le quinte, ma mai e poi mai la franca ammissione di debolezza, l'improvvida partecipazione dei propri errori se non in forma risanata e distante, Ho attraversato momenti terribili, ma grazie all'amore di mia moglie e dei miei figli ne sono uscito, adesso bevo solo succo di carota, tutt'al più una Coca-Cola con gli amici, mangio molta verdura e pratico la meditazione buddista, tutti pronti ad accogliere il figliol prodigo all'uscita della Betty Ford, ma del sudore, della sofferenza, di quanto siano lunghe quelle notti nessuno vuol sapere niente, lo star system è un mostro che dileggia il cibo di cui si nutre, disintossicazione o morte, le vie di mezzo sono mal sopportate, più spesso oscurate per non turbare la visione a un pubblico di soli adulti che batte i piedi e piagnucola esigendo la sua favola della buonanotte.

Il discorsetto imbastito così su due piedi si gonfia e si articola mentre, baldanzosamente quanto me lo consente il mio precario stato di salute, attraverso il settore Narrativa in cerca di Orso, pronta ad affrontare l'inevitabile dileggio.

Mi faccio una domanda e mi do una risposta, anticipo ogni sfumatura del contraddittorio, alzo il tiro e lo correggo, m'infiammo e argomento e poi sul più bello di quello che ormai ha assunto le dimensioni di un trattatello-un pamphlet-un intervento congressuale volto alla pubblicazione, un pensiero mi blocca, l'intero repertorio delle mie fantasie sentimental/erotiche mi scorre davanti agli occhi a velocità doppia, il Freccia Rossa bloccato sulla tratta Torino-Milano, il Boeing 747 costretto a uno scalo tecnico tra Torino e Sydney, il violento acquazzone che mi costringe a rifugiarmi guarda caso nel suo portone, tutto mi ritorna su come dopo un'abbuffata di peperoni con la bagna cauda e su tutto s'insinua la variabile impazzita della *dose*.

La mia esperienza in fatto di droghe si esaurisce più o meno nell'aver fatto girare dalla mia mano a quella del mio vicino uno spinello durante un concerto dei Fratelli di Soledad.

Senza nemmeno avvicinarlo alle labbra, naturalmente.

Il semplice fatto di averlo tenuto tra le dita per quattro secondi mi era già sembrato incredibilmente trasgressivo, un'evidente ammissione della mia incontrollabile vitalità, apertura, lucida follia giovanile.

Del resto io non prendo nemmeno l'Aspirina per paura degli effetti collaterali, figuriamoci se mai avrei arrischiato un tiro da uno spinello.

Men che meno una striscia di coca.

Una dose di eroina sparata in vena sfonda il muro del suono del mio coraggio.

La cui espressione massima, peraltro, è stata ingoiare un antidolorifico di provenienza sconosciuta durante una vacanza in Grecia con Paolo funestata dal mal di denti, senza poter prima accuratamente spulciare l'allegato bugiardino, in quanto redatto in lingua autoctona e senza traduzioni. Ancora oggi sono convinta che più che l'efficacia del rimedio farmaceutico, sia stato il panico da possibili effetti indesiderati a far passare in secondo piano il dolore. Date queste premesse è chiaro che l'organizzazione quotidiana della tossicodipendenza mi sfugge completamente.

Il mio immaginario sull'argomento è cresciuto a forza di sermoni da oratorio, Pubblicità Progresso e *Noi, i ragazzi dello zoo di Berlino*, letto di nascosto alle medie manco si trattasse di «Playgirl», tutt'una visione di buie stazioni ferroviarie abbandonate, misteriosi scambi di bustine, siringhe, lacci, farmacie notturne, sordidi magazzini dismessi senza luce né servizi igienici, stipati di materassi lerci e sfondati, il terrore di mia madre che diventassimo *drugà*, le cattive compagnie che rovinano i giovani, il tunnel senza ritorno, i figli di conoscenti finiti a derubare i nonni della pensione, un compagno di scuola morto per overdose prima degli esami di terza, le comunità di recupero, la piaga sociale e solo molto dopo, passata l'onda nera dell'eroina, misteriose, vaghe notizie di festini a base di cocaina, montagne di polvere bianca in vassoi d'argento in puro stile Scarface, tutti lo fanno o hanno provato almeno una volta, l'evoluzione altolocata della leggenda metropolitana che non risparmia nemmeno il Re della città, Ha le narici rifatte placcate d'oro, si fa cambiare il sangue una volta l'anno in una clinica svizzera specializzata ne fa un uso controllato, non come il figlio, poverino, hai visto che brutta fine?, ma si capiva da subito che aveva ereditato il ramo di follia della famiglia, mi ricordo come fosse ieri quando girava per Torino con il bastone con il pomello d'oro e straparlava nel bel mezzo di piazza Carignano. L'hanno dovuto mandare via, non si poteva tenere a freno una famiglia così importante, così ricca, così a modo ma si sa che le disgrazie capitano a tutti adesso c'è il nipote con quel nome strano che l'hanno portato d'urgenza all'ospedale, chissà che s'era preso?, il cugino di mio cognato che lavora al Pronto Soccorso dice che è arrivato tutto vestito e truccato da donna nemmeno l'avevano riconosciuto che roba dove andremo a finire che poi l'hanno spedito in Messico a disintossicarsi ma comunque sembra sempre che gli manca un venerdì.

Nello spazio di pochi secondi, più o meno quelli che mi ci sono voluti in quell'estate di decenni fa per traghettare lo spinello dalle mie dita a quelle dell'ignoto consumatore quasi certamente non occasionale alla mia sinistra, le mie fantasticherie a base di disastri ferroviari e cataclismi climatici si tingono di cupezza, s'intristiscono in squallide stanzette di fatiscenti alberghetti di periferia preferibilmente londinese con la carta da parati ingiallita dal tempo e dalle perdite d'acqua, le coperte mangiate dalle tarme e un inquietante cameriere di origini indiane pronto a vendere al miglior offerente le immagini di me e Morgan dimagriti e viola di occhiaie, io con le calze a rete vistosamente smagliate, lo smalto smangiato, il rossetto smaccatamente sbavato, lui con una selva di capelli ormai ingestibili, un ammasso di posticci ricrescita pidocchi su cui nessuno oserebbe mettere le mani, gli antichi fasti di una camicia di alta sartoria oscenamente macchiata, ormai prossimi a morire soffocati nel nostro vomito senza uno straccio di biancheria addosso ancorché scoordinata, il genere di fantasie che offrono ben poche possibilità di evoluzione, al massimo si può cambiare il colore della tappezzeria o la nazionalità di provenienza del cameriere, ma tanto sempre là si va a finire.

Annegati nel vomito.

Una vertigine d'angoscia mi prende alla gola.

Il mio giorno è cominciato in te la mia notte mi verrà da te e va bene, ma dev'essere per forza così nera questa notte?

Tutto il mio punto di vista laico e disincantato, il sereno composto e superiore sdegno verso l'ipocrisia del gentile pubblico benpensante e moralista, si dissolve nell'immagine di sfatta decadenza a cui la mia passione mi vota, arrampicandomi sui vetri della fantasia racimolo al massimo una visione tardo viscontiana, io e Morgan barricati in un castello cupo e isolato come Ludwig, le tende sempre tirate per non far penetrare la luce del giorno gli specchi oscurati per non essere costretti a guardare lo sfacelo dei nostri corpi, lui in vestaglie damascate e colli di pelliccia io così su due piedi non saprei dire, ma di certo sempre sporca e scarmigliata, le vie dell'autodistruzione non sono certo lastricate di haute couture e messe in piega, ma la cosa più terribile con cui devo fare i conti non è nemmeno la puzza di chiuso delle nostre stanze, l'orrore della carta da parati ingiallita o il cibo scadente e imputridito dall'alcol in cui finirò i miei giorni, la verità con cui devo fare i conti è che non sono migliore di nessuno, perché anch'io avrei preferito non saperlo.

Non sapere è una condizione che ha dell'invidiabile.

Senza sapere si può tranquillamente raccontarsela, la diceria lascia spazio alla smentita, alla rettifica, al correttivo quale esso sia, le voci non confermate non sono in fondo niente di serio, nessuno ha davvero visto o sentito, è tutt'un gioco sul filo del pettegolezzo, la notizia gonfiata ad arte, la maldicenza da bar, la teoria del complotto, l'estetica del vedo non vedo, lasciar immaginare più che mostrare, si fa ma non si dice, si dice ma non è vero o forse è vero ma non fa gioco a nessuno che lo sia e allora stendiamo un velo pietoso. Certe verità si raccontano al massimo nel segreto buio di un confessionale o stesi sul lettino opportunamente dando le spalle a chi ascolta, Vorrei avere sempre il coraggio di dire quello che ho il coraggio di fare diceva qualcuno, ma in fin dei conti quello che assolutamente non si deve sapere nessuno vuole saperlo davvero, certe verità se le conosci le eviti altrimenti ti uccidono.

Oltre le spalle della neoassunta volenterosa che a occhio e croce sta ricevendo la sua cazziata di benvenuto, Orso mi lancia un sorrisetto trionfante colmo di Adesso finalmente la smetterai di blaterare scemenze su quel pallone gonfiato capellone tracotante di cui ti professi innamorata e nonostante abbia alle spalle una notte insonne la metà della quale passata all'addiaccio e un'aspettativa di vita inferiore a quella di Nancy Spungen, non ho nessuna intenzione di cadere nella trappola e farmi incastrare in una discussione tremendamente seria e complicata quando il suo unico scopo è sfottermi.

Ho tutte le intenzioni di contrattaccare.

Scoprire gli scheletri negli armadi, la polvere sotto i tappeti, fare luce una volta per tutte.

Verità per verità, perché la tua dovrebbe essere meno interessante? O credi forse che non mi sia accorta di quest'improvviso abbandono post natalizio del pile? Che fine hanno fatto l'arancione catarifrangente, il grigio perla delle grandi occasioni, le fantasie psichedeliche simil Missoni? Fino a oggi sono stata buona, non ho infierito, non ho chiesto, non ho nemmeno ironizzato, ma così non vale. Io soprassiedo con grazia sull'intervento estetico che chiaramente ti è stato, se non proprio imposto, largamente caldeggiato dalla Benefattrice dell'Universo e tu mi ripaghi sbattendomi in faccia le magagne dell'uomo con cui sto cercando di costruirmi un futuro? È più che ingiusto. È scorretto.

«Scusa, Orso hai un minuto?»

La neoassunta volenterosa si volta verso la voce che è improvvisamente esplosa alle sue spalle e nello spazio di un battito di ciglia cementate di mascara realizza che non solo non sono una barbona, ma sono colei che potrebbe salvarla dal protrarsi oltre i limiti del sopportabile di una colossale predica sulla fondamentale regola di chiedere aiuto a un collega più anziano prima di liquidare un cliente dicendo che Cortázar non è uno scrittore ma un ballerino di flamenco, soprattutto visto che il ballerino in questione è Cortés e Cortázar esiste eccome.

«Settore Narrativa, terzo scaffale, secondo ripiano dall'alto lettera C» infierisco così, tanto per dare un senso ai miei quasi dieci anni di anzianità.

La neoassunta ormai non più tanto volenterosa sbuffa visibilmente, rimpiangendo di non aver accettato l'impiego part time da Benetton e si dilegua meditando di infrattarsi nel settore Cancelleria.

Finalmente sola con Orso, affilo le armi per inchiodarlo al suo tessuto tecnico.

«Esigo sapere che cosa è successo tra te ed Elisa e non pensare di liquidarmi con un Niente perché?, perché qualcosa è successo di sicuro e, se non hai avuto la forza di raccontarlo nemmeno a me che sono pur sempre quanto di più vicino a una migliore amica, vuol dire che si tratta di qualcosa di veramente grave.»

Orso traccheggia impilando con millimetrica precisione il già impilatissimo *Cotto e Mangiato.*

«È ricca sfondata.»

Questo sarebbe il momento perfetto per abbracciarlo tra le lacrime. L'amico ritrovato. Io e te lo stesso pensiero io e te il tuo e il mio respiro. Io ad almanaccare sulla fortuna delle Parodi e tu che dai voce al mio silenzio, capisci senza bisogno di spiegare, per sempre e nonostante tutto sintonizzato sulla mia lunghezza d'onda.

«Vorrei vedere, ormai sarà sulle seicentomila copie» sorrido nostalgica come se avessi un accendino in mano e ondeggiassi a tempo di Resta amico accanto a me resta e parlami di lei se ancora c'è.

Forse, obnubilata dall'entusiasmo e dal raffreddore, un po' sto veramente ondeggiando, perché Orso mi guarda come se fossi matta e allora m'impongo un contegno serio e stabile, anche se sono abbastanza certa di non aver nemmeno spostato il peso da un piede all'altro. Qualche volta soprattutto da ragazzina mi capitava di cantare ad alta voce senza accorgermene finché mi rendevo conto che intorno a me si era condensato un grumo d'imbarazzo silenzioso della stessa consistenza del bitume e le note che credevo di sentire solo io nella mia testa erano in realtà ancora nell'aria, stazionavano come una nuvoletta sulle teste degli astanti e la voce che le aveva pronunciate era incontrovertibilmente la mia, una volta mi è successo mentre cenavo con un compagno d'Università che avevo adocchiato da tempo e quando finalmente sono riuscita a farmi invitare fuori millantando appunti di Sociologia da scambiare, inderogabili impegni sempre all'ora di pranzo e buoni sconto per un nuovo ristorante a due passi da casa sua, ho rovinato tutto gorgheggiando *Albachiara* durante una pausa della conversazione. Ma questa volta non ho cantato né ondeggiato, ne sono certa. Quindi mi sfugge il motivo di quello sguardo sconcertato al semplice enunciare i volumi di vendita della Parodi.

«Di che stai parlando Cons?»

Lui non parlava della Parodi, adesso mi è chiaro.

Io e te lo stesso pensiero non c'entrava niente, accendini e ondeggiare men che meno.

Ma se non è la Parodi, la ricca sfondata di cui sopra dev'essere Elisa.

La notizia mi porta un immenso sollievo, una ventata di ottimismo che è il sale della vita, dunque c'è una ragione, non è colpa mia se non so valorizzare come si deve un capetto da bancarella, una collanina da sagra di paese, un paio di stivali comprati all'ultimo senza nemmeno provarli, non è colpa mia se non sono così perfettamente biondo miele, sicura di me, aggraziata e squisitamente in tono in ogni occasione.

Semplicemente, mentre io arrancavo su sentieri di montagna sognando le vetrine chiuse di via Roma, lei svolazzava tra scuole esclusive, college inglesi, corsi di tennis e vacanze in barca a vela e quando io spegnevo diciotto candeline con amici e parenti in un giorno che non era proprio quello del mio compleanno perché è di domenica che si fanno le feste, lei danzava leggera un valzer con il suo papà sorseggiando champagne in qualche salone del Rotary. Una lotta impari. Una guerra persa in partenza.

Mimetizzata dietro il pile per la raccolta delle castagne, l'appartamentino equo e solidale in zona decentrata, la cena da mangiare con le mani, si nasconde in realtà Melinda Gates nel pieno del suo piano trentennale per la redistribuzione della ricchezza nel mondo, un piano nel quale Orso evidentemente rientra con il ruolo dell'orfanello del Malawi adottato da Madonna, ovvero l'accessorio che illumina e nobilita secondo le prescrizioni dell'eterna Coco.

L'odore di catastrofe sentimentale imminente è quasi più forte della puzza di chiuso che si respira nel castello buio e isolato dove io e Morgan finiremo i nostri giorni e so che questo è il momento per dire qualcosa, qualcosa di saggio e ponderato o anche solo di sdolcinato e romantico come Quando c'è l'amore c'è tutto, ma là per là non mi viene niente.

O meglio.

L'unica cosa che mi verrebbe da dire è Io te l'avevo detto, le quattro parole con articolo apostrofato che danno più soddisfazione al mondo, direi a pari merito con Ti amo anch'io e Sì lo voglio, ma Io te l'avevo detto vince senza dubbio per quel gusto di superiorità preveggente, saggezza dispensata e mal accolta, perle d'esperienza elargita a piene mani nonostante l'indifferenza del beneficiario, Io te l'avevo detto è il retrogusto dolciastro dell'amarezza altrui, frase odiosa e pure impossibile da tacere.

Io infatti sto per dirlo, non fosse che uno starnuto mi blocca sull'Io e, nel tempo che mi ci vuole a riprendermi dalla tempesta di virus e bacilli, decido magnanimamente di soprassedere, anche perché a onor del vero da quando Elisa è comparsa nelle nostre vite io non ho avuto il coraggio di dire proprio un bel niente, mi sono limitata a malignare nell'ombra, rimuginando meschinamente astio e sospetti in assoluto silenzio.

Anche se che qualcosa non tornava, che tutto quello sfoggio di generosa perfezione ed encomiabile altruismo nascondeva qualcosa l'ho pensato eccome, dalla mia bocca non è mai uscita nemmeno una sillaba e poi questo è il grande momento della reunion, ci vorrebbe un amico qui per sempre al mio fianco e l'amico sono io, non posso rovinare tutto con un Io te l'avevo detto adesso che dopo un giro neanche poi così immenso la nostra amicizia è tornata e siamo di nuovo io e te a vedercela con il mondo e insieme possiamo farcela.

Velocemente organizzo un'espressione stupita e un po' contrita, incredula e compresa del problema.

«Come ricca sfondata?»

Orso dà fuoco alle polveri e il suo racconto delle vacanze di Natale con Elisa non è più suo ma liberamente ispirato all'incontro di Jennifer Cavalleri con la famiglia di Oliver Barrett IV, in piena atmosfera *Love Story*, che non a caso se la cava consegnando a miglior vita la povera ma talentuosa pianista prima che il contraccolpo con la cruda realtà incrini la tetragona potenza dell'amore, e via con l'apparizione inattesa dell'imponente villa di famiglia a Castagneto Po al termine di quella che doveva essere solo una simpatica scampagnata, la cena attovagliata con ceramiche, cristalli e un numero imprecisato di posateria, la conversazione stentata e monosillabica di argomento enologico con il padre di Make poverty history, industriale non meglio definito ma soprattutto appassionato enologo e viticultore, uno che con il Brunello di Montalcino al massimo ci si lava i denti quando ha finito il Sassicaia, il quale per l'occasione ha stappato una bottiglia strappata all'asta a un emiro arabo.

Un contesto non esattamente da pile.

Ma che Elisa fosse figlia di Paperon de' Paperoni era francamente inimmaginabile, né lei si è premurata di prepararlo suggerendogli magari una camicia, un pantalone con la piega, quantomeno una doccia, solo Abbi pazienza devo per forza passare a salutare i miei se sanno che sono stata da queste parti e non mi sono fatta vedere se la prendono a morte, solo dieci minuti, il tempo di un saluto e ce ne andiamo. E a una proposta così cosa puoi rispondere se non Ma certo figurati, e visto che sei innamorato perso rallegrarti che così, nella più assoluta naturalezza, sia già arrivato il fatidico momento del Ti presento i miei, segno inequivocabile di un amore con un piede nel passato e lo sguardo dritto e aperto nel futuro.

Orso infatti si è rallegrato moltissimo, già immaginando un appartamentino nel paesello con tanto di balconcino fiorito, un bicchiere di vino con un panino, la felicità, e gli occhi umidi di orgoglio del vecchio padre per la figliola bella e brava che adesso sembra anche avviata a metter su famiglia con un ragazzo onesto e di sani principi.

In un contesto del genere il suo pile avrebbe brillato per modestia e praticità.

Nel castello dei Windsor, invece, ha fatto sì che lo scambiassero per il giardiniere.

Ma la cosa più incredibile è che la Bella non ha minimamente considerato l'imbarazzo di Orso, come se pasteggiare con vini comprati all'asta fosse cosa naturale e affrontabile per un oscuro commesso di libreria cresciuto a Spuntì e gazzosa.

Dopo la cena e il dopo cena Lei di cosa si occupa? e Trovo i mestieri a contatto con il pubblico estremamente interessanti, quando Orso era ormai allo stremo delle forze fisiche e mentali e soprattutto non vedeva l'ora di trovarsi a tu per tu con quella che fino a poche ore prima pensava potesse essere la madre dei suoi figli per chiedere spiegazioni un filo più approfondite sulla sua infanzia e le sue scelte di vita, Citizen Kane ha impedito ai piccioncini di varcare la soglia della magione per rimettersi in macchina a quell'ora di notte e con una simile gradazione alcolica in circolo. Così, nell'impossibilità di appellarsi a difficoltà di sistemazione notturna, Orso si è ritrovato a sfogare la sua legittima incredulità nella penombra di un letto a baldacchino appartenuto a Napoleone Bonaparte.

La lite è stata furibonda, anche grazie alla distanza siderale tra la camera da letto padronale e quella dove i due erano alloggiati, ma la cosa più sorprendente è che Turin Hilton è cascata dalle nuvole, a quanto pare non le era mai balenato nemmeno nell'anticamera del cervello che la sua estrazione sociale potesse essere di qualche ostacolo alla loro storia d'amore e a stretto giro di posta la discussione è passata dal piano sentimentale a quello sociologico politico filosofico, sono volate parole grosse, prese di posizione nette e roboanti, rincorse a chi dei due si aggiudicava il premio come peggior ipocrita.

«Non te l'ho detto perché pensavo fossi superiore a certe cose!»

«No, tu non me l'hai detto perché sapevi benissimo che la differenza la fa eccome, fa una differenza enorme!»

«Quindi tutto quel blaterare sul fatto che le persone si giudicano per quello che sono e non per quello che hanno vale solo per i poveracci?»

«Evidentemente è quello che pensi anche tu, visto che ti travesti da impiegata al minimo salariale!»

«Siamo arrivati al punto che il vestito fa il monaco? E allora cosa avrei dovuto pensare io di te e dei tuoi muffosi pile?»

E quello è stato senza dubbio un colpo basso.

Al quale Orso ha reagito con una signorilità d'altri tempi, evitando d'infognarsi nel ping pong della reciproca denigrazione e, con gran spolvero della sua laurea in Scienze Politiche, ha addotto fior di motivazioni antropologiche e sociologiche al suo disagio, rifiutandosi di essere ridotto allo stereotipo maschile del Chi porta i soldi a casa sono io, perché a lui di chi porta i soldi a casa non frega niente, il problema è che lei fa la parte di tutti e tre i Re Magi messi insieme e lui arriva sì e no al pastorello che reca un po' di latte, e va bene che davanti a Dio siamo tutti uguali, ma la Commissione Tributaria qualche differenza qua e là la rileva, e insomma, che razza di vita possono mai fare insieme, lui destinato a non sentirsi mai all'altezza, lei a comprare le mutande al mercato con la Carta Oro nel portafoglio o, peggio ancora, lei a pagare per tutti e due e poi si sa come finiscono queste cose Con quello che guadagni il tuo lavoro puoi anche lasciarlo, ovvero l'anticamera del mantenuto e diciamoci la verità, storie così non funzionano mai Fammi un solo esempio di una coppia del genere che non siano Hugh Grant e Julia Roberts in *Notting Hill* dove comunque lui aveva una libreria di proprietà che è un'altra cosa dal fare il commesso e hai voglia a ricordargli che Julia Roberts ha messo su un'allegra famigliola con un oscuro tecnico delle luci e la futura regina Victoria di Svezia è convolata a giuste nozze con il suo personal trainer pettinato, ingiaccato e fatto duca per l'occasione, l'idea del principe consorte è dura da digerire quasi quanto l'offesa al pile.

Orso abbandona definitivamente il ricettario semi vip per dedicarsi al *journal intime* della travagliata maternità di Antonella Clerici.

Per un attimo mi balena l'immagine di mia sorella barricata a casa mia che rimugina sulla sua gravidanza tormentando il filet e sarei quasi tentata d'invitarlo a cena da me, nella logica degli esperimenti e degli incidenti l'incontro del suo dramma sentimental morale con quello di Maria potrebbe chissà, portare soluzioni inaspettate.

«Il fatto è che io la amo. E forse avrei preferito non saperlo.»

"Nemmeno immagini quanto ti capisco" vorrei rispondergli.

Ma lo conosco e non m'illudo sulla possibilità che il suo personale arrovellarsi riabiliti per osmosi il mio che, per quanto lo riguarda, risponde allo stesso principio di realtà di un Tamagotchi e forse non ha poi tutti i torti.

«Mi dispiace per questa mattina» e il suo sguardo sottintende Per come ti ho deliberatamente sbattuto in faccia il mio superiore disprezzo per le stronzate del tuo Morgan.

«Non fa niente» sorrido e il mio sorriso sottintende che capisco benissimo, ora che li conosco, che i suoi guai sono di calibro maggiore, hanno un peso specifico ai limiti della sopportabilità e dunque comprendo e giustifico il suo accanirsi contro chicchessia me compresa.

«Hai una faccia distrutta, perché non vai a casa?»

Faccio spallucce, perché spiegargli che nonostante la febbre, il raffreddore, il mal di testa lancinante non ho nessuna voglia di ritrovarmi faccia a faccia con mia sorella e i suoi *sagrin*, mia madre al telefono, il balengo alla porta, Emanuele il collega di Matematica e Scienze che prima o poi si farà certamente vivo, e tutto questo senza nemmeno potermi proiettare in una settimana di serate sanremesi, cena sul vassoio davanti alla televisione e Canta Morgannnn perché è abbastanza evidente che, dopo aver cianciato di droghe e psicofarmaci, le possibilità che gli venga ancora concesso di solcare il sacro suolo della città dei fiori sono più o meno quanto quelle che mia nonna abbia davvero visto Ylenia alla cassa del Pam e con il rassicurante imbozzolamento televisivo se ne vanno anche le euforizzanti fantasie di coppia con palpitante conclusione in fiori d'arancio e resta solo l'annegamento nel vomito, sopportare tutto ciò è quasi insostenibile.

Senza contare che, mi rendo conto in un lampo di lucidità predittiva, anche il suo concerto, ovvero il luogo del nostro primo incontro, il *la* verso il mio personalissimo sol dell'avvenire, potrebbe essere definitivamente cancellato o, nella migliore delle ipotesi, rimandato a data da destinarsi.

Oltre le vetrine illuminate questo giorno di febbraio non ha niente da invidiare alla notte appena trascorsa.

Solo cieli neri che temo non si scioglieranno più.

E allora meglio bagnarsi il più possibile di questo tripudio di luci al neon, musica in sottofondo, barbe incolte di studenti universitari avvolti da quello speciale odore di abiti umidi e mal lavati, signore in cachemire e filo di perle solleticate dall'eleganza di un titolo, ragazzine innamorate di ombrosi vampiri, mamme stremate da una lotta impari con la Pimpa e Winnie the Pooh, e affrontare la mia vita a fine orario.

## 11

E ancora piove.

Non uno di quegli acquazzoni violenti e improvvisi che lasciano ben sperare su una pronta schiarita, la pioggia sabauda è posata e meticolosa, lenta e inesorabile, faticosa come una delle nostre antiche passeggiate in montagna, un piede davanti all'altro, andatura regolare, respiri profondi e non ci si ferma fino alla vetta, solo che qua la vetta non si vede, impossibile stabilire dove ci voglia portare questa pioggia infinita che gonfia il Po e rallenta i passi svelti dei torinesi, invitandoli a fermarsi e sporgersi dal ponte Vittorio Emanuele, per frugare con gli occhi oltre la cortina d'acqua e saggiare il livello del loro fiume, la tenuta degli argini, la piena che lambisce i locali dei Murazzi, ma il fiume resiste, s'ingolfa a tratti ma tiene duro, s'impegna a non straripare, anche lui sottomesso alla legge non scritta del Non importunare, Non dare fastidio e soprattutto Non mettersi in mostra, sarò anche il fiume più importante d'Italia, maestoso e regale sì, ma senza *spatuss*.

Io ho il mio scialletto.

E non ci provo nemmeno a buttarlo sulle spalle, un po' sciarpone un po' accessorio inutile, io me lo avvolgo bene bene sulla testa in puro stile Baba Yaga, lo lego dietro al collo e mi ci rintano sotto, camminando curva come le beghine in preghiera, chiedendo pietà al dio della pioggia e a quello, pericolosissimo, dell'asfalto bagnato e conciata così, come un relitto della società, mi avvio alla fermata dell'autobus che mi porterà a casa, e poco ci manca che qualcuno mi allunghi un euro per un panino.

Quando apro la porta, prevedibilmente zuppa e stremata, la febbre ormai padrona incontrastata del mio corpo, gli occhi che bruciano, le ossa rotte, i brividi e un martello pneumatico impegnato a fracassarmi il cervello, la scena che mi si apre davanti ondeggia tra il fiabesco e l'horror puro, con una minima ma decisiva prevalenza di quest'ultimo.

Il salotto è avvolto nel buio, i flash azzurri della televisione accesa illuminano a tratti due corpi stretti l'uno all'altro sul divano.

Per un attimo il terrore che mia sorella incinta stia amoreggiando con il balengo o peggio ancora con il fantomatico collega di Matematica e Scienze mi aggroviglia lo stomaco, pavento di averli interrotti sul più bello e, siccome l'immaginazione corre e l'atmosfera è un po' quella, ho anche il vago terrore che si voltino verso di me rivelando occhi rossi e bava verde agli angoli della bocca come gl'indemoniati. Ma poi un bagliore di luce appena più accentuato rivela, accanto a quella spettinata dagli eventi di Maria, una testa di capelli fini increspati da vent'anni di permanente leggera che Senza rovinarli gli dà un po' di volume così con due colpi di spazzola è sempre sistemata, altro che incontro sessuale clandestino, quella accanto a mia sorella è nostra madre, ma né l'una né l'altra accenna a voltarsi per darmi il benvenuto, la voce della Busi che lancia le notizie della giornata è più forte del mio saluto stentato e vagamente imbarazzato, ormai sono straniera perfino a casa mia, così avanzo a tentoni come una spettatrice entrata in sala a film iniziato e la mano va istintivamente all'interruttore della luce, ma quasi temo di spaventare le mie ospiti, la figlia con la testa appoggiata sul seno della genitrice, ipnotizzate come i bambini davan ti ai cartoni animati mentre, affannato e a tratti stridulo, Vincenzo Mollica cerca di riassumere e capire la vicenda partendo dalla fine, e la vicenda è quella di Morgan, stanco, appannato e sfatto nelle immagini di un'intervista concessa in tempi non sospetti. E intanto «Morgan fuori da Sanremo per droga» recita il sottopancia, manco la droga l'avesse trovata e sequestrata la Narcotici in dosi da spaccio nell'imbottitura del divano di casa sua.

M'immobilizzo anch'io, in piedi alle spalle della rappresentanza femminile della famiglia temporaneamente traslocata a casa mia e ascolto le consultazioni e le decisioni di questi Mazzi Masi Mazza, che sembrano essersi messi d'accordo per fare dei loro nomi cognomi e cariche uno scioglilingua, e intanto Morgan smentisce, rettifica, dichiara con forza di essere contro l'uso della droga, ma è così palesemente vano e inutile ogni suo sforzo che mi chiedo perché lo faccia, perché ci tenga tanto a ripulirsi l'immagine dopo aver passato anni a cantare *Lsd La sua dimensione*, *L'assenzio* un intero album intitolato *Acidi e basi*, senza contare che la produzione dei Bluvertigo è conosciuta anche come Trilogia chimica, un nome che lascia poco spazio all'immaginazione, anni di smalti, rossetti, artista maledetto e controcorrente. E va bene che si cresce, si cambia, si soccombe all'incanto delle sirene della popolarità, ma perché tentare così caparbiamente di negare l'ovvio, il precedentemente dichiarato con folle superiorità, addirittura conversare via radio con il più giovane ministro d'Italia impegnandosi in un percorso di disintossicazione, per cosa poi? Perché Sanremo è Sanremo?

Soprattutto quando, incredibilmente, su tutte le facce costernate, preoccupate, censorie di politici e dirigenti televisivi vince sempre e comunque la sua, segnata e antica, una faccia che non si cura e non vuol ringiovanire, orgogliosa dei suoi errori e delle sue debolezze «Sono traumatizzato,» dichiara «ho bisogno di fermarmi e di riflettere» e siccome in fondo sono a casa mia e uno a casa sua tende a sentirsi abbastanza libero di fare e dire un po' quello che gli pare, mi lascio scappare un flebile «Povero amore mio» e in un istante è il caos.

Maria e mia madre saltano sul divano lanciando urletti di terrore in uno starnazzare convulso di Chi è Chi ha parlato Oddio è entrato qualcuno e nessuna delle due ha la prontezza o la lucidità di accendere la luce, così lo faccio io e quando mi paleso nello splendore dei 25 watt di lampadina a risparmio energetico rigorosamente Ikea, hanno addirittura il coraggio di sgridarmi.

«Che modi sono di entrare in casa come una ladra senza salutare?! Ci hai fatto prendere un colpo, con tua sorella nelle sue condizioni...»

«Questa sarebbe comunque casa mia» mi preme di sottilizzare, ma le mie parole si perdono in un vento di Hai visto *chiel lì* il musicista che ti piace tanto quello che era sposato con la figlia di Dario Argento non lo fanno mica cantare a Sanremo io l'ho sempre pensato che aveva una brutta faccia, ma tanto ogni volta che io apro bocca mi dici che son vecchia, che non capisco le cose di oggi, che poi per me uno a casa sua può fare quello che vuole ma andarlo a dire così ai quattro venti che poi ci son ragazzi che queste cose le prendono sul serio e lo fanno anche loro tu non sei mamma non puoi capire le tribolazioni se penso a quella povera Franca ti ricordi quella della merceria che non sapeva più a che santo votarsi.

Annuisco in silenzio.

Non ho nessuna intenzione di sostenere una conversazione sui problemi di tossicodipendenza di Morgan con mia madre. Soprattutto quando l'argomento alla ribalta dovrebbe essere la creatura di padre incerto che mia sorella porta in grembo e mi sembra francamente incredibile che, in tali frangenti, sia l'affaire Morgan a tenere banco.

«Come stai?» butto là a Maria cementata sul divano in posa da Violetta Valéry ultimo atto, tanto per aprire uno spiraglio verso il cuore della conversazione.

«Meglio» è la laconica risposta.

Meglio in che senso non è dato sapere, perché mia madre vampirizza ogni pallido tentativo di comunicazione esultando che Non è una notizia meravigliosa io me lo sentivo che c'era qualcosa nell'aria già dalla cena di Natale avevo capito che Maria nascondeva qualcosa ma non ho detto niente per non far sempre la parte della mamma impicciona, come sono contenta, vedrai papà quando glielo diciamo. A proposito è meglio che vada che è quasi ora di cena e lo sai che tuo padre da solo non sa nemmeno cucinarsi un uovo tanto Alberto passa a prenderti tra poco, vero? Ciao Consolata, tesoro cambiati che sei tutta bagnata mai una volta che ti porti un *paraqua*, mi raccomando Maria riguardati ci sentiamo domani.

Esce così, in un turbinare solitario di parole che non svelano nulla di ciò che sa e ciò che non sa e quando la porta si chiude alle sue spalle e cerco lo sguardo di mia sorella lo trovo incastonato nelle piastrelle del pavimento e capisco che mamma sa poco o niente e comunque tutto in versione edulcorata.

«Pensavo che volessi parlarle solo dopo aver preso una decisione» infierisco, liberandomi uno strato dopo l'altro dell'umidità che mi pesa addosso.

«Sai com'è mamma.»

E mentre lo dice alza gli occhi su di me e arriccia le labbra con una smorfia che tenta di essere un sorriso, ma in forma di richiesta di complicità, comprensione, fors'anche di un abbraccio, Lo sai com'è mamma, fare muro è impossibile quando si mette in testa una cosa non c'è Dio in cielo o in terra che riesca a fermarla, volenti o nolenti siamo sue per sempre e il massimo che possiamo fare è provare ad arginarla, aggirarla, disinnescarla e non so se mettermi a ridere o a piangere, eccoci qui due donne fatte e finite ridotte a giocare a nascondino con la madre per mantenere un minimo di privacy sulle loro vite. E a guardarla dall'esterno la situazione è talmente paradossale che mi vien da ridere, un riso amaro di stanchezza e un po' anche di disperazione, perché in fondo c'è poco da ridere, ma che vuoi farci, E infatti ride anche Maria, ride quasi tra le lacrime Alla decima telefonata ho dovuto rispondere, mi è preso il panico che mandasse i Carabinieri pensando che eravamo morte tutte e due, e da lì in poi non c'è stato più niente da fare, Le ho detto che volevo restare un po' da sola, ma lei si è precipitata qui a farmi il terzo grado e sono crollata quasi subito, le ho detto che sono incinta che con Alberto avevamo avuto uno stupido litigio e io ho perso le staffe ho dato tutta la colpa agli ormoni e, per farla breve, mi sono fregata con le mie mani, Non so come farò a tornare indietro, non posso darle un dolore così, né a lei né ad Alberto, Dovevi vederlo stanotte, era trasfigurato, mi ha implorato di non lasciarlo ha detto che era pronto a capire a perdonare a fare di tutto per migliorare non sembrava nemmeno lui mi ha fatto una cosa al cuore in fondo è pur sempre mio marito.

Mamma è come un virus.

Senza rendertene conto inali la sua visione del mondo e poi quella ti cresce dentro e hai voglia ad allenare anticorpi, il suo è uno di quei virus mutanti, resistenti a tutto, refrattario anche alla penicillina.

«Guarda Maria che non più di dodici ore fa mi hai lacrimato addosso che sposarlo è stato il più grande errore della tua vita e ti vorrei anche ricordare che, parole tue, a letto è un analfabeta.»

Maria annuisce, non sa neanche lei a cosa.

«Gli hai detto del bambino?»

Silenzio.

L'ha fatto e nemmeno ha il coraggio di ammetterlo. Idiota.

«Quindi davvero sta venendo a prenderti?»

«È mio marito.»

«Lo so! Guarda che c'ero anch'io quel giorno in chiesa, ma con Emanuele il collega di Matematica e Scienze come la metti? Quello sicuramente si era già fatto tutt'un film, era pronto a prendersi te con annessi e connessi e mi sembrava anche che la prospettiva non ti dispiacesse.»

«Magari il bambino alla fine è di Alberto...»

Niente. Più che l'amore poté il senso di colpa.

«Io adesso ho bisogno di stare tranquilla.»

Che è tanto come dire che, stanca di aver allegramente sparpagliato i buoi per la campagna, non vede l'ora di chiudersi nella stalla e far finta di niente.

«Io invece ho bisogno di fare un bagno caldo e mettermi a letto» replico avanzando verso il bagno con addosso una sensazione pesante di fallimento di rinuncia di disfatta, anche se la vita è la sua e io non c'entro niente, è lei che si consacra a un'esistenza che ha ottime possibilità di essere lunga e infelice, è lei che ha fatto disfatto e scelto eppure mi pesa sulle spalle più del mio golfone bagnato la consapevolezza che avrei potuto essere più presente incisiva determinante, avrei potuto adoperarmi per impedirle d'imboccare così compulsivamente la strada del ritorno senza nemmeno tentare le altre, insomma avrei potuto, anzi avrei dovuto fare di più nel momento cruciale in cui mia sorella, dopo anni di reciproca cortese indifferenza quasi malcelato disprezzo, si è rivolta a me.

Nel tempo dei pochi passi tra il salotto e il bagno mi è chiaro che questa era la nostra grande occasione e io l'ho mancata e anche se mi riprometto di far meglio la prossima volta, di non lasciare solo Orso adesso che so in quali mari agitati si barcamena, di chiamare Maurizio per sapere se ha poi affrontato i suoi genitori, di scrivere questa volta sul serio, senza balbettii e false partenze una lunga lettera a Morgan in questo momento di difficoltà, nonostante tutti questi buoni propositi per il futuro, la sensazione di aver perduto un'occasione resta. E non è piacevole.

«Mi dispiace per Morgan!» urla mia sorella dal salotto.

«Figurati a me.»

E lascio che la porta del bagno mi si chiuda alle spalle.

La notte si sfalda un'ora dietro l'altra come una maionese impazzita. Galleggio inquieta tra sonno e veglia, sogni incompiuti, rovelli senza capo né coda, sprazzi di lucidità divinatoria e delirio puro e semplice.

Quando riprendo coscienza di me, anche se il grigio

antracite inquadrato dalla finestra lascerebbe presagire tutt'altro, è già giorno fatto, il cellulare lasciato sul comodino annuncia un Nuovo Messaggio di Orso che si chiede dove sia finita e il solo pensiero di scendere dal letto mi provoca una vertigine.

Mi ripeto che sono malata, molto malata, avrò almeno trentanove di febbre, ho passato una notte d'inferno e dunque sono ampiamente giustificata se non vado a lavorare.

Ma devo ripetermelo tre o quattro volte, impormi di mettere i piedi a terra e trascinarmi in bagno, dove arrivo addirittura ad aprire l'acqua calda della doccia e comincio a svestirmi prima di decretare che no, davvero non ce la faccio, oggi resto a casa.

Quando è in corso una crisi posso farmi perdonare so che rimarrò un po' assente da scuola e forse non andrò nemmeno al lavoro, mi canta in testa Morgan.

Trascinandomi sui gomiti racimolo tutto quello che può servirmi, acqua fazzoletti termometro aspirina carica del cellulare computer una vecchia rivista e torno a infilarmi sotto le coperte.

Peccato non avere la televisione davanti al letto.

Nelle giornate di malattia la televisione davanti al letto fa la differenza. Al tempo ci fu con Paolo una feroce discussione sull'argomento che mi vide nettamente perdente La televisione davanti al letto è una droga uccide la lettura la conversazione il sonno il sesso, si rimane inebetiti davanti allo schermo a guardare programmi idioti per ore, complice la stanchezza si annulla il senso critico, si azzera la volontà, argomenti difficilmente scalfibili dalla mia idea romantica di io e te stretti sotto il piumone a guardare *Come eravamo*, ma a parte il fatto che *Come eravamo* con me non l'ha mai voluto guardare, nemmeno compostamente seduti sul divano del salotto, avrei potuto obiettare che le nostre conversazioni erano piuttosto monosillabiche e sesso se ne faceva comunque pochino se non pochissimo. Restava però sempre l'argomento lettura e di fronte alla dea Cultura è impossibile ribellarsi. Quindi niente televisione davanti al letto.

Proprio oggi che ogni programma nazionale sarà intasato di reportage commenti Ne parliamo in studio con Facciamo partire la clip e ogni aspetto della vita privata artistica sentimentale di Morgan verrà scandagliato a beneficio dello zoccolo duro dei telespettatori, quelli che accendono la televisione insieme al fornello per il caffè e così si danno il buongiorno. Per un attimo valuto la possibilità di trascinare me stessa, il piumone e tutti gli accessori utili alla malattia sul divano del salotto, ma il solo figurarmi un tale trasbordo mi strema e il divano del salotto è troppo scomodo per accogliere il mio dolore.

Del resto, ripensandoci, non ho poi tanta voglia di veder vivisezionato come fosse già cadavere l'uomo che ha riempito le mie ore i miei giorni i miei sogni negli ultimi mesi, senza poter intervenire argomentare confutare arginare la prevedibile inondazione di banalità luoghi comuni buon senso un tanto al chilo, costretta a masticare in silenzio il veleno delle parole che non posso dire se non al vuoto che mi circonda.

E comunque ho il computer.

Dotato di una rapida connessione Adsl wi-fi grazie alla quale posso connettermi con tutti i forum i blog le chat dove certamente si sono raccolti i suoi fan e dove anch'io questa volta voglio intervenire, bando ai miei stupidi imbarazzi, se a qualcuno non piacerà quello che dico pace, mi trovo un bel nickname e chissenefrega, non è questo il momento di fare la scontrosa o l'asociale e se dovessi incappare in uno di quegli strani nodi del destino per cui qualcuno mi riconosce, chessò il ragazzo del bar sotto casa, una vecchia compagna di università, perché dovrei preoccuparmi di quello che pensa di me il lattaio all'angolo, anche se nello stesso istante in cui lo penso so che, per qualche imperscrutabile ragione che andrebbe scandagliata da un professionista del settore, quello che pensa di me il lattaio all'angolo potrebbe ferirmi profondamente, ma comunque se anche dovesse riconoscermi dietro il mio ben studiato nickname e, casualità delle casualità, dovesse accennare al fatto, be' potrei sempre dire che quando ho scritto quello che ho scritto avevo la febbre alta. Molto alta.

Sul sito ufficiale di Marco Castoldi in arte Morgan c'è una lettera. Anzi, un comunicato ufficiale.

Firmato Fabio Cinti.

Il che mi fa pensare che su Morgan s'avvolga e pesi una tale orda di avvocati agenti vertici Rai organizzatori di concerti giornalisti affamati da non lasciargli fiato sufficiente nemmeno per mettere insieme quattro righe per il suo sito ufficiale.

Povero amore mio.

Anche se certo poteva farle scrivere da qualcun altro e postarle comunque a firma sua. Tanto per dare un segno di vita ai suoi fan.

"Vorrei invitarvi a sospendere ogni giudizio. Un fraintendimento sul quale Morgan farà presto luce. Abbiamo apprezzato i messaggi di solidarietà."

Sembra il bollettino medico di una moglie affranta. E io l'avrei scritto sicuramente meglio, senza quell'incerta scelta di persona grammaticale. Mi chiedo se quando Morgan e io avremo finalmente e felicemente unito le nostre esistenze saremo mai veramente soli. Non vorrei ritrovarmi in luna di miele con un paio di musicisti al seguito. O stesa sul lettino di una clinica a fare l'amniocentesi mentre il suo autista mi tiene la mano.

Magari non subito, certamente dopo esserci conosciuti più a fondo, frequentati per un periodo consono, stretti la mano oltre il vuoto tra una poltroncina e l'altra nella saletta visite di qualche clinica per la disintossicazione, insomma non appena la nostra relazione sarà avviata sui solidi binari di un Freccia Rossa, non c'è dubbio che il ruolo del suo entourage nella nostra vita vada discusso.

Io a fare l'amniocentesi con l'autista non ci vado.

Comunque non posso pensarci ora. Ci penserò quando sarà il momento.

Ora il massimo che posso fare è scivolare dal Comunicato ufficiale al forum ufficiale del quale già sono Utente registrato anche se non ho mai scritto una riga, con un disperato bisogno di condivisione appartenenza empatia ancorché virtuale, sono pronta addirittura a sostenere l'onda d'urto delle decine di groupie innamorate deliranti e certamente più giovani e meglio in arnese di me che sgocciolo raffreddore e trasudo febbre nel mio letto di dolore, ma non importa, non son cose su cui sottilizzare in questo momento di difficoltà e poi mi sento nonostante tutto in posizione di forza, io ho un progetto un disegno preciso per il nostro futuro, il concerto non è stato ufficialmente cancellato e fin che quella data resiste nel calendario del Teatro Colosseo tutto può ancora succedere.

Peccato che all'apertura della pagina del forum quello che mi trovo davanti è una sequela di Morgan con mano di bianco guantata tesa davanti a sé, come un vigile a fermare il traffico e tanti lucchetti neri a segnalare che il forum è chiuso bloccato sospeso Per fare chiarezza e pulizia sia dai facili buonismi che dalle critichette all'italiana e la delusione è tale che quasi quasi mi viene da piangere, rinculo come Wile Coyote quando lanciato in una corsa senza fiato nel nulla di un deserto roccioso si trova improvvisamente davanti uno strapiombo che lo costringe a una brusca frenata e un veloce ribilanciamento delle forze.

E adesso?

Che cosa me ne faccio di tutto il mio afflato comunitario, il mio bisogno di comunicare condividere empatizzare?

Incerta mi affaccio su altri forum altri blog altri commenti, ma con lo sguardo furtivo di una clandestina, Morgan ha invitato a sospendere ogni giudizio e io vorrei attenermi alle sue indicazioni, già mi sento in difetto per l'avidità con cui mi sono buttata sul suo forum ufficiale, desolatamente ma forse giustamente bloccato, se si deve sospendere il giudizio è assurdo tenere aperte le porte di questa specie di tribunale popolare, a rileggere quel Comunicato ufficiale senza il tarlo dell'onnipresenza di Cinti mi si accappona la pelle Vorrei invitarvi a sospendere ogni giudizio, che è tanto come dire Vi prego non vi accanite, che effetto può mai fare la valanga incontrollata di sentenze commenti considerazioni riletture psicanalitiche sociologiche massmediologiche della propria sofferenza, un passo falso, un incauto inciampo e il castello di carte rovina addosso trascinandosi dietro massi d'invidia spocchia cattiveria pura e semplice, di fronte alla caduta di un uomo il primo istinto è la risata, la risata implosa e sadica di chi si è salvato, ha evitato la buca la buccia di banana la perdita d'equilibrio, ha fortunosamente scartato ancora una volta la resa dei conti con la propria fragile natura e se ne fa forte e dal piedistallo della sua posizione verticale tende la mano, ma intanto predica di stare più attenti a dove si mettono i piedi calzare scarpe più solide avanzare per piccoli passi, io lo so, mai come quando si è a terra ogni parola suona pesante ogni sguardo insostenibile, prima si avanzava baldanzosi e improvvisamente si è nudi esposti senza pelle e allora Vorrei invitarvi a sospendere ogni giudizio è come dire Annaspo state lontani lasciatemi riprendere fiato vi supplico un attimo di pausa datemi tregua. Oggi ho parlato troppo.

Spengo il computer con manzoniana solennità.

Non mischierò la mia alle mille voci che rumoreggiano intorno alla sua caduta.

Mi sento già abbastanza in colpa per aver almanaccato di squallide stanzette in alberghetti della periferia londinese calze smagliate camerieri indiani e annegamento nel vomito.

Non è stato bello, da parte mia.

Una reazione infantile e sciocca, intrisa di perbenismo.

Che poi mica tutti i cantanti e musicisti rock dediti all'abuso di farmaci psicofarmaci e sostanze stupefacenti sono finiti male.

Ozzy Osbourne, per dire, dopo aver sniffato anche le formiche e addentato teste di pipistrello, è arrivato tutto intero e, compatibilmente con i suoi trascorsi anche abbastanza in forma, ai sessant'anni. E Fabrizio Moro, che ha dichiarato di aver abusato di qualunque cosa tra i diciannove e i ventisei anni, ma poi la musica la famiglia gli amici l'hanno salvato e quest'anno si presenta per la terza volta al Festival? Uno su mille ce la fa.

Come vorrei essere con lui. Non con Fabrizio Moro, naturalmente. Con Morgan.

Con Morgan che si dibatte tra pentimento e rabbia, tra prendersela con se stesso storto sbagliato autodistruttivo che non riesce a fare niente di giusto o con il giornalista la società il mondo che è forse lui a essere storto sbagliato ingiusto e se chiudo gli occhi e metto insieme il puzzle d'immagini e descrizioni della sua casa di Monza, una foto con uno squarcio di divano con uno sfondo di portafinestra sul verde un pianoforte una scrivania, posso quasi vederlo mentre si agita parla conciona spegne il telefono lo stacca dalla presa lancia il telefonino sul divano con uno scatto improvviso Insomma lasciatemi in pace e sicuramente non avrà mangiato niente, forse giusto un morso a una mela, più che altro per smaltire la rabbia impotente, l'incredulità della ragione, il fastidio del suo nome ripetuto mille volte da mille bocche conosciute e sconosciute, le pugnalate alle spalle di chi lo disconosce, il sostegno sempre troppo tiepido degli amici, il disperato bisogno di credere a chi minimizza ridimensiona Nel giro di tre giorni se ne saranno dimenticati si sgonfierà tutto come una bolla di sapone vedrai non possono fare a meno di te e così a caldo c'è ancora spazio per farsi una risata sdrammatizzare ridicolizzare alleggerire ricordarsi che non si è fatto pranzo né cena nemmeno un caffè e tanto per far qualcosa svuotare i posacenere.

Quando mi risveglio da un sonno che è arrivato a mia insaputa e non saprei dire quant'è durato, è già sera e mi sento meglio.

Respiro quasi normalmente e ho smesso di rabbrividire.

Ho anche fame.

Il che di per sé non è una grande notizia, visto che l'appetito non mi abbandona mai, nemmeno nei momenti peggiori, ma m'impegno comunque per valutarlo come un buon segno, un nuovo passo sulla via della guarigione. Peccato che in frigo non ci sia niente non dico d'invitante, ma nemmeno di vagamente commestibile. Per un attimo avevo sperato che, per la sua visita al capezzale della primogenita in lite con il marito, mia madre avesse recato con sé teglie di paste al forno arrosti e dolcetti, ma si è trattata di una pia illusione.

Il massimo che riesco a mettere insieme senza far bollire pentole d'acqua o scongelare fettine di pollo è una Simmenthal con un pacchetto di cracker che decido di sbriciolare, adesso sì, davanti alla tivù.

Un po' di televisione a questo punto ci vuole o rischio di essere uscita dalla febbre solo per precipitare nella depressione, ho voglia di vedere un po' di mondo, facce voci musica qualche notizia, la pubblicità delle amiche in libera uscita nonostante la pioggia battente e il malessere influenzale, tanto basta un bicchiere d'acqua calda e una bustina di farmaco da banco per tornare a saltellare tra le pozzanghere, la confortante sensazione che la vita non solo continua, ma offre soluzioni pratiche e a prezzi ragionevoli per ogni tipo di problema Non esistono macchie impossibili E riparti di slancio, così mi lascio cadere sul divano, afferro il telecomando e c'è lui.

A un passo dal baratro.

Con Vespa che dovrebbe far da argine.

È lì, seduto nel buio dei violini di *Via col vento*, i gomiti appoggiati alle ginocchia, unico occupante della sua fila di poltroncine e prima ancora di vederlo in faccia e ascoltare quello che ha da dire sto male per lui, soffro con lui, mi pento di aver acceso la televisione, vorrei essere ancora a letto a sudare e rabbrividire nei fumi dell'incoscienza, non mi vanno nemmeno più i cracker, forse per la prima volta nella vita mi si chiude lo stomaco, *Porta a Porta* non me l'aspettavo proprio, è un colpo basso, un coltello girato nella piaga, altro che Vorrei invitarvi a sospendere ogni giudizio, qui siamo alla gogna mediatica pura, al confronto l'*Uno contro tutti* di Maurizio Costanzo era una passeggiata di salute, lì quantomeno l'Uno era messo in una posizione di forza spaziale, solo con Maurizio sul palcoscenico e Tutti seduti in platea, in fondo guardati dall'alto in basso, questa forma vespasiana fintamente democratica tutti seduti vicini, la soubrette e il ministro, l'attore e il professore universitario fa venire i brividi, per un attimo temo il plastico della casa di Morgan con i luoghi dell'assunzione di crack evidenziati in giallo, non voglio vedere, non voglio sentire, ma allo stesso tempo non riesco a non vedere e non sentire, mi manca la forza di afferrare il telecomando e spegnere o almeno girare, sono bloccata come davanti a un film dell'orrore, non voglio che aprano quella porta e allo stesso tempo non vedo l'ora che lo facciano, poi però quando le luci dello studio si accendono e lo vedo in faccia un po' di tensione scema, sarà il fondotinta o solo l'effetto di una buona dormita ma lo trovo bene, meno peggio di quanto m'aspettassi, ma è il sollievo d'un attimo, il tempo che Vespa formuli la prima domanda e vorrei ucciderlo.

Vespa, non Morgan.

«Quanti anni ha tua figlia?»

Così, a muso duro, senza pietà. Evocare la bambina. Annientare le difese.

Morgan se la cava benissimo o almeno così mi sembra.

Lucido e ponderato. Ridimensiona ma non ritratta. Ricalibra ma non nega. Ascolta. Si espone. Si puntella su se stesso come può, i gomiti sulle ginocchia il viso tra le mani le mani nei capelli, spudoratamente disperatamente onesto, ma non è onestà né sincerità che gli si chiede, solo Radames discolpati! e Pentiti cangia vita è l'ultimo momento! e mi sembra assolutamente evidente, e se lo è a me non può non esserlo a lui, che tutto questo teatrino di ministri ex ministri filosofi preti non servirà a niente, vogliono obbligarlo ad ammettere le sue colpe per il puro gusto di farlo.

Man mano che la trasmissione prosegue, un passo alla volta sento risalire il mal di testa e l'ottundimento da tubo catodico, mi sembra che da ore vadano avanti a dire sempre la stessa cosa come criceti nella ruota, senza fare nessun significativo passo avanti nella disamina della questione, La droga fa male Diciamo no alla droga e Sì alla vita, sarà il mal di testa o la febbre che con il favore delle tenebre tende a risalire, ma ho come l'impressione che a un certo punto potrebbero prendersi tutti per mano a formare un bel cerchio e scandirlo una sillaba alla volta il Sì alla vita e allora basta, è troppo anche per me, con le ultime forze torno a impadronirmi di me stessa e del telecomando e spengo.

# 12

Naturalmente le porte del Teatro Ariston sono rimaste sbarrate. Espulso da tutte le trasmissioni nazionali.

Per settimane non c'è massaia studente intellettuale politico che non senta l'irrefrenabile bisogno di dire la sua sul Caso Morgan, perfino in libreria non si parla d'altro, fazioni di disgustati dall'ipocrisia del nostro paese si scagliano contro il moralismo dei sostenitori di un ponderato e consapevole uso della fama e del successo, I personaggi di spettacolo devono valutare l'impatto delle loro parole sulle giovani menti contro E di cosa credi che parlasse *Bollicine* di Vasco Rossi, di una bibita?! e intanto riemergono dai magazzini e troneggiano sugli espositori le poche copie scampate al macero di *Dissoluzione* e *In Parte Morgan*, metti mai che lo scandalo faccia vendere qualche copia e tutto quel gran discettare su Morgan la sua musica la sua vita le sue scelte m'infastidisce terribilmente, vorrei piantarmi a gambe larghe e mani sui fianchi nel mezzo del negozio e dire a tutti Voi non lo conoscete non sapete niente di lui non dovete permettervi! invece ascolto e taccio, anzi sfuggo con millimetrica precisione le occhiate di Orso che non si spiega il mio silenzio, Ma come sono mesi che mi fai due palle così con Morgan e adesso che è il momento di difenderlo sostenerlo sfoderare le unghie non dici niente ammutolisci ogni volta che si fa il suo nome?

Ha ragione. Lo so che ha ragione.

Per settimane non ho fatto altro che cercare qualcuno con cui parlare di lui, sono andata addirittura a stanare la nostra ex collega rocker ora felicemente realizzata come commessa in un negozio che vende stivali alla coscia in pvc viola sperando di trovare un orecchio sensibile alla mia follia amorosa e adesso che tutti parlano di lui m'irrito. Da una parola in su perdo la testa e sarei pronta a dare a chiunque del cretino. Addirittura sconsiglio l'acquisto dei suoi libri, tanto sono sicura che non capirebbero, perché solo io posso capirlo davvero.

«Tu sei matta» decreta Orso.

Lo so, ma non riesco a smettere.

Ciascuno ha la sua droga e lui è la mia.

Quella della Clerici, parole sue, è la famiglia il lavoro e un caffè macchiato caldo prima della trasmissione.

Io il latte non lo digerisco, ma *de gustibus disputandum non est* e anche se avrei qualcosa da dire sulle incrostazioni Swarovski del suo abito di lamé rosso, taccio per lasciare campo libero a mia madre, che dell'Antonella nazionale sa vita felicità e sofferenze ed è pronta a difenderla a spada tratta da qualunque maldicenza, in primo luogo estetica Sempre tutti a dire che quelle della televisione sono rifatte siliconate finte e poi una volta che finalmente c'è una donna normale con i suoi pregi e i suoi difetti che mica voglio dire che è perfetta ma è comunque una bella donna il marito di Cinzia per dire ci ha fatto una malattia invece tutti a dire che è grassa goffa ha la pancia i fianchi larghi allora vedi che non siete mai contente? e anche se odio ammetterlo un po' di ragione ce l'ha, ma è tutto un problema di misura, o per meglio dire di misure, quelle delle modelle troppo distanti, inarrivabili, ansiogene, quelle della Mamma d'Italia troppo ostentatamente simili alle nostre, come se lo schermo televisivo diventasse improvvisamente uno specchio riflettente e ci obbligasse a guardarci caracollare in prima serata imbustate nel lamé rosso e l'effetto non può che essere quello drammaticamente imbarazzante di rivedersi nei filmini familiari, quando dal salotto si alza unanime il grido di sconforto del Ma io sono così? Quella è la mia voce? Quella?!

Mia sorella mi ha obbligata.

Non c'è altra spiegazione alla mia presenza sul divano del salotto dei miei in occasione della prima serata del Festival, mio padre sprofondato in poltrona già annoiato alle prime note della sigla, mia madre sulla punta di una sedia, io stretta tra Maria e il balengo rigidi come stoccafissi, tutt'un fiorire di sorrisi carezzine attenzioni di facciata a beneficio dello scarso ma attento pubblico, leggi nostra madre.

Non so lei, ma io la tensione la percepisco benissimo, mi avvolge e scricchiola intorno come un foglio di carta di alluminio, mi gela quasi più dell'imbarazzo per Antonella che legge le parole della canzone di Morgan come fossero versi d'Ungaretti alla recita scolastica di fine anno, con tutt'un sottofondo musicale studiato apposta dal maestro Savio, luci soffuse e smorfia finale di commossa, empatica partecipazione che sfiora la compassione e un bacio a chiudere con la speranza che Morgan e tutti quelli come lui possano presto ritrovarsi.

Vorrei avere qui con me la coperta di filet amorosamente tricottata da mia sorella e già testimone di ben altri cataclismi emotivi per imbozzolarmici dentro e sparire, soprattutto quando mia madre si volta e mi sorride radiosa come a dire Lo vedi Antonella che donna buona e di cuore come si è comportata bene con il tuo Morgan adesso non potrai più dire niente contro di lei e siccome della coperta non c'è traccia e una volta che sei nato non ti puoi più nascondere, sono costretta a sorriderle a mia volta sperando suoni una reazione sufficientemente entusiasta e la convinca a tornare a concentrarsi sulla bella serata.

Non l'ho convinta.

«Maria vuoi una sedia per tenere su le gambe?»

«No, mamma grazie, sto bene.»

«Un cuscino per la schiena?»

«No, mamma.»

«Un Fernet per digerire?»

«Ho digerito benissimo.»

Li ha sgamati.

Mamma ha capito benissimo, e non poteva essere diversamente, che nonostante i sorrisini le carezzine le attenzioni di facciata, tra Maria e il balengo futuri genitori regna un clima da guerra fredda, un palpitar d'emozioni sì, ma di tutt'altra natura rispetto a quelle che uno si aspetterebbe. Così li guarda, li scruta, interpreta e sovrainterpreta ogni spostamento, accavallar di gambe, allungarsi o ritrarsi nell'angusto spazio del divanetto come mosse strategiche di una guerra in corso nella quale io sono stata chiamata a mia insaputa a far da trincea limite difensivo sbarramento antisommossa ed è solo perché mio padre la richiama all'ordine Insomma *lassa stè Maria c'a sta bin* volevate tanto guardare il Festival e alla fine della fiera l'unico che lo guarda *sun mi*! che mia madre molla l'osso e torna a voltarsi verso lo schermo e tutti tiriamo un sospiro di sollievo.

Certo avere qualche elemento di valutazione in più della situazione non dispiacerebbe nemmeno a me, la telefonata di mia sorella per trascinarmi alla piacevole seratina familiare è stata solo una sequela al limite del pianto di Ti prego Consolata Ti scongiuro Non puoi non venire Non lasciarmi sola.

Lasciarla sola ad affrontare cosa non mi è dato sapere, ma quando sulle note di apertura del pezzo di Povia suona il citofono, qualcosa comincio a intuire, l'aria del salotto si satura di elettricità come prima di un temporale, mia madre scatta in piedi terrorizzata neanche avesse avvertito le scosse di un terremoto, il balengo fulmineo si volta verso Maria e lei, tanto per non sbagliarsi, già ha gli occhi pieni di lacrime.

«Ma chi può essere a quest'ora?» trema mia madre con già una mano sul cuore, «Consolata aspetti qualcuno?»

«Io? Perché io scusa? Mica abito qui.»

Il citofono suona di nuovo e impercettibilmente scivoliamo in un gelo da scena madre di un film western e non sono più argine né trincea, ma deserto spazzato dal vento nel quale il buono e il cattivo stazionano immobili, occhi negli occhi e mano alla pistola valutando chi farà la prima mossa, mia madre che si alza chiedendosi a ogni passo che avrà mai fatto di male per meritarsi una serata del genere, che cos'ha la sua vita che non va, cosa c'è di meno riprovevole della vita dei Bogetto? E va ad aprire.

«Chi è?»

Silenzio e sterpi che rotolano.

«Certo. Prego. Salga pure. Secondo piano.»

Mia madre aziona l'apertura a distanza del portone, poi si volta terrea verso Maria.

«È un tuo collega di scuola. Emanuele Ortolani» sussurra con la consapevolezza della tragedia imminente.

E immediatamente le campane rintoccano, le pistole vengono sfoderate e i colpi esplosi, il balengo si alza fulmineo e va alla porta al grido di «Ci parlo io!», mia sorella lo raggiunge con un salto aggrappandosi a lui come un'edera rampicante pregandolo di non fare stupidaggini almeno davanti a mamma e papà, giurando e spergiurando che lei non sapeva non immaginava non poteva prevedere che si sarebbe presentato proprio lì proprio quella sera e Ti prego non farmi questo non mi dare questo dolore, ma il balengo non arretra di un millimetro, nonostante nella questua per la ragionevolezza s'inserisca pure mia madre chiamando a raccolta il resto delle forze della famiglia disperse Fulvio vieni aiutami diglielo anche tu! e Consolata fai qualcosa oddio che disgrazia!, ma il balengo è radicato davanti alla porta a gambe aperte, pronto a incenerire al primo sguardo chiunque si troverà davanti.

E fortuna che abitiamo al secondo piano, perché la tensione che abbiamo raggiunto è di quelle che non si possono sopportare per più di qualche minuto senza sfociare in gesti inconsulti e raptus di follia.

Mio padre, tanto per dare un senso alla sua chiaramente inutile presenza, spegne il televisore e mi guarda sperando che almeno io possa aiutarlo a chiarire il rebus di quell'inattesa svolta della serata, ma io posso solo abbozzare un sorriso a mo' di rassicurazione, minimizzare inarcando le labbra i contorni oscuri del dramma in cui siamo coinvolti come ignari spettatori, non ho idea del perché Emanuele il collega di Matematica e Scienze sia qui, cosa sia venuto a fare o a dire, quali convulsi e suppongo lacrimosi incontri telefonate spiegazioni l'abbiano convinto al gesto folle e sconsiderato di presentarsi a casa dei genitori dell'amata per dire cosa poi?

«Buonasera.»

Appena si è palesato sulla porta e Maria è già travolta dai singhiozzi, impossibile stabilire se per la gioia e o per il terrore di trovarselo davanti, se aneli a essere presa e portata via verso una nuova vita o abbandonata al suo abituale, conosciuto dolore e mia madre, definitivamente spiazzata da una situazione che mai nella vita avrebbe immaginato di dover affrontare, la figlia incinta e disperata, il genero apparentemente pronto a vendicare non sa nemmeno lei quale offesa, un mai visto prima professore di Matematica e Scienze che si presenta alla porta fuori orario di ricevimento senza un invito né una ragione impellente, una di quelle che mettono in gioco la vita e la morte e giustificano una deroga alla legge del Non Importunare, persa in quella terra straniera buia e sconosciuta di cui non conosce la lingua e i costumi, si appella all'unica certezza che le rimane.

La buona educazione.

Buonasera si accomodi mi vuol dare il soprabito scusi che ci trova così non aspettavamo visite le posso offrire un vermouth un amaro un cioccolatino Fulvio mio marito Consolata mia figlia io sono la mamma di Maria tanto piacere.

Quel suo annaspare disperato e commovente verso la riconquista di brandelli di decoro familiare ci contagia con effetto immediato, tutti ci sentiamo in dovere di ricomporci, sintonizzarci sulla frequenza in onde medie che mia madre ha impostato, Maria ridimensiona notevolmente la produzione delle sue ghiandole lacrimali, il balengo abbandona la sua postura da guerriero maori e addirittura chiude la porta alle spalle del rivale, mio padre e io che ci alziamo, stringiamo la mano all'ospite, gli offriamo una sedia, un posto sul divano, una parvenza di ospitalità.

E quando alla fine siamo tutti seduti, il soprabito del signor Ortolani sistemato sull'attaccapanni e ogni offerta di alcolici superalcolici o prodotti a base di cacao rifiutata, ci guardiamo in faccia e non sappiamo più che dirci, sospetto che addirittura lo stimato professore sia in impasse ora che tutto il coraggio la disperazione lo spasmo incontrollabile che l'hanno spinto a uscire di casa, prendere la macchina e suonare al nostro citofono sapendo di trovare qui la donna per cui ha perso il sonno e la ragione e il di lei marito che con chissà quali parole promesse o minacce l'ha convinta a non lasciarlo, ora che tutto questo è stato opportunamente triturato e omogeneizzato fino a trasformarsi nel rassicurante copione di una visita di cortesia, Emanuele Ortolani boccheggia, annaspa, si agita sulla sedia in evidente difficoltà.

Per un attimo mi concedo di ammirare l'immensa, invisibile potenza di mia madre che con la semplice offerta di un vermouth è riuscita a disinnescare una bomba all'idrogeno e poi, mentre il resto dei convenuti a quello strano incontro barcolla in un abbozzo d'impossibile conversazione fatta per lo più di monosillabi e lunghi silenzi, lo osservo.

Emanuele Ortolani, il collega di Matematica e Scienze, uomo perbene, amatore di un certo interesse, divorziato, che potrebbe ma anche no essere il padre del mio futuro nipotino, non è affatto come l'avevo immaginato.

Niente Amedeo Nazzari, niente sigarette senza filtro, panciotto sotto la giacca, spalle larghe e Tra gentiluomini basta una stretta di mano.

Più un balengo in versione intellettuale.

Un'evoluzione della specie nemmeno così eclatante.

Ecco, magari non apprezza la babbuccia di velluto con le cifre ricamate in oro, non ha nessuna intenzione di aprire un locale notturno e non ha mai nemmeno sfogliato un numero di «Millionaire», ma giurerei che, se opportunamente istigato, non avrebbe difficoltà a ripercorrere la sua carriera accademica con particolare attenzione ai riconoscimenti ottenuti durante e dopo la laurea, le attestazioni d'incondizionata stima e fiducia da parte d'importantissimi quanto oscuri professori ricercatori direttori d'istituti fisici e nucleari, le promesse di lavori impieghi cattedre puntualmente naufragate in un rancoroso montare di raccomandati figli di inetti di varia natura e provenienza che uno dopo l'altro si sono spartiti il suo luminoso futuro riducendo le sue immense capacità a un ruolo di professore ordinario di scuola media, il capello tenuto un po' lungo sulle spalle in un estremo tentativo di rimanere a contatto con i giovani, di sentirsi ancora giovane, ancora in corsa verso possibilità migliori pur sapendo che la gara è chiusa da un pezzo, i vincitori sono già stati premiati e ormai riposano a casa, le Nike appese a un chiodo lui le porta ancora ai piedi, anche se il freddo inverno del suo scontento l'ha costretto a un maglione di lambswool che ricorda terribilmente da vicino quelli che indossa nostro padre, pallini compresi.

Quasi comincio a sperare che anche mia sorella sia giunta alla stessa valutazione, che passata la prima ondata di frizzante, inatteso entusiasmo nel trovarsi sola con lui in sala professori, chini sullo stesso registro della Terza F per confrontare le assenze, svaporato il ribollir di sangue e passione troppo a lungo negati, anche lei sia riuscita a vedere dietro il ciuffo sale e pepe alla Sgarbi e abbia riconosciuto l'essenza balenga del collega e magari abbia decretato che, balengo per balengo, tanto valeva tenersi il suo, analfabetismo sessuale compreso.

Che poi non mi sembra che questo Ortolani possa regalare molto all'orizzontalità nuda e cruda, ispira una sessualità lacustre, lenta e perseverante fino al raggiungimento dell'agognato successo, senza grandi guizzi, poche sorprese strada facendo, due più due fa sempre quattro e se ci metti un sei di mezzo è finita.

Ma cosa pensi davvero Maria è un mistero.

Tace, singhiozza a tratti, e poco altro.

Anche nostra madre, esaurite le inutili considerazioni di prammatica E così lei e Maria siete colleghi certo questi ragazzi d'oggi il vostro è un mestiere che comporta delle responsabilità che uno nemmeno s'immagina io vedo Maria quanto s'impegna lei ci mette il cuore e sicuro che non posso offrirle niente? non sa più a che santo votarsi, mio padre e io a fare conversazione non ci abbiamo nemmeno provato e com'era prevedibile il fuoco torna a bruciare sotto la cenere, è venuto il momento per l'inatteso ospite di rivelare la ragione della sua presenza, ma le parole continuano a morirgli non appena si affacciano sulle labbra, non riesce ad articolare più di un Sì ecco prima di fermarsi e sprofondare nel silenzio e credo si stia chiedendo se è davvero questo che vuole, accollarsi un figlio forse non suo, una famiglia come la nostra, una cognata Consolata, una futura suocera pronta ad affogarlo nel vermouth, un futuro suocero di cui ha a malapena afferrato il nome Non sarà che sto facendo un immenso errore? sembra chiedersi guardandoci uno a uno, come se improvvisamente si rendesse conto di essersi catapultato con le sue mani su un palcoscenico che non è poi così desideroso di conquistare Voi non mi capite non mi capirete mai, ci sta dicendo con quel silenzio, Non potete neanche lontanamente riconoscere e apprezzare la mia intelligenza vivissima e sprecata non c'è balsamo per i miei affanni nei vostri occhi e più lo pensa più si convince, il fantasma di quel Nobel per la Fisica sfumato per colpa sempre di qualcun altro, un'accolita d'immeritevoli maneggioni buoni a nulla, gli si materializza tra le mani, d'un tratto mi sembra che potrebbe attaccare con un Io sono il tipo che e ancora una volta mi chiedo cosa abbia visto in mia sorella e lei in lui, quale misteriosa alchimia li abbia per un istante avvicinati, quale ancora di salvezza l'uno abbia ravvisato nell'altro, visto che a me palesemente sembra che l'unica vera possibilità per entrambi sia di cadere dalla padella nella brace.

Intanto stiamo sfiorando i quattro minuti di silenzio compatto e consecutivo, mia madre si è ormai cristallizzata in un sorriso di cortesia che la deforma e se qualcuno non interviene al più presto finisce che riaccendiamo la televisione e continuiamo a guardare il Festival tanto per riempire il vuoto.

«Non rinuncerò a mia moglie» esordisce coraggiosamente il balengo ormai in piena risalita nella mia considerazione, «A meno che non sia lei che vuole rinunciare a me», aggiunge un tono sotto cercando lo sguardo di Maria perso tra la televisione spenta e il controbuffet.

Maria, tocca a te.

Forza e coraggio.

Ci si aspetta una tua presa di posizione forte e definitiva, una tua scelta tra questi due uomini ai miei occhi entrambi egualmente indesiderabili, ma insomma ci sono donne che smaniano per averne anche solo uno, anche di seconda mano, e tu sei addirittura contesa come una donzella d'altri tempi, se non fosse per mamma e il suo vermouth saremmo stati in pieno clima da duello, quindi ora forza e coraggio e dì qualcosa. Qualunque cosa.

Ti prego.

Mio padre incrocia le braccia e scuote la testa seguendo il filo di tutt'un suo dissentire interno, mia madre tenta disperatamente di affrontare la consapevolezza firmata e certificata dalle parole del balengo che la sua prima educatissima perfettissima figlia è precipitata nel disonore di una relazione extraconiugale dagli incerti risvolti e dal dubbio finale, a giudicare da come si trafigge i polpastrelli con le unghie credo stia valutando la concentrazione di disgrazia di ogni possibile scenario futuro, Maria che resta con il balengo ad affrontare l'eterna recriminazione di una dubbia paternità, Maria che divorzia per riaccasarsi con lo sconosciuto collega già divorziato, Maria che lascia entrambi e torna a vivere nella casa dov'è cresciuta per allevare il bambino che porta in grembo e a tutti, inevitabilmente, manca quell'aura di santità da bue e asinello, non ci sono stelle comete da seguire all'orizzonte, perfino la prospettiva dei completini da neonato dell'Oviesse perde tutta la sua pastellosa allure di felicità.

E Maria continua a non esprimersi in merito al suo futuro.

Così, alla fine, Emanuele Ortolani con un rapido ma elegante gioco di polso rigira la frittata che è una meraviglia.

«Se davvero vuoi restare con lui, io non ti darò più fastidio.»

Che è tanto come dire Restaci, io me la batto prima che sia troppo tardi, come se non fosse venuto lui a bussare alla nostra porta pronto a rivendicare non si sa bene quale diritto, a far valere un'urgenza della quale si è completamente dimenticato e tanto per rendere più chiaro il concetto si alza, fino a quindici minuti fa pareva pronto ad affrontare un esercito per conquistare il suo amore e improvvisamente sembra non veda l'ora di andarsene, un rimasuglio d'educazione sentimentale gl'impedisce di guardarsi intorno alla ricerca del soprabito, ma quello è l'*andi*, come direbbe mio padre e fortunamente mia madre è abbastanza sotto choc da non partire in quarta con il copione dei Ma va già via ma perché non ha preso niente le faccio una camomilla.

«Emanuele, aspetta!»

Maria rinviene. Ci degna della sua presenza. Finalmente sente il bisogno di dire la sua. Addirittura si alza.

«Mi dispiace.»

Così. Vaga. Tanto per non sbagliare.

«Non volevo far soffrire nessuno.»

Di questo passo ci serviranno tutte le serate del Festival per sciogliere l'enigma dei suoi legittimi desideri, ma intanto la sequela di mezze lacrime, quarti di sospiri, giri di sguardi continua imperterrita e sfido chiunque a capire dove voglia andare a parare, visto che io che la conosco da trentasette anni non ne ho la più pallida idea, sospetto quasi voglia solo prendere tempo e allontanare la terrificante prospettiva di dover dare spiegazioni particolareggiate ai vari componenti della famiglia una volta che l'inatteso ospite avrà deciso di togliere il disturbo e allora via con i Non avrei voluto Se avessi saputo Non potevo immaginare, tutt'un gran parlare che non dice niente e non porta da nessuna parte.

Com'era prevedibile, il professore di Matematica e Scienze ne approfitta per battere sulla sua personale ritirata e la interrompe con un sofferto ma definitivo «Capisco che quello di troppo qui sono io» e mentre lo dice ha già tutti e due i piedi fuori dalla sua vita, non è pronto ad ammetterlo nemmeno con se stesso ma già si sente un miracolato, incontrandola tra quattro o cinque anni invecchiata e sfatta con un moccioso urlante al seguito si congratulerà con se stesso per la prontezza con cui ha scansato l'errore che poteva costargli una vita e forse adesso accetterebbe anche quel bicchierino di vermouth, tanto per brindare alla sua lungimiranza.

«Non te ne andare!»

Casella imprevisti.

Fermo un giro e non incassi nulla passando dal Via.

«Ci ho provato, ma... Non posso stare senza di te.»

Il balengo ha un mancamento. Mia madre sembra sul punto di lanciare un grido. Mio padre dà libero sfogo alla sua costernazione con una vigorosa manata al tavolo di noce massello.

Io non ci credo.

Maria sta praticamente divorziando in Eurovisione e giuro non so dove abbia trovato il coraggio, fino a venti secondi fa avrei scommesso che il tutto si sarebbe risolto con un nulla di fatto, il balengo saldamente in sella grazie al suo primato matrimoniale, il collega di Matematica e Scienze rispedito al mittente e il fuori programma festivaliero cancellato per sempre dall'hard disk della memoria familiare, quando si dice Un brutto quarto d'ora Una serata da dimenticare e se la signora Graziella incontrata domani per caso al banco dei contadini al mercato dovesse chiedere L'hai visto il Festival ieri sera? rispondere come se non fosse niente, con una smorfia quasi di noia Ma no solo l'inizio che poi siamo andati a letto.

Non potendo valutare appieno l'impatto devastante dell'affermazione di mia sorella sulla compagine familiare, Emanuele Ortolani si concentra sulla distruzione improvvisa dei suoi piani di fuga, è in trappola e lo capisce benissimo Che cosa mi è saltato in mente di venire a fare questa piazzata cosa mi è preso se fossi andato al cinema invece di restare a casa a correggere quei maledetti compiti non mi sarebbe salita quella nostalgia quel languore che mi hanno portato qui e adesso come ne esco, tutto questo si concentra e solidifica in un pallido «Non devi rovinare la tua vita per me» un estremo tentativo di sbolognarla con onore, mascherando di cavalleria un attacco di panico.

«Io voglio stare con te.»

Maria lo inchioda per bene, forse si rende conto che il suo cavaliere senza macchia e senza paura sta paurosamente vacillando o forse è davvero perdutamente innamorata di questo nuovo tipo di balengo, dev'essere il suo karma ammogliarsi o comunque diversamente accompagnarsi a balenghi di ogni ordine e grado, ma intanto dimentica della presenza di marito madre padre e sorella che assistono alla scena, si lancia tra le sue braccia sicura di essere accolta e non importa che il collega forse padre di suo figlio sia leggermente più rigido di quanto ci si potrebbe aspettare, mia sorella ha scelto.

Nuovo balengo, nuova vita.

# 13

Il ventotto febbraio mi sveglio alle cinque e mezza, eccitata come le mattine di Natale della mia infanzia, e non c'è verso di riaddormentarmi in nessun modo, perfino la camomilla mi fa un effetto galvanizzante e quando è così non c'è niente da fare se non alzarsi e spalancare le finestre sulla nebbia della giornata.

*Today is the day.*

O meglio, *Tonight is the night.*

E so che mi sto eccessivamente facendo trasportare dall'entusiasmo, ma mentre giro per casa con la mia inutile tazza di camomilla in mano, penso che questa potrebbe presto non essere più casa mia.

Chissà, forse anche da domani.

Come si sente il cuore di una mamma al pensiero che da domani la sua figliola non dormirà più qui? chiedeva Davide Mengacci alle madri delle spose di *Scene da un matrimonio* e a tutte quelle signore immancabilmente scendeva una lacrimuccia, scappava un singhiozzo, una smorfia di dolore.

Io invece esulto.

Sono talmente gonfia di aspettative e felicità che tra quello e la ritenzione idrica sono pronta per librarmi in volo come una mongolfiera, già mi vedo salire a notte fonda su un'auto scura e Morgan dietro di me che chiude la portiera e dice all'autista Andiamo a casa e Casa è casa sua, presto casa nostra e l'auto scompare nella nebbia mentre noi stretti nei sedili posteriori ci perdiamo in una trepidante, emozionata confusione di mani capelli occhi negli occhi e Dove sei stata fino adesso e Perché non ti ho conosciuta prima e Non ti lascerò mai più andare via.

Come arriveremo esattamente a questo momento mi sfugge, tutta la fase del dopo concerto-attesa all'uscita degli artisti-presentazioni è ancora avvolta nella nebbia che del resto avvolge tutta la città Mole Antonelliana compresa, ma in qualche modo ci arriveremo e ne sono talmente sicura che sotto la doccia valuto seriamente la possibilità d'infilare nella borsa che userò stasera uno spazzolino da denti e un paio di mutandine di ricambio come kit di prima sopravvivenza, ma allora ci vorrebbe anche un minimo di latte detergente e una crema idratante e a voler essere davvero organizzati un cambio d'abito non guasterebbe, anche se è molto glamour fare colazione in un bar di Monza a mezzogiorno vestita da sera, son cose che funzionano solo nei film dove i vestiti non si spiegazzano e i capelli sono sempre freschi di parrucchiere anche dopo una notte di amplessi appassionati, ma dubito fortemente di riuscire a stipare in una borsa di media grandezza camicia da notte jeans calze scarpe maglietta e golfone e avanti di questo passo finisce che mi presento al concerto direttamente con un trolley e si perde tutta la poesia.

Calma.

Devo restare calma.

Non sono neanche le sette e sono già in piena tachicardia e se continuo così per le nove di stasera mi viene un ictus.

Mentre mi vesto mi costringo a concentrarmi sul fatto che potrebbe anche non succedere nulla.

Centinaia di persone affrontano questa giornata sapendo che stasera andranno al concerto di Morgan e poi torneranno a casa come sempre, comprese decine di sue fan sfegatate, di quelle che postano su YouTube collage delle sue foto con sottofondo musicale e frasi d'amore.

E comunque posso sempre chiedere all'autista di Morgan di passare da casa mia prima d'imboccare la Torino-Milano.

La giornata passa con una lentezza esasperante. Mentre sono in autobus non vedo l'ora di arrivare al lavoro, al lavoro friggo come una patatina nell'olio bollente aspettando di andare dal parrucchiere, una volta dal parrucchiere sono ormai così stremata dall'attesa che rinuncio al doppio shampoo e chiarisco più volte che ho fretta e non voglio olio sulle punte né fissatore né lacca, voglio una piega vaporosa ma non finta.

Quando esco sembro Gina Lollobrigida stuccata per il Ballo della Crocerossa.

Sarà pure vero che Con quest'umidità vedrà come scendono, ma intanto mi specchio in ogni vetrina disponibile tra il parrucchiere e casa mia e sono sempre ugualmente orrenda, le punte rigidamente all'insù come l'Olandesina bella della Miralanza e quasi quasi appena arrivo a casa me li rilavo, solo che quando arrivo a casa mi rendo conto che è improvvisamente tardissimo, sono giorni che aspetto e conto le ore i minuti i secondi che mi separano dal mio primo appuntamento con Morgan e adesso rischio di arrivare in ritardo, ho appena il tempo di farmi una doccia veloce e forse neanche quella, visto che a momenti saranno qui Maurizio e Valerio, felicemente cooptati per darmi il necessario supporto emotivo ed estetico in vista della serata, ma una doccia la devo fare assolutamente, tra sette ore potrei essere tra le braccia di Morgan e non posso permettermi che dalla mia pelle salga altro profumo che quello di mango e cocco del mio bagnoschiuma.

Così inizio a spogliarmi e ho già la cuffia in testa per non rovinare la piega quando suona il citofono e senza nemmeno chiedere Chi è apro convinta che siano Dolce e Gabbana e lascio la porta aperta mentre mi spoglio in bagno, se c'è una cosa meravigliosa nell'avere amici omosessuali è che non ti devi preoccupare di quanto sei vestita, così torno di là per salutare e mi trovo davanti Paolo.

Paolo il mio Paolo.

E io ho la cuffia della doccia in testa, le ciabatte di spugna ai piedi e addosso un vecchio accappatoio che era già brutto quando l'ho comprato. Al confronto l'incontro sotto la pioggia battente mi mostrava in uno dei miei momenti migliori.

«Ciao, ti disturbo?»

Che razza di domanda idiota. Capiti qui senza preavviso dopo un anno nove mesi e non so più quanti giorni e ore che te ne sei andato per mettere su famiglia con un'altra, quantomeno mi scombussoli un po', non credi? Senza considerare il fatto che sono conciata come l'ospite di un albergo termale di quinta categoria.

Naturalmente la mia risposta è tutt'altra, un garbuglio di No macché figurati stavo uscendo cioè non così non esco in accappatoio e ciabatte di spugna mi stavo preparando per uscire ma dimmi.

E intanto mi tolgo la cuffia e scuoto i capelli per darmi un contegno. Non che m'interessi minimamente affascinarlo, ma nemmeno voglio che mi ricordi per sempre con una cuffia da doccia in testa.

Lui ride. O meglio, non ride proprio. Sorride. Con quelle sue labbra sottili come una ferita e quegli occhi azzurri che, maledetto lui, lo scalone di Palazzo Nuovo e le poesie di Montale, mi danno sempre un tuffo al cuore.

«È meglio se torno un'altra volta.»

«No, scusa sei arrivato fin qua, hai suonato, sei salito... avevi bisogno di qualcosa?»

Ho fretta ma non mollo. Ho superato la crisi abbandonica, la ferita del non amato, l'orgoglio frantumato e adesso non ci penso nemmeno a mollare. Se è arrivato fino qua ci dev'essere una ragione e non ho nessuna intenzione di lasciarlo andare finché non l'avrà sputata fuori.

«Va tutto bene?»

Fa spallucce. Non che sia mai stato un uomo di molte parole, ma qua rasentiamo l'autismo.

«Passavo di qua» esala finalmente.

Ha appena finito di dirlo che nella stanza ancora risuona l'eco delle unghie che scavano nel muro cercando un appiglio.

Perché sotto casa mia, ovvero sotto casa ex nostra, non si passa. Non c'è un solo esercizio commerciale, ufficio pubblico o sportello di aiuto al cittadino che giustifichi una passeggiata da queste parti. Non c'è niente a parte la nostra ex casa.

Di qua non si passa. Si viene scientemente con mezzi pubblici o privati a fare un giro tra i ricordi quando nella nuova casa l'aria comincia a farsi pesante e si litiga per chi deve alzarsi a cullare la creatura generata in tempi migliori. Si passa di qua quando il passato ritorna e sembra addirittura più interessante e fecondo del futuro. E per nessun'altra ragione. «Passavo di qua» è una resa senza condizioni e io me la godo tutta, mi sembra addirittura che in sottofondo salgano le note della Marcia Trionfale dell'*Aida* e anche se vesto un accappatoio liso e ciabatte di spugna avanzo su una portantina salutando la folla ricoperta di gioielli come la Madonna di Pompei, altezzosa e magnanima come una regina. Perché arrivi tardi, mio caro.

È finita.

Assolutamente, incontrovertibilmente finita.

Certo, hai sempre quelle labbra, quegli occhi, quello sguardo che mi rimescola il sangue, ma è finita.

Non sono più la Consolata pronta a buttarsi a terra a un tuo cenno. Sono fresca di parrucchiere e vado incontro alla serata che cambierà la mia vita e tu sei ormai di troppo, fuori posto e fuori tempo, uno dei gattini di ceramica nella bacheca a forma di casetta che è rimasta a prendere polvere sul muro della mia camera di adolescente.

Forse capisce. O forse no. Ho notato che gli uomini tendono a essere estremamente lenti nel registrare quello che noi cogliamo al volo. Ma non importa.

Non intendo fare il minimo sforzo per chiarire la situazione. Godo nel vederlo andare a fondo nel silenzio dove tante volte mi ha lasciata annaspare, odio dirlo ma una punta di vendetta tremenda vendetta mi scalda le viscere, è il tuo turno di soffrire mio caro e non farò nulla per alleviarti la pena, anzi sorrido affettuosa e paziente come a dire Se vuoi parlare io sono qui ti ascolto, sapendo benissimo che a questo punto, con il gelo da freezer che si è creato nella stanza, nemmeno mia madre riuscirebbe più a proferir parola. O forse sì, ma lei è un caso a parte.

Siamo lì, bloccati sulla porta, congelati in un *freeze*

*frame* che potrebbe essere eterno, quando il caso decide per una volta di giocare nella mia squadra e oltre il pianerottolo vedo Valerio che sale le scale nel suo fascinoso total black da artista alle soglie del successo, ci raggiunge e guarda me e poi Paolo e poi di nuovo me con sincero stupore e in un attimo decido di giocare il mio full d'assi e con una scioltezza, un'eleganza che stupisce me per prima tendo languidamente una mano e sussurro «Ciao, tesoro» e Paolo defunge.

«Scusa, non dovevo venire. Ci vediamo.»

Paolo gira i tacchi e ripercorre all'indietro le rampe della sua speranza in piena atmosfera Scusa pensavo proprio che fossi sola, signore chiedo scusa anche a lei.

«Chi era?» mi chiede Valerio mentre chiudo la porta come un automa.

«Uno» è l'unica risposta che mi sento di dare.

E resto lì, con una mano sulla maniglia, stazzonata come se mi avessero messo nella centrifuga a ottocento giri, le ultime note della Marcia Trionfale che ancora mi rimbombano addosso, ma non sono più così sicura che il mio sia stato un vero trionfo, per un attimo mi assale il panico di aver fatto l'ennesima cazzata, una vertigine di realtà mi appanna la vista, ho allontanato l'unico uomo che abbia contato qualcosa nella mia vita mentre verosimilmente tornava da me scodinzolando e chiedendo pietà degli errori passati per correre incontro a uno che nemmeno sa della mia esistenza e se c'è un inferno per chi consuma la realtà vivendo d'immaginario, Emma Bovary e io avremo molto tempo per scambiarci confidenze.

«Consolata tu lo sai che sono le otto meno venti, vero?»

La voce di Valerio mi arriva come da un altro pianeta.

Le otto meno venti.

Le otto meno venti.

Le otto meno venti!

Mollo la maniglia della porta giusto in tempo per far entrare Maurizio e comincio a zampettare per la stanza come il Bianconiglio urlando che È tardi è molto tardi! E Paolo è già dimenticato, cancellato, come se non fosse mai esistito perché adesso ho appena quaranta minuti per lavarmi profumarmi vestirmi truccarmi pettinarmi e chiamare un taxi per correre incontro alla mia nuova vita.

Per fortuna Maurizio prende in mano la situazione.

Mi rimette la cuffia in testa e mi spedisce sotto la doccia mentre lui e Valerio si tuffano nel guardaroba cercando Qualcosa che esprima Consolata ma una Consolata in versione Morgan.

Come questo possa essere applicato all'allineamento compatto dei miei pantaloni tutti larghi e troppo lunghi, tutti scelti nella sacra triade nero-marrone-blu mi è difficile capire, ma non ho tempo per pensarci mentre mi cemento con dosi massicce di bagnoschiuma al mango e cocco e intanto dalla camera da letto Maurizio mi racconta della sua conversazione a cuore aperto con Elisa e di come lei sostenga che il fatto che la sua famiglia sia all'incirca al trentesimo posto tra le più ricche del mondo secondo la rivista «Forbes» è un falso problema, il punto è che Orso ha paura di mettersi in gioco e preferisce nascondersi nel pile e nelle pile di libri piuttosto che mettere a frutto il suo talento nel mondo degli adulti.

Avrei di che obiettare, ma in questo momento della problematica relazione tra Orso, Elisa e i di lei patrimoni m'interessa pochissimo, confido sul fatto che avrò lunghi pomeriggi accoccolata su un divano di Monza mentre Morgan compone nella stanza accanto per pensarci e fornire il mio oculato consiglio.

Il mio problema più urgente, adesso come adesso, è che la cuffia per la doccia, come ogni cuffia per la doccia, si è rivelata totalmente inutile e va bene che Con l'umidità vedrà come scendono, ma qui i capelli sono precipitati e dovrei ricominciare tutto da capo, doccia shampoo balsamo spazzola e phon ma non c'è tempo e quando mi presento in camera da letto Maurizio è ancora in apnea dentro l'armadio mentre Valerio mi sorride per nascondere il panico.

«Avevi già un'idea di quello che vuoi metterti?»

Mi viene da piangere.

Perché sono giorni che sogno a occhi aperti questa serata, ma sempre nei vestiti di un'altra.

Una Consolata di almeno dieci centimetri più alta e dieci chili più magra che veste con classe e disinvoltura abitini di chiffon pantaloni skinny top di seta e giubbotti di pelle, il genere di Consolata più simile a Elisa che alla Consolata che vedo ogni mattina nello specchio, quasi un'idea platonica di Consolata, che non deve preoccuparsi troppo di quello che mette addosso perché anche un sacco di juta rimediato all'ultimo alla torrefazione all'angolo su di lei cade divinamente.

Valerio raccoglie al volo il mio preludio di pianto e lo rilancia con abilità da giocoliere assicurandomi che Sarai bellissima perfetta indimenticabile e, a suggello della promessa, Maurizio riemerge eccitato mostrandomi l'abito che mia madre mi ha costretta a indossare per l'ormai naufragato matrimonio di mia sorella scegliendolo a caso tra gli abiti da cerimonia della Boutique della Sposa, un tubino troppo corto in nylon e spandex di un improbabile azzurro acquamarina con spalle scoperte e maniche di finto chiffon in tinta chiuse sul polso da un decoro di finte perle, un concentrato di cattivo gusto che mi consegna a futura memoria nelle foto di famiglia conciata come la Fata Turchina vent'anni dopo e senza la bacchetta magica.

Non posso andare al concerto di Morgan con un vestito della Boutique della Sposa.

E più Maurizio cerca di convincermi che possiamo alleggerire l'effetto cerimonia con un golfone uno stivale un giubbotto, più mi viene da piangere.

Mi presto comunque a una prova, anche se ormai è sempre più tardi e rischio di non arrivarci proprio al concerto.

Solo quando si rende conto con i suoi occhi che con quell'azzurro acquamarina addosso sembro il quinto Teletubbies, Maurizio desiste e mi lancia un paio di jeans al grido di Devi essere semplice comoda te stessa.

Semplice comoda me stessa suona moltissimo come sciatta, ma voglio essere ottimista e pensare positivo.

In fondo un jeans è un jeans, tutto sta a quello che ci metti sopra e nei successivi dieci minuti su quei jeans proviamo a metterci sopra di tutto, magliette a maniche corte a maniche lunghe top golfini twin-set, cambiando ogni volta reggiseno e di conseguenza mutande, perché ormai l'ossessione della biancheria coordinata è radicata in me come un'edera perenne, arrivando al parossismo di una camicia da notte in pizzo con cinturone e addirittura un costume da bagno intero da portare come un body, finché stremati approdiamo a una delle mie solite magliette anonime da ravvivare con una collana un paio d'orecchini un accessorio inaspettato, ma siccome di accessori inaspettati il mio bagno langue, Valerio ripiega con entusiasmo sempre più forzato sull'impatto di un trucco da star, ma ormai sono così disperata per essere arrivata impreparata all'evento che è stato il faro degli ultimi due mesi della mia vita che mi metto a piangere davvero e anche il trucco, alla fine, è quello che è.

Quando finalmente salgo sul taxi sono vestita come per una qualunque giornata di lavoro con l'aggravante di una piega ormai irrimediabilmente spalmata sul cranio e ho solo dieci minuti per raggiungere il teatro, ritirare il mio biglietto e prendere posto prima che il concerto cominci e non solo non ho fatto recapitare nel camerino di Morgan non dico un libro, ma nemmeno un classico mazzo di fiori con un bigliettino spiritoso, non ho riservato tutta la sala solo per me per obiettivi, insormontabili problemi economici e non ho idea di dove potremmo andare a mangiare all'una di notte se se ne presentasse l'occasione.

Ma soprattutto sotto i jeans porto un paio di sandali estivi.

Con listini e cinturino. Color argento. Senza calze. Tacco dodici.

Acquistati non ricordo più nemmeno in quale momento di follia superomistica e mai indossati.

E ancora non mi capacito di come sia potuto succedere.

Nel mio ultimo ricordo Valerio sta stipando la mia borsa di fazzolettini minimascara correttore chiavi portafoglio e spazzolino da denti da viaggio mentre io infilo le mie solide Camper invernali e improvvisamente c'è un urlo, anzi un grido e Valerio mi è addosso, mi toglie a forza le Camper mentre Maurizio rovista nella scarpiera e poi c'è come un vuoto un buio un sonno della ragione e quando rinvengo ho queste trappole infernali strette intorno ai piedi già freddi e disperatamente invoco un paio di calze, anche solo un venti denari color carne, ma nessuno ha pietà di me, una voce che mi arriva come da un altro pianeta ripete che già da anni a New York nessuna donna che sia degna di questo nome porta i collant con i sandali nemmeno d'inverno e In bocca al lupo! Facci sapere! Chiama! e sono fuori di casa.

Con i piedi viola e una sensazione di disastro imminente alla bocca dello stomaco.

# 14

E il disastro arriva, puntuale.

Bloccato in un serpentone immobile di fanalini di coda e fari fendinebbia su via Madama Cristina, il tassista m'informa che *S'camina nen* e mi consiglia di scendere e fare gli ultimi trecento metri fino al teatro a piedi.

Trecento metri a piedi. Nella nebbia. Con sandali tacco dodici.

Che sia un'impresa impossibile mi è chiaro al terzo passo, avanzo con una stabilità peggiore di quella di Bambi dieci minuti dopo la nascita, con l'aggravante che lui migliora di passo in passo, mentre io posso solo sperare che a fine concerto Morgan si fermi incuriosito davanti al capannello di persone che si sarà creato a causa della rovinosa caduta che vedo ineluttabile.

Ma intanto avanzo, stringo i denti e procedo con la tenacia montanara instillatami a forza da mio padre, masticando veleno contro Dolce e Gabbana e i loro Tanto il massimo di camminata che devi fare è tra l'ingresso del teatro e la fila 7 e poi al contrario fino all'ingresso degli artisti saranno dico tanto cento passi che sono cento passi di fronte allo slancio l'eleganza la femminilità di un tacco e poi una volta sola con lui puoi sempre toglierli che fa tanto sexy e contro di me che non imparo mai e di fronte alla prospettiva di poter essere più slanciata, elegante e femminile dimentico ogni volta che saranno i miei piedi, le mie caviglie e le mie ginocchia a calzare quei tacchi e non i piedi, le caviglie e le ginocchia di Eva Herzigova.

«Scusi è da questa parte il Teatro Colosseo?»

Ruoto di novanta gradi e dalla nebbia emerge una Winx a grandezza naturale.

Per la precisione credo si tratti di Stella, quella con i codini biondi e gli occhi a mandorla color oro, il micro vestitino sberluccicante e gli stivali alla coscia. Deve essere scesa direttamente da Alfea per il concerto e mi aspetto che da un momento all'altro si materializzino accanto a lei anche le altre cinque svolazzandomi intorno sulle note di Siamo noi le Winx fonte di energia.

Vorrei essere una Trix e smaterializzarla all'istante.

Perché è troppo bella, troppo bionda, troppo magra e con ogni evidenza innamorata pazza di Morgan e non c'è Io valgo che tenga, una può ripetersi come un mantra che Non è la bellezza che conta e La bellezza è negli occhi di chi guarda e Lasciamo le donne belle agli uomini senza immaginazione, ma alla resa dei conti io impugno un coltellino a serramanico e la Winx un razzo portatile anticarro e nell'evenienza di una guerra ci sono pochi dubbi su chi avrà la meglio.

Per un istante valuto l'idea di mandarla dalla parte opposta, ma a parte il fatto che le basterebbe accelerare di poco la sinuosa falcata da un metro abbondante di stacco di coscia per tornare indietro, qualcosa di così compenetrato in me che non saprei definirlo né isolarlo m'impedisce di pronunciare una falsità così smaccata e anzi mi spinge addirittura a sorridere rassicurante mentre le spiego che mancano pochi metri e nientemeno mi spingo a dirle che anch'io sto andando al concerto e possiamo fare la strada insieme, ma l'ultimo dittongo mi staziona ancora tra le labbra che lei è già lontana, si è messa a correre o forse ha sfoderato le ali Enchantix, fatto sta che mi lascia a mangiare la nebbia senza nemmeno ringraziare e allora prendo una decisione drastica e definitiva, non starò qui a dondolare in equilibrio instabile passo dopo passo mentre altre prendono posto con un anticipo tale da concedersi un salto in bagno a rinfrescare il trucco.

Con sublime sprezzo del pericolo e del ridicolo mi tolgo i sandali e, a piedi nudi sull'asfalto umido, corro verso la felicità che merito.

Una volta comodamente installata nel mio posto 11 in fila 7 del teatro più grigio e triste che ricordi dopo quello dell'oratorio dove il giovedì pomeriggio ci raccoglievano per la lezione di catechismo, posso finalmente riprendere a respirare con regolarità.

I miei piedi sono al limite dell'assideramento, ma senza ferite evidenti, il concerto non è ancora iniziato e della Winx non riesco a intravedere nemmeno una méches, il che mi rassicura su una sua postazione nel buio delle retrovie o meglio ancora della galleria.

Un pianoforte a coda troneggia al centro del palco, segno inequivocabile che lui è qui, a poche decine di metri da me, forse sta finendo di vestirsi o fuma una sigaretta o tracanna un doppio whiskey, chissà quali sono i suoi rituali scaccia tensione, in ogni caso è qui in carne e ossa, inconsapevole del tumulto che mi anima.

Le luci si abbassano, tutti applaudono e io sudo freddo.

Entra sul palco con i capelli grigi scomposti, i pantaloni neri stretti, la giacca scura con le spalline rigide e un'aria di spavaldo terrore, sembra un elfo, un extraterrestre, L'uomo che cadde sulla terra e sono così felice ed emozionata che non riesco a stare ferma, mi agito sulla sedia, invado scompostamente lo spazio vitale dei posti 9 e 13 e soprattutto vorrei zittire imperiosamente ogni colpo di tosse sussurro commento, vorrei che tutti assistessero in un doveroso, religioso silenzio a quell'apparizione ultraterrena, soprattutto lo sconosciuto che nella fila dietro la mia si fa bello strombazzando ogni genere di superflua opinione personale con la povera sventurata che ha accettato di accompagnarlo.

Di colpo entro in uno stato di tensione tale per cui anche il volo di una mosca m'infastidisce oltre ogni dire, sono la custode del tempio e non posso permettere a nessuno di profanarlo, ho paura che il rumoreggiare della sala finisca per irritare Morgan mentre cerca una base sull'iPhone pasticcia con l'iPad picchietta sullo xilofono pizzica le corde del pianoforte soffia nella clavietta e quando, dopo un molto spesso faticoso cercare, arriva alla fine del pezzo, gli applausi mi paiono ogni volta non abbastanza fragorosi convinti sentiti e vorrei spiegargli che il pubblico torinese è così, sempre un po' sulle sue e restio a espressioni di entusiasmo incontrollato, siamo cresciuti a pane e sobrietà, soffocati in culla con dosi massicce di understatement e siccome non sta bene godere troppo di ciò di cui si sta godendo, questo è il massimo che riusciamo a esternare.

Io infatti del concerto non mi godo niente.

All'inizio di ogni nuovo pezzo il panico mi trasfigura in un recettore sensoriale ad altissima potenza, scruto l'espressione di tutti gli occupanti della mia fila, capto le onde di disapprovazione noia fastidio fin all'ultimo posto della galleria, ingoio aria a bocconi grazie a qualche urlo di apprezzamento, ma il reiterato commentare dello sconosciuto della fila dietro la mia m'impedisce di respirare a fondo, più che un concerto sta diventando una tortura, riesco a rilassarmi per qualche minuto solo quando la sala ride delle battute d'intermezzo, ma poi lo strazio ricomincia con i primi dissonanti, irriconoscibili accordi di un nuovo brano, mi è improvvisamente chiaro che una volta stabilmente al suo fianco non potrò mai assistere a nessun concerto esibizione intervista da dietro le quinte senza perdere ogni volta dieci anni di vita, non ho il fisico per questo genere di emozioni forti e ormai anelo l'accensione delle luci il saluto finale la chiusura del sipario e allo stesso tempo vorrei che non finisse mai, sono perfettamente conscia di essermi persa ogni nota e m'impegno per recuperare, cerco di respirare a fondo e rilassarmi, in fondo cosa me ne frega di quello che pensano qualche centinaio di sconosciuti, io lo trovo meraviglioso e tanto basta, ma in verità non basta per niente, l'*amour fou* è una fede monoteistica con venature di fanatismo che non accetta miscredenti.

Intanto è già arrivato e passato anche l'intervallo, Morgan è sparito per un po', è tornato con un nuovo abito, ha cantato se stesso Bindi i Beatles e mentre a ogni pezzo la fine appare ormai sempre più ineluttabile, alla tensione di amorosa spettatrice si sostituisce quella amorosa tout court.

Silenziosamente recupero la borsa e cerco stabilità sul mio tacco dodici per scattare con l'agilità di una gazzella verso l'uscita un secondo dopo lo scemare dell'ultimo applauso e raggiungere l'ingresso degli artisti che naturalmente non ho idea di dove si trovi, visto che non ho mai fatto quel sopralluogo preventivo che sapevo fondamentale alla buona riuscita della serata, le mie uniche speranze sono riposte nel mio scarso senso dell'orientamento e nella costruzione a scacchiera di questa città dove non si perde neanche un bambino, perché l'idea di chiedere lumi a una maschera non mi sfiora neppure, non potrei sostenere il sorrisino di mal celato compatimento della signorina in tailleur blu che aspetta solo di chiudere baracca e burattini per andare a casa, con tutto quel sottotesto di Guarda questa alla sua età ancora cerca d'infilarsi nei camerini dei cantanti che pena.

Sono già in piedi, la borsa a tracolla, sui blocchi di partenza, quando un bagliore di méches bionde e paillettes illumina il corridoio centrale della platea e sorretta dalla magia di Solaria la Winx sfonda l'immaginaria quarta parete e plana sul palco abbarbicandosi a Morgan con la ferma intenzione di non mollarlo per nessuna ragione al mondo.

La sala è percorsa da un brivido di eccitata riprovazione.

In tre secondi d'improvviso, perfetto silenzio ciascuno ammira e invidia la coraggiosa sconsideratezza del gesto e simultaneamente assolve la propria codardia rifugiandosi dietro il paravento della buona creanza.

Io non mi assolvo.

Io tremo di gelosia e stillo puro odio per quella farfalla bionda che svolazza intorno a lui e non accenna a separarsene nemmeno quando dalle quinte arrivano a strattonarla due robusti figuri e ci vuole del bello e del buono per liberare Morgan dalle sue spire e comunque lei è ancora lì e mentre il sipario si chiude continua a librarsi nella sua scia, lo segue leggiadra verso i meandri di quel buio che a noi semplici occupanti di posto numerato è precluso.

Lo sconcerto mi paralizza e mentre la folla ordinatamente si disperde verso l'uscita, invece di scattare agile e leggera come una gazzella, rimango con gli occhi incollati al sipario chiuso, sperando di vedere la Winx scaraventata fuori da quell'intimità che non le appartiene e che, se deve appartenere a qualcuno, è mia di diritto.

Lo sapevo che dovevo darle un'indicazione sbagliata.

Farle lo sgambetto.

Meglio ancora spingerla con forza sotto una macchina.

Invece le ho addirittura sorriso e lei adesso è lì dietro, nel camerino con lui e con ogni probabilità gli sta chiedendo di tatuarle un autografo sul fondoschiena.

Il lato B dell'understatement torinese.

Solo quando mi rendo conto di essere rimasta praticamente sola nella sala vuota mi decido a muovermi verso l'uscita e a questo punto non c'è agile scatto che tenga, sono già in ritardo su tutto, sulla localizzazione dell'uscita degli artisti, l'organizzazione di un discorso, una presentazione, una intro qualunque che spiani la strada al successivo fuggire insieme su un'auto scura perdendosi nella notte e infatti mi perdo subito nella nebbia, il marciapiede davanti al teatro è già deserto, la perfida signorina in tailleur blu sta sprangando le porte alle mie spalle e non so assolutamente da che parte andare, la nebbia mi avvolge come Rossella O'Hara dopo la morte di Melania, anche se dubito fortemente lei portasse sandali a listino color argento tacco dodici e comunque spero vivamente che Morgan non se ne esca con un Francamente mia cara me ne infischio perché francamente ne morirei.

Dopo quasi quindici minuti di vano girovagare intorno nei pressi alle spalle del teatro, sempre cercando di darmi un tono e trasmettere non si sa bene a chi, visto che per strada non c'è praticamente nessuno, l'idea che sono perfettamente conscia del fatto che sto girando in tondo ma la cosa ha un suo preciso scopo, l'unico vero obiettivo che ho raggiunto è non cadere.

Barcollo ma non mollo.

Ma intanto i minuti passano, l'ingresso degli artisti non si materializza magicamente davanti ai miei occhi e lo spazzolino da viaggio che Valerio mi ha infilato in borsa pesa come un macigno nella sua crudele inutilità.

Le mie speranze veleggiano ormai verso i loro minimi storici quando, girando l'ennesimo angolo, mi balza agli occhi un movimento sospetto di uomini e macchine accompagnato da qualche urletto groupie e nel buio compatto della nebbia si alza nitida un'invocazione.

«Morgaaaaaan!»

Il trenino delle mie montagne russe risale all'improvviso provocandomi uno sbalzo di pressione, sbando in accelerata, mi dimentico delle scarpe, della borsa che mi ballonzola su un fianco, degli sguardi di chi dovesse in quel momento passarmi accanto, non posso perdere questo momento, non devo farmi sfuggire anche quest'occasione, adesso che quando ormai mi credevo dispersa con stupore immenso tutto ritorna per me ad avere un senso.

Trattengo il fiato mentre mi tuffo nella mischia delle cinque o sei ragazzine accorse a omaggiare il loro dio e nella frazione di un secondo i miei occhi registrano con sollievo che non c'è traccia della Winx planata sul palco, sarà stata giustamente allontanata con cortese sdegno dopo la grazia di un autografo, ma nella frazione di secondo successiva mi rendo conto che è comunque già tardi, troppo tardi per qualunque cosa, non c'è parola gesto azione che possa fermare l'ineluttabilità del destino, io sono qui ma lui è già dentro una specie di piccolo carro armato da città con il motore acceso e tutto quello che riesco a vedere è il bagliore latteo di una scarpa che scompare dentro l'auto prima che una mano sconosciuta chiuda la portiera e l'auto si metta in moto e anche se qualcuno lo chiama e lo implora di fermarsi è evidente che non si fermerà e dopo un minuto l'auto è già inghiottita dalla nebbia.

L'assembramento lentamente si scioglie.

Un padre fin troppo paziente comincia a spazientirsi e reclama un rientro nei ranghi. Due amiche si allontanano allacciate, beandosi in mancanza di meglio delle foto scattate con il cellulare. Io non ho più speranze.

Non doveva andare così.

Dovevo essere su quella macchina, rannicchiata sul sedile posteriore, i piedi gelati infilati sotto le sue gambe, le mani nelle mani, gli occhi negli occhi e invece tutto quello che ho di lui è l'immagine di una Repetto bianca che sparisce nel buio di un'auto, cioè niente, meno di niente, perfino il Principe Azzurro della favola di Cenerentola alla fine della serata raggranella qualcosa di meglio, almeno lui la scarpetta di cristallo ce l'ha in mano, la può mirare e rimirare, portare come prova dell'esistenza della principessa misteriosa, usarla come metro di paragone per stanare l'amata tra le decine di millantatrici.

Eppure potrei stare peggio.

Non piango, non mi dispero, non medito il suicidio.

Cammino addirittura con invidiabile scioltezza, avanzando senza una meta precisa in un torpore dolciastro, con quella quasi euforica malinconia dei viaggi di ritorno dopo vacanze ancora indimenticabili dove si sono vissuti amori folli e impossibili con carovanieri del deserto guide himalayane guerrieri masai e nella consapevolezza che è finita c'è ancora il profumo di quella pelle, la profondità di quegli occhi, la sciarpa che ci ha regalato appesa al collo e le foto da stampare, l'amica a cui raccontare, la promessa di una lettera.

Io ho solo visto un concerto e, in forma più ravvicinata, una scarpa, ma galleggio in quello stesso liquido amniotico, soffro ma la mia consapevolezza della sofferenza è attutita, ridimensionata, sono come quelle galline che continuano a camminare anche dopo essere state decapitate, continuo a ripetermi che è finita ma è come se il mio cervello non riuscisse a immagazzinare e riorganizzare questo dato fondamentale.

O forse semplicemente l'ho presa bene.

Forse il nocciolo duro del mio pensiero razionale aveva sempre saputo che non può essere Morgan l'uomo della mia vita e non c'è una sola ragione al mondo per cui io dovrei essere la donna della sua e comunque non c'era nessuna reale possibilità che io mi trasferissi da stasera e per sempre al primo piano di una villetta bifamiliare a Monza per svegliarmi a giorno inoltrato tra le sue braccia, sgattaiolare in silenzio fuori dal letto, infilarmi una delle sue camicie che mi starebbero comunque troppo strette e girovagare per l'appartamento silenzioso meditando su dove sistemare i miei libri e i miei vestiti.

Forse sono rinsavita.

Forse dovevo andare in fondo alla mia follia per uscire a riveder le stelle e anche se di stella qui non se ne vede una nemmeno con il telescopio, mentre cammino verso casa senza neppure provare a fermare i pochi taxi che mi sfrecciano accanto, a ogni passo mi sento più forte, più serena, più salda sulle mie gambe e anche se molto probabilmente dovranno amputarmi i piedi per la cancrena da congelamento, ho ancora una vita da vivere.

Con o senza Morgan.

# 15

Tre giorni dopo, ormai convinta di aver ampiamente rielaborato il dramma grazie a una lunga telefonata con Maurizio, un'indigeribile cena al ristorante indiano con lui e Valerio e un riascolto complessivo della discografia di Morgan con particolare insistenza su *Amore assurdo Altrove La sera* e *Cieli neri*, dopo aver addirittura affrontato una telefonata con mia madre costantemente sull'orlo delle lacrime che mi scongiurava di parlare con Maria e convincerla a tornare sui suoi passi, a casa sua, nel posto di moglie e madre che Dio ha voluto per lei, salgo sull'autobus per andare in libreria e senza un motivo apparente scoppio a piangere.

Così, di punto in bianco.

Disperatamente.

Senza minimamente preoccuparmi delle risatine di scherno di ragazzini variamente borchiati, dello sguardo perplesso di una pensionata stretta alla sua busta di analisi radiografie e risonanze, dell'imbarazzata indifferenza di un impiegato statale sulla buona strada per la calvizie totale Di matti sugli autobus se ne incontrano tanti alla fine uno ci fa il callo e tanto alla prossima scendo.

Continuo a piangere fino al capolinea, inchiodata alla plastica del sedile, mancando senza rimpianti la mia fermata, un eventuale licenziamento non sarebbe che la giusta cornice alle rovine fumanti della mia vita e tra le lacrime guardo la città che scorre oltre il finestrino e non riesco più a distinguere un solo colore, il mondo è ripiombato nel bianco e nero del Brionvega che i miei ancora tengono in cucina, lattiginoso il cielo, polverosi i palazzi, neri e cupi come corvi i passanti e il cuore si fa sempre più piccolo, quasi si accartoccia su se stesso come se una mano invisibile volesse appallottolarlo prima di gettarlo via definitivamente e in una vertigine d'angoscia che sfiora l'autocompiacimento vedo emergere dalla linea dell'orizzonte la scritta The End che, in un silenzio tombale, mi viene incontro bianco su grigio.

Senza scampo.

Senza una musichetta baldanzosa che ne sottolinei almeno l'aspetto happy, un collage d'immagini salienti, un'ultima sequenza inaspettata che preluda al sequel.

Niente.

The End punto.

Il resto della giornata lo passo vagando per strade di cui non avevo mai sentito nemmeno il nome, salendo e scendendo da autobus presi a caso, soprattutto piangendo fino a non avere più lacrime, costantemente accompagnata dall'eco dell'intera discografia italiana sull'abbandono la solitudine la disperazione amorosa *E tu come stai Perdere l'amore Mi manchi Cinque giorni che ti ho perso* mille lacrime cadute e ciascuna è una nuova spinta verso il baratro della depressione più nera, Mi sembrava di crollare piano piano e Amore mio come farò a rassegnarmi a vivere e solo per un attimo, mentre realizzo la fecondità artistica e creativa del baratro della solitudine *Solo* di Baglioni *Soli* di Drupi *Solo* di Dalla *La solitudine* pausiniana, mi dimentico di me stessa e di quel The End che mi segue implacabile e mi pesa addosso come i crampi, l'insonnia e l'irritabilità ai poveri sventurati in carenza di magnesio.

Scientemente escludo dalla riproduzione i singoli di Morgan, perché sarà anche vero che può essere utile andare a fondo del dolore ricordando ogni istante di felicità, ma al masochismo c'è un limite e temo che non potrei sopportare più di quello che già sto sopportando e comunque non saprei esattamente quale momento di felicità ricordare, visto che non ce ne sono stati, non reali almeno, niente che possa anche solo vagamente assomigliare al volo in biplano sulla Savana o al ballo a lume di candela nella grande casa vuota di Meryl Streep e Robert Redford nella *Mia Africa*, sono stata felice infelice speranzosa eccitata euforica innamorata sempre io da sola, sola ero e sola sono e Com'è grande questo mare da guardare soliii.

Arrivo a casa che è notte, in uno stato di trance quasi mistica, dopo aver macinato chilometri di considerazioni esistenziali cupissime e senza speranza, passato e futuro che si confondono in un nulla continuo e mentre mi butto sul letto vestita e stremata dalle lacrime, l'unico pensiero compiuto che riesco a elaborare è che Domani è un altro giorno. Purtroppo.

Le settimane successive vivo senza accorgermene.

Mi alzo mi lavo mi vesto vado in libreria sorrido ai clienti aggiorno lo scaffale Novità prendo il caffè con i colleghi torno a casa e poi ricomincio tutto daccapo senza minimamente intravedere un inizio, una fine o un senso in quello che faccio.

Il mio unico desiderio è dormire. Sparire. Annullarmi.

La domenica specialmente.

Ma nemmeno la depressione è un argine sufficiente

al tracimare di lacrime e disperazione di mia madre, mentre le mie giornate affogano in un grigio, patetico Nulla, le sue si animano di ora in ora di telefonate richieste di spiegazioni drammi della gelosia rancori recriminazioni divisione dei beni e pratiche di divorzio, Come hai potuto fare questo a quel povero Alberto che ti ama davvero e Pensa a tuo padre che ancora sta pagando le rate del prestito per il matrimonio e Consolata ti prego parla tu con tua sorella prova a farla rinsavire diglielo che sta facendo un errore che pagherà per tutta la vita che poi questo Emanuele Ortolani chi lo conosce? chi ne ha mai sentito parlare? a me a dirla tutta non è nemmeno piaciuto così spocchioso supponente com'è venuto in mente a tua sorella di rovinarsi così la vita, ti rendi conto che non sa nemmeno con certezza chi è il padre del bambino è una cosa inconcepibile, io non mi spiego come sia potuto succedere è sempre stata una ragazza così matura assennata giudiziosa e poi va a combinare una cosa del genere, è proprio vero che Dio ci mette alla prova siamo nati per soffrire una mamma fa del suo meglio dedica tutta la sua vita a crescere le figlie in un certo modo e poi si ritrova in una situazione come questa, Consolata bambina mia tu mi devi aiutare io non so più che cosa fare non mangio non dormo mi è pure ritornata la gastrite tuo padre poi lo sai com'è non si lascia mai andare ma io lo vedo che soffre, come faremo adesso, che vergogna.

Non prova nemmeno più a stuzzicarmi con la lista di manicaretti per il pranzo domenicale, cucinare è fuori discussione, straziata com'è dall'angoscia, gonfia di gastrite, spiritata dalle notti insonni, svuotata di forze dal troppo piangere discutere arrovellarsi su una possibile via d'uscita.

Sono svuotata anch'io e non ho la forza di non rispondere al telefono, non presentarmi la domenica, farle notare anche in bel modo che, checché lei ne pensi, Maria ha scelto la sua personale strada per la felicità mentre io sfioro il suicidio ogni sera e dunque è di me che dovrebbe preoccuparsi almeno un poco.

Non ce la faccio.

Mi presento, spilucco insaccati recuperati frettolosamente al banco frigo del supermercato e portati in tavola ancora in busta e l'ascolto, di tanto in tanto butto lì una parola un consiglio una considerazione e telefonata dopo telefonata, domenica dopo domenica, sono costretta ad ammettere che, incredibilmente, l'andamento da romanzo a puntate che ha preso la vita di mia sorella è il mio unico attaccamento alla vita reale, l'unico evento che riesca a scuotermi anche se in modo infinitesimale.

Naturalmente del nascituro si parla pochissimo e sempre nei termini di Quella povera creatura, non un bavaglino ricamato, un'idea di copertina all'uncinetto, un tenero golfino fatto ai ferri, tutte le energie sono concentrate nell'ormai palesemente vano tentativo di riportare la fedifraga sulla retta via salvando la famiglia dall'onta e dal disonore, schierandosi compatti con il marito abbandonato senza nemmeno chiedersi se qualche colpa in fin dei conti possa essere ascritta anche a lui, vivisezionando con millimetrica ferocia quei dieci minuti in cui Emanuele Ortolani il collega di Matematica e Scienze si è presentato al nostro cospetto al solo scopo di metterne in luce inammissibili difetti mancanze e possibili tare genetiche e ogni domenica lo sconforto di mia madre è più evidente, la sua pancia gonfia più dolorante, i cocci non ne vogliono sapere di aggiustarsi, ogni domenica è un passo avanti verso l'ineluttabile, il balengo ufficiale per sempre estromesso dai pranzi familiari, dai Santi Natali, dalle feste di compleanno e il suo posto usurpato dal nuovo balengo, al momento identificato solo come Quel suo collega, mia madre non riesce nemmeno a pronunciarne il nome, figuriamoci come potrà mai accettare l'idea di condividere con lui il desco, eppure presto o tardi anche quel momento verrà, lo sa lei come lo sappiamo tutti, da come ostentatamente s'incolla ogni giornata davanti alla televisione mio padre dev'essere già arrivato allo stadio della rassegnazione e intanto la foto di mia sorella in abito bianco e bouquet è già sparita dal controbuffet, ma Una figlia non si può mica ripudiare, la mia Maria adorata la mia bambina meravigliosa non posso pensare di non vederla più, non sono mica di quelle mamme che mettono i figli alla porta però certo una cosa del genere non me la doveva fare proprio adesso poi che stiamo per diventare nonni si avvera il sogno di una vita, e se poi non vuole farci vedere il bambino? se quel suo collega si mette in mezzo e la convince che non deve più vederci? non voglio nemmeno pensarci mi si spezza il cuore mio Dio dammi tu la forza.

A parte mia madre, sono tutti tanto preoccupati.

Per me, intendo.

Maurizio e Valerio mi trattano con la stessa pietosa cautela che si riserva ai convalescenti di una malattia invasiva e invalidante, dimostrano un entusiasmo sproporzionato ogni qual volta esprimo un desiderio, alzo gli angoli delle labbra o semplicemente mi lavo i capelli, si profondono in complimenti e bugie a fin di bene a ogni mia apparizione che non sia in pigiama, si sforzano di scompaginarmi davanti agli occhi prospettive future di smagliante bellezza e tutto questo senza usare parole che inizino con Mor per non turbare la mia sensibilità esacerbata.

Morte, dunque, si autoesclude.

Orso, che ormai ha abbandonato definitivamente non solo i pile ma addirittura il tessuto tecnico per abbracciare uno stile da manager in riposo domenicale, una versione Postalmarket di Gordon Gekko sul campo da golf, si è risolto invece per una tecnica del tutto opposta, che passa attraverso il tombale disconoscimento di ogni parola precedentemente detta per approdare a un deciso invito al perseguimento *ad libitum* della follia, della serie Se proprio dev'essere sia.

Sfrutta ogni pausa pranzo per tentare seriamente di convincermi che se davvero credo che incontrare Morgan potrebbe migliorare la mia vita, devo impegnarmi a fondo per portare a termine il mio progetto e non lasciarmi abbattere al primo ostacolo.

Io l'ascolto in silenzio, paventando a ogni morso di tramezzino che se ne esca con un *Yes you can*, questo suo piglio da imbonitore di televendita entusiasta mi lascia senza fiato, annuisco senza proferir parola per la paura di vedermi recapitata a casa l'intera Enciclopedia Treccani da pagare in comode rate e intanto rimpiango la morbidezza sintetica dei suoi pile, la placida rassegnazione da commesso a vita, Tu in quella libreria ci invecchierai insieme a me lo sai vero? e invece non era vero per niente perché io ci sto già invecchiando mentre lui è a un passo dal grande salto nell'universo degli Affari e Finanza, ancora non ha avuto il coraggio di dirmelo, ma io lo so che si è lasciato convincere da Miss Cuore D'Oro Onassis a buttarsi a piè pari nel mondo delle cravatte Regimental e delle valigette di pelle, l'ho addirittura beccato con «Il Sole 24 Ore» in mano a studiare un articolo sulle prospettive di sviluppo nel settore dei gelati confezionati e in un attimo mi si è aperto un mondo, ho visto Orso, il mio Orso, in piedi davanti a una lavagna luminosa mentre illustra il trend di crescita del cono ai gusti esotici e non saprei dire se l'amore fa più miracoli o danni, so solo che questa sua nuova spinta verso la Confindustria mi lascia senza parole, non ho idea di come potremo trovare un argomento di conversazione che non sia la lotta senza quartiere tra gelato artigianale e gelato confezionato, ma del resto è molto probabile che questi siano i nostri ultimi giorni insieme, voci di corridoio sussurrano che abbia già dato il preavviso di licenziamento e ogni giorno di lavoro potrebbe essere l'ultimo ed è solo il mio precario stato emotivo che gl'impedisce di mettermi a parte delle novità che lo aspettano.

Nel mio precario stato emotivo, invece, Elisa ci sguazza con invidiabile savoir-faire, lietissima di poter contribuire alla mia salvezza e in senso più ampio a quella del mondo intero grazie alla sua laurea in Psicologia e alla sua ormai consolidata esperienza sul campo.

Di punto in bianco siamo diventate migliori amiche.

O almeno è quello che vorrebbe farmi credere visto che, dopo mesi di rarefatto silenzio, adesso è tutto un fiorire di telefonate, capatine in libreria all'ora di pranzo e a fine turno e Devi assolutamente accompagnarmi a vedere questo film concerto vestito così ne approfittiamo per fare due chiacchiere tra di noi senza maschi di mezzo e poi prendiamo un tè un aperitivo un sushi a portar via e il tutto condito di smorfiette sorrisini sguardi significativi rivolti a Orso che diligentemente risponde con smorfiette sorrisini e sguardi significativi, sembrano una coppia di coniugi di mezza età in un telefilm americano e io la figlia in crisi adolescenziale, aspetto da un momento all'altro l'esplosione di risate e applausi registrati ma siccome non me ne importa ormai più niente di niente seguo la scia di profumo che inizialmente avevo derubricato a sandalo e patchouli ma adesso sospetto sia stato creato appositamente per Elisa da uno stranoto profumiere francese perché vagamente ricordasse un volgare sandalo e patchouli senza esserlo, e ballonzolo a testa bassa verso film imperdibili, concerti esauritissimi e negozietti deliziosi come l'orso Baloo nei suoi momenti di tristezza.

Va detto a onor del vero che non ci provo neanche.

Anzi.

Ogni volta che Elisa mi trascina in queste sue uscite Tra noi per parlare di noi, peggioro.

Oltre che depressa divento malmostosa.

Decurto i monosillabi.

Voluttuosamente faccio finta di non aver sentito.

Se ulteriormente istigata rispondo con tono aggressivo sfiorando la veemenza.

E tragicamente so che tutto ciò non fa che alimentare la sensazione di Elisa di essere sulla strada giusta Sfogati pure liberati della rabbia repressa mi dice il suo sguardo implacabilmente attento e disponibile da psicologa di lungo corso e Dio quanto ti odio le risponde il mio, ma ho come l'impressione che non capisca o faccia finta di non capire.

Nessuno può capire.

Io stessa arranco vistosamente nella comprensione dei miei stati d'animo.

So solo che vorrei essere lasciata in pace.

# 16

Invece qualcuno deve averlo chiamato.

Una task force della preoccupazione, un cordone sanitario dell'emergenza emotiva, dopo aver a lungo osservato valutato e considerato la mia situazione deve aver deciso di mettere in campo l'artiglieria pesante.

Non può essere andata che così, penso quando lo vedo entrare in libreria e guardarsi intorno un po' sperduto, come se non fosse mai entrato in una libreria prima.

Devono essersi visti una sera a cena o una domenica dopo il cinema Elisa Orso Maurizio, forse anche Valerio e non avendo di meglio di cui parlare sono finiti a parlare di me e Cosa possiamo fare per Consolata non posso vederla così è il momento di tentare il tutto per tutto e tre paia di occhi si saranno voltati all'unisono verso Orso perché lui e solo lui può prendersi la briga e la responsabilità di fare quella telefonata.

«Perché guardate tutti me?» avrà risposto lui con la bocca piena di pistacchi «Io mica lo conosco. Cioè, di vista. Non ho nemmeno il suo numero di telefono e poi che gli dico?»

Ma la stretta dev'essere stata implacabile.

«Consolata è tua amica.»

«Non puoi esimerti!»

«Dobbiamo almeno provarci, il numero lo troviamo in qualche modo» e alla fine della vaschetta di pistacchi, stremato, avrà chinato il capo e si sarà lasciato scappare un laconico «Va bene».

«Posso aiutarla?»

Uno dei nuovi assunti di cui ormai non cerco nemmeno più di memorizzare il nome, tanto vanno e vengono come i clienti di un bar nell'ora di pranzo, lo avvicina sorridendo ma lui scuote la testa e continua a bighellonare tra i libri senza ragione apparente.

Io lo guardo nascosta dietro un Empire State Building dell'ultimo di Camilleri e immagino tutt'un conciliabolo telefonico di Scusa se ti disturbo non so se ti ricordi mi hanno detto che sei stato a trovare Consolata forse non sai che lei.

«Ciao, Paolo!»

Orso, che in altri tempi lo avrebbe messo sotto con la macchina se solo si fosse profilato all'orizzonte, gli va incontro a mano tesa, baldanzoso e sicuro di sé come un venditore di macchine usate e ci manca poco che l'abbracci per l'entusiasmo.

«Come va la vita? È un secolo che non ci si vede, aspetta che chiamo Consolata.»

L'ha chiamato lui, ne sono sicura.

L'orgoglio di Paolo è tetragono ai colpi del destino, una volta che si è sentito anche solo vagamente rifiutato incompreso minimamente osteggiato non torna sui suoi passi nemmeno se invitato a farlo a suon di calci, piuttosto muore ma non chiede scusa, non offre un'altra possibilità, non perdona e non dimentica, tutt'al più medita vendetta.

Per costringerlo a venire qui, Orso gli ha detto come minimo di avermi trovata imbottita di psicofarmaci stesa nella vasca con le vene tagliate e una corda al collo.

E non mi spiego come sia bastato.

E non so se m'interessa, se cambia qualcosa vederlo, ci sarà pure tutto un mondo fuori e dentro di me, ma io non so più leggerlo interpretarlo capirlo e se anche ormai non resta altro da fare che vivere, rifugiarmi nel bagno dei dipendenti per le prossime tre ore può essere in fondo una scelta, invece di uscire allo scoperto e salutarlo facendo finta di niente.

O forse davvero dovrei imbottirmi di psicofarmaci e stendermi nella vasca con le vene tagliate e una corda al collo.

Aggiungendo il phon acceso sul bordo del lavandino tanto per essere sicura di non sbagliare.

Il punto è che non sono più in grado di prendere una decisione. Perfino davanti agli scaffali dei detergenti per pavimenti traccheggio per ore, figuriamoci al cospetto del mio ex fidanzato.

Non so dire se vedere Paolo mi fa piacere, mi dà fastidio o mi lascia indifferente, galleggio in un'inquietudine torpida, a tratti mi dimentico di esistere e di quello che sto facendo, se me lo chiedessero non saprei rispondere con prontezza se sono qui per sistemare la pila di Montalbano o acquistarne uno.

«Consolata!»

Mi tana sorridendo nei suoi occhi azzurri e senza che abbia preso decisione alcuna, il mio tempo è finito.

«Che ci fai lì dietro?»

«Lavoro» rispondo sicura di me e con un piglio lievemente aggressivo, sarò anche vittima degli eventi ma vorrei che passasse forte e chiaro il messaggio che non accetto di essere trattata come una bambina disadattata a cui la mamma rimedia gli amichetti, sono sola e abbastanza disperata e sto bene così, non ho bisogno di elemosine affettive.

«Ti trovo benissimo.»

Hanno catechizzato anche lui.

Adesso comincerà a dire che i capelli raccolti mi donano, il colore della maglietta m'illumina e non mi ha mai vista così bella.

«Hai tempo per un caffè?»

Ammutolisco.

Come se mi avessero chiesto di scegliere tra un fustino di Dash o due di un qualunque detersivo.

Sì. No. Forse. Non so. Perché?

Orso si è prudentemente allontanato dichiarando chiusa la sua intromissione nella faccenda, ma una brunetta della folta schiera delle neo assunte senza nome s'impiccia sorridendo Vai pure in pausa Consolata qui ci penso io.

Mentre valutavo cosa fare della mia vita una che nemmeno so come si chiama ha deciso per me.

Quando c'è d'affrontare orde di genitori che mulinano imbufaliti liste di libri scolastici spariscono tutti come i topi dalla nave che affonda, ma di fronte alla possibilità d'impicciarsi nei fatti degli altri non c'è collega che non si mostri disponibile.

Mi avvio con Paolo verso l'uscita come Maria Antonietta verso il patibolo, rimuginando sull'immenso complotto ordito alle mie spalle di cui la brunetta senza nome fa sicuramente parte, sono sicura che anche Jack Bauer avrebbe dei seri problemi a orientarsi tra verità e bugie in questo momento e nel dubbio infilerebbe un giubbotto antiproiettile sotto la giacca, c'è di buono che io non ho più niente da perdere e posso affrontare la situazione a muso duro, prima ancora di essere amabilmente seduta a un tavolino del bar a parlare del più e del meno facendo finta che tutto va ben.

«Ti ha chiamato Orso, vero?»

Paolo si volta verso di me con uno stupore così immenso negli occhi che per un attimo non sono più sicura di quello che ho detto, conoscendomi potrei aver canticchiato *Papaveri e papere* mentre ero sovrappensiero o peggio blaterato chissà che cosa, improvvisamente mi viene il panico, che cosa ho mai detto per giustificare quello sguardo incredulo?

«Perché Orso avrebbe dovuto chiamarmi?»

Bene. Non sono ancora impazzita completamente. Le mie sinapsi neuronali funzionano abbastanza coerentemente.

Resta da capire se il suo plateale sconcerto è sincero o una finzione nella finzione, ma francamente non ci provo nemmeno, quando i piani di racconto s'ingarbugliano troppo io vado nel pallone, alla terza scena delle spy story sono già persa, decifrare un titolo come *Tu sai che io so che tu sai* m'impegna almeno quaranta minuti.

Ciak 2.

Ricominciamo tutto partendo dal presupposto che è qui di sua spontanea volontà e io come al solito ho lavorato troppo d'immaginazione. Che poi perché la brunetta senza nome dovrebbe accollarsi del lavoro supplementare per raddrizzare la mia vita sentimentale.

Paolo è venuto in libreria perché voleva vedermi.

Così, di sua iniziativa.

E, ora che lo guardo meglio, mi rendo conto che si è anche messo quel maglione nero che gli ho regalato un Natale di non so nemmeno più quanti anni fa e man mano che l'espressione di incredulità impallidisce gli si disegna sulle labbra un sorriso che chiede perdono di tutto, anche di colpe non commesse, e Scusa ho sbagliato sono stato pazzo imbecille stronzo avevo bisogno di vederti soprattutto di parlarti sono pronto a rimangiarmi l'orgoglio lo smacco di essere arrivato fino davanti alla tua porta per farmi mandare via forse anzi quasi certamente non servirà a niente tu hai già un altro ma ti prego Consolata vieni a prendere questo benedetto caffè.

E il Ti prego è particolarmente chiaro.

Non commento.

Taccio e lo seguo.

Lo guardo mentre va al bancone ordina i caffè li porta al tavolino ed è come se guardassi un film dove la protagonista è una che vagamente mi assomiglia, so che è vero ma non mi sembra vero, ci dev'essere per forza qualcosa sotto, non può succedere questo, eppure sta succedendo, ha cominciato a succedere la sera del concerto di Morgan, ma ero troppo presa da altro per rendermene conto, così presa da altro che non mi sono nemmeno goduta fino in fondo il suo cadavere che passava lungo il fiume, al pensiero di com'ero forte felice stupida e piena di speranze quella sera mi butterei sotto il tram, ma intanto Paolo ha finito di girare ossessivamente il cucchiaino nella tazza e alza gli occhi su di me e «Mi manchi più di quanto potessi mai immaginare» mi dice.

Mi manchi più di quanto potessi mai immaginare.

È successo.

Sta succedendo.

Non ci siamo incontrati per caso in uno di quei locali notturni dove né io né lui siamo mai stati, io non sono bellissima e sexy come non sarò mai, non sto folleggiando con svariati uomini tutti pronti a buttarsi ai miei piedi per un sorriso una parola un cenno di approvazione, ma è successo.

E non è stato nemmeno necessario arrivare al mio funerale.

«Serena, la bambina, la vita insieme... è tutto sbagliato. Terribilmente sbagliato.»

Se non esercitassi un minimo di autocontrollo sulla mia fonazione potrei rispondergli «Lo so» perché questo film l'ho già visto, l'ho proiettato nella saletta riservata della mia mente almeno un milione di volte e la terribile, inconfessabile conseguenza è che in questa versione dal vero mi sembra molto mal riuscito.

Prevedibile.

Scialbo.

Mancante di ritmo.

Pieno di tormentosi silenzi e lungaggini da film francese, sguardi oltre i vetri del bar, rumori di sottofondo e affollarsi di ricordi.

Così non va bene.

Devo concentrarmi.

Rimotivarmi.

Insomma, è quello che ho sempre desiderato, no?

Subito dopo l'incontro sul Freccia Rossa con Morgan, il risveglio nella sua casa di Monza tra petali di rosa e un lungo viaggio di nozze attraverso l'Islanda, zone deserte comprese, ma Morgan devo togliermelo dalla testa, è andata come è andata, è stata una specie di follia momentanea e adesso Paolo è qui in carne e ossa e mi ha appena confessato che gli manco non solo molto, ma più di quanto potesse mai immaginare ed è il caso che io sia presente a me stessa per dare il mio contributo alla conversazione.

Che, a dire la verità, ristagna parecchio.

Paolo sembra aver perso lo slancio.

Rimugina.

Studia con esasperato interesse le scritte in piccolo sulla bustina dello zucchero.

Vorrei suggerirgli che I grandi amori non finiscono fanno dei giri immensi e poi ritornano, perché lo vedo che arranca cercando le parole giuste che deve essersi accuratamente preparato per giorni ma adesso non gli tornano in mente.

Mi guarda. Prende fiato. Forse ce l'ha fatta.

«Non riesco a smettere di pensarti, Consolata.»

Non riesce a smettere di pensarmi.

È il momento di un batticuore, una capriola dello stomaco, un brivido lungo la schiena, una forma di commozione felicità trasporto quale che sia, ma non mi viene niente. Rimango immobile e zitta come una mummia, ramestando negli angoli per racimolare una briciola di qualcosa, al limite anche di fastidio, ma non c'è niente, perfino la vecchia zia che di tanto in tanto dice la sua dal fondo del mio stomaco si è chiusa in un silenzio glaciale.

Paolo mi guarda e ho come l'impressione che stia scavando anche lui e d'istinto abbasso gli occhi per il terrore che possa vedere il nulla che mi abita.

«C'è un altro è così?»

Tenta una spiegazione con la logica della battaglia navale e colpisce la prua. Beccheggio. Qualcuno urla di chiudere i boccaporti, ma la manovra avviene con qualche secondo di ritardo.

«Non lo so» soffio.

La mia risposta lo lascia giustamente incredulo.

Che diavolo vuol dire Non lo so, un altro c'è o non c'è, al massimo si può dire Non è una cosa seria o Siamo ancora agli inizi, ma Non lo so non vuol dire niente Se non lo sai tu chi lo deve sapere? mi chiede senza chiedermelo davvero e il massimo che potrei aggiungere è È una storia lunga, ma è un'altra di quelle risposte non risposte, allora meglio tacere perché comunque non saprei spiegarmi neanche io, C'è una scarpa Repetto bianca che non riesco a dimenticare e un'illusione che ho coltivato così a lungo da crederla vera e adesso che è morta non riesco a farmene una ragione, mentre tu passavi le notti a cullare la bambina e litigare con Serena io fantasticavo di una vita con Morgan, ma tanto non capirebbe, non potrebbe avvicinarsi a capire nemmeno se volesse e allora Non lo so è la risposta più sincera che posso dare, anche se mi rendo conto che suona tanto come quei Siamo fidanzati ma lui non lo sa che si sussurravano nel cortile della ricreazione alle elementari e non ci faccio certo una bella figura.

Paolo però non demorde.

Non lo so deve sembrargli comunque meglio di un Sì convinto, Non lo so lascia spazio alla possibilità di un ritorno al passato ed è solo quella che in questo momento la sua mente visualizza, lui e io sul divano come ai vecchi tempi, a guardare un film scelto a suo insindacabile giudizio, niente latte da comprare pappe da preparare bambini che urlano e conti in sospeso. Certo, ci sarà da trattare una resa con Serena, stabilire regole di affidamento e assegni di mantenimento, ma vedo chiaramente che sono tutti ostacoli che è pronto ad affrontare di fronte alla prospettiva di un salto indietro nel tempo, un restauro conservativo dell'affresco di una felicità che a posteriori appare più promettente e solida della palude in cui attualmente si dibatte e di quell'affresco io sono la figura centrale. Sbiadita e corrosa dal tempo forse, ma ancora lì, ferma e riconoscibile al centro della scena.

Sono il certo nell'incerto, la strada vecchia che una

volta lasciata non si sa quello che si trova, l'appiglio saldamente ancorato da cui eventualmente ricominciare, la leva da azionare in caso di emergenza e Questa è un'emergenza, perché mollare Serena e la bambina, cercarsi un altro appartamento, un'altra donna, un'altra vita e fare tutto questo da solo richiede tanto, troppo coraggio, evidentemente molto più di quanto ce ne voglia a buttarsi in ginocchio sui ceci flagellandosi di Mi dispiace ho sbagliato tutto sono stato uno stupido uno stronzo ti ho fatta soffrire non ho capito ma non è ancora troppo tardi possiamo riprendere da dove avevamo interrotto tutto può ricominciare io senza di te mi sento morire sono un uomo a metà mi manca il tuo profumo le tue braccia i tuoi baci la nostra casa.

A parte il fatto che io non uso profumo, tutto il resto suona anche abbastanza credibile. Lui visibilmente ci crede. O almeno crede di crederci.

«Consolata...»

E applica al mio nome molti puntini di sospensione, allungando una mano sul tavolino a prendere la mia, cercando una risposta nei miei occhi, rovesciando nello spasmo dell'emozione la tazzina del caffè fortunatamente vuota che finisce a terra in cocci tra briciole di panini cucchiaini di plastica e il suo orgoglio ormai polverizzato.

«Consolata...»

Sì, sono io, lo so come mi chiamo, aspetta un attimo che devo fare mente locale, sono quantomeno frastornata, non puoi aspettarti di tornare così dopo quasi due anni e trovarmi pronta a buttarmi tra le tue braccia.

Lui se lo aspettava, questo è il guaio.

Se lo aspettava eccome.

Aveva accarezzato l'eventualità già la sera in cui è casualmente passato sotto il mio portone e ha pensato di fare una capatina per un saluto, se lo aspettava talmente che non mi stupirei se quella sera nascondesse una bottiglia di vino tra le pieghe della giacca, Beviamo qualcosa brindiamo ai vecchi tempi e Che ne dici se faccio un piatto di pasta, No non ti muovere la cucina la conosco faccio tutto io tu versami un altro bicchiere di vino e raccontami ancora di questa nuova fidanzata di Orso e poi da lì a ridere della vecchia bottiglia semivuota di Punt e Mes che nessuno dei due alla fine ha mai buttato via è un attimo e Ti ricordi quando ci hanno staccato luce e gas e siamo rimasti tre giorni al freddo a leggere a lume di candela e senza nemmeno accorgersene cala il buio e finalmente smetterla di parlare di niente e rimanere in silenzio e nel silenzio la sua mano a sfiorare i miei capelli Sei sempre bellissima, anche se bellissima non sono mia stata, né ora né allora, e finalmente far succedere quello che tutti e due sapevamo sarebbe successo da quando abbiamo versato il vino nei bicchieri, ma anche i baci hanno un loro tempo di maturazione e Posso passare la notte qui e Questa in fondo è ancora casa tua e da lì in poi è tutt'un vortice di passione.

Posso sbagliare alcuni particolari, ma nel complesso questa è la scena che si era immaginato.

Il fatto che io gli sia apparsa davanti in accappatoio e ciabatte poteva essere un piacevole diversivo, una scorciatoia verso l'ineluttabile finale e il decoupage a soggetto Morgan che ricopre le pareti del salotto forse non l'ha nemmeno notato, visto che non gli ho permesso di fare un passo oltre la soglia.

Ma poi è arrivato Valerio a mandare in frantumi i suoi programmi e alla fine la bottiglia di vino l'ha sicuramente bevuta da solo, perché Serena sta ancora allattando e in allattamento non sono concessi alcol fumo cioccolato e verdure dal sapore asprigno, l'ha bevuta da solo nel tinello affollato di sdraiette biberon ciucci e sonaglietti ad almanaccare su quell'uomo che si era preso il posto che un tempo era suo, cucinava spaghetti nella cucina Ikea che lui aveva caparbiamente tentato di montare prima di arrendersi e chiamare il servizio montaggi e soprattutto spadroneggiava nel letto in cui era certo di potersi rinfilare a suo piacimento.

«Consolata, ti prego, dimmi che c'è ancora una possibilità per noi.»

Ho capito.

Su quello che vuoi sentirti dire non ci sono dubbi.

È che io non lo so.

Non so nemmeno perché mi alzo ogni mattina, figurati se posso spingermi a fare un calcolo delle probabilità sulla resurrezione del nostro amore, che poi qui più che d'amore si parla di mutuo soccorso, a voler essere crudelmente sinceri questo incontro è anche più deprimente di quello che Elisa e Orso hanno organizzato tra me e Maurizio, se avessi un briciolo di amor proprio mi alzerei disgustata mettendo in chiaro che non sono la ruota di scorta di nessuno e soprattutto la regola del ripescaggio potrà anche andar bene per Miss Italia o Sanremo, ma in una storia d'amore è inaccettabile, avrà funzionato giusto per Liz Taylor e Richard Burton e nemmeno benissimo e comunque quelli erano altri tempi, altra pasta d'amori, niente a che vedere con il nostro che, diciamocelo francamente, è stato sempre tiepidino, anche nei primi tempi, anche quando ero così innamorata e cieca da non accorgermene.

Se fossi Sarah Jessica Parker vestita Oscar de la Renta in un baretto cool di Manhattan questo sarebbe più o meno il tenore del mio discorso.

E poi girerei su vertiginosi tacchi Manolo Blahnik

guadagnando l'uscita a testa alta per fendere la folla a grandi falcate sicure e lasciarmi tutto alle spalle in un tripudio di considerazioni sentimental-esistenziali in voice over.

Se fossi Sarah Jessica Parker.

In quanto Consolata Bogetto, traccheggio.

Prendo tempo.

Riconosco con millimetrica precisione i patetici contorni della situazione, ma difetto di autostima coraggio spina dorsale sufficienti per contrastarla efficacemente, nonché di un abito Oscar de la Renta, sandali Manolo Blahnik, amiche newyorkesi mondanissime e un lavoro abbastanza appagante da sopperire ai periodi di vuoto sentimentale.

A volerla guardare dritta in faccia, la mia realtà è reduce da un pesante incidente automobilistico e non può permettersi di andare in giro a fare tanto la figa.

Non lo so è il massimo di controffensiva che il mio esercito allo sbando riesce a mettere insieme.

E a questo punto Non lo so ci sta benissimo.

Dice senza dire, lascia uno spiraglio senza sbracare del tutto, salva la mia integrità di donna abbandonata prevedendo un ritorno.

Infatti Paolo annuisce. Evidentemente capisce anche lui che, nel tempo di un caffè consumato in un baretto anonimo a mezza mattina, questo è il massimo che poteva aspettarsi.

«Posso chiamarti?»

Annuisco impercettibilmente, tanto perché non si monti troppo la testa, e a questo punto non ci resta che uscire e inventare seduta stante una formula di saluto che non sia troppo né troppo poco, il bon ton non stabilisce regole chiare per il congedo da un ex fidanzato che si è ripresentato con il capo cosparso di cenere, io gli tendo la mano, lui la stringe comunicandomi forte e chiaro che non possiamo lasciarci così freddamente, io non cedo e sussurro A presto, chiamo a raccolta le mie truppe e chiedo loro il supremo sforzo di farmi voltare e allontanare con dignità, ben sapendo che, come si conviene in questi casi, Paolo resterà qualche secondo a osservarmi languidamente mentre scompaio dietro l'angolo.

Ma i miei soldati sono stanchi, malnutriti e male equipaggiati, non tengono il passo, caracollano l'uno sull'altro anelando un riparo nelle intemperie, si pestano i piedi sbandano esausti e io con loro, perdo il ritmo, sbaglio il passo, percepisco con orrore che uno dei miei piedi s'è incagliato chissà dove, forse addirittura su se stesso, mulino le braccia cercando convulsamente di riprendere la posizione eretta ben sapendo che è già tutto perduto, ho mancato la mia uscita di scena e in un attimo sono a terra.

Straziata dal dolore e dalla vergogna.

Il respiro mozzato.

I tendini in fiamme.

E camminavo sulle mie solite Camper, altro che sandali Manolo Blahnik.

Speriamo che non mi abbia vista è l'unico pensiero che riesce a farsi strada nel mio cervello stritolato dalla sofferenza, anche se poi che sono goffa Paolo lo sa benissimo e se ha davvero intenzione di riesumare i bei vecchi tempi è meglio che faccia subito i conti con le mie caviglie deboli.

Però se non mi avesse vista sarebbe meglio.

Più dignitoso.

Sicuramente più elegante.

Intanto intorno a me si è già coagulato il solito capannello di sconosciuti volenterosi Si è fatta male Chiamiamo qualcuno Le vado a prendere del ghiaccio al bar e non posso fare altro che stringere le labbra per non urlare e scuotere la testa sperando che abbiano tutti impegni inderogabili a trascinarli via e in quel momento mi arriva distintamente alle orecchie la voce di Paolo che con maschia e rassicurante fermezza si fa largo tra i curiosi e si prostra al cospetto della mia caviglia armato di un ghiacciolo al limone e uno alla cola.

«Respira a fondo.»

Adesso non esageriamo.

Non devo mica partorire.

Però devo ammettere che è piacevole. Il freddo dei ghiaccioli. Il sorriso di Paolo. Le sue mani sulla mia caviglia. La piccola adunata che si scioglie e ci lascia soli. Avere qualcuno che si occupa di me. Essere coccolata. Non essere sola.

La mia capitolazione è ormai sancita, lo so e non faccio nemmeno granché per evitarlo. Firmo la resa e mi consegno a questo tentativo di felicità palesemente abborracciato, afferro la mano che Paolo mi offre per alzarmi e lascio che quella mano tesa si trasformi in un abbraccio e poi in un bacio e mi convinco che è giusto così, è così che doveva andare e così sia.

Torno a casa zoppicando ancora vistosamente in uno stato emotivo indecifrabile.

Forse ho raggiunto la pace dei sensi, mi dico.

Forse c'è una forma di felicità semplicemente nel non essere infelici.

Mi lascio cadere sul divano attenta a non sollecitare in alcun modo la caviglia ancora in fiamme e davanti a me c'è lui.

Morgan.

Trasfigurato per l'occasione nella Monna Lisa, con

quel famoso effetto per cui sembra che il suo sguardo ti segua ovunque vai e anche se io non vado da nessuna parte per evitare i dolori lancinanti che mi provoca ogni minimo spostamento, mi sento braccata. Spiata.

Giudicata.

In ultima istanza condannata all'ergastolo a vita.

Lo so, ti ho tradito e novanta su cento sto sbagliando tutto come al solito, ma capisci anche tu che non potevo inseguirti per concerti in giro per l'Italia. Siamo realisti. Ho un'età. Una laurea. Non potevo continuare ancora per molto a comportarmi come un'adolescente in tempesta ormonale. Se quella sera fossi almeno riuscita a parlarti, anche solo a stringerti la mano, guardarti negli occhi, stabilire un contatto di qualsivoglia natura. Ma così. Cerca di capirmi. Prima o poi dovevo rinsavire. Dedicarmi a qualcosa di reale.

Morgan continua a fissarmi in silenzio e dopo quattro minuti scarsi comincio a sentirmi in colpa, perché non si dovrebbe rinunciare così in fretta ai propri sogni, abbattersi al primo ostacolo e ritirarsi a piangere in un angolino e ho la netta sensazione di essere quasi più ridicola adesso che mi sono arresa di quando sbandieravo ai quattro venti la mia granitica intenzione di piantare le tende nella sua vita, ma per restare saldamente ancorati a una idea folle e a detta di tutti irrealizzabile, bisogna avere la statura immensa di un eroe tragico, mentre io a malapena riesco a ritagliarmi un ruolo di comprimario d'alleggerimento.

Coraggiosamente mi alzo dal divano e comincio a staccare le foto una a una.

Quella in cui sorride composto incorniciato da tralci di foglie autunnali.

Quella dove ride dal suo scranno di giudice in giacca damascata blu e alamari.

Quella su sfondo di tappezzeria geometrica delle *Canzoni dell'appartamento*.

Quella dove sembra un bambino con i capelli grigi e il maglione del padre.

Le ammucchio ordinatamente sul tavolino del salotto, lisciandole con il palmo della mano, solenne e mesta come una vedova, e man mano che la parete torna a essere nuda e spoglia, staccare puntine strappare pezzi di scotch liberarsi di lui diventa sempre più difficile, forse un paio potrei tenerle comunque, in fondo non c'è niente di male ad avere qualche foto del tuo cantante preferito attaccata al muro, se Paolo provasse ad ascoltare le sue canzoni senza pregiudizi sono sicura che piacerebbero anche a lui, un giorno potremmo addirittura andare insieme a un suo concerto, uscire abbracciati discutendo di questo o quel pezzo, ridere delle urla d'apprezzamento delle sue fan e Grazie di avermelo fatto conoscere non fosse stato per te mi sarei perso qualcosa.

Ma è inutile prendersi in giro, Paolo che ascolta Morgan proprio non me lo vedo, in questa fase di ritorno di fiamma potrebbe al massimo graziarmi con qualche espressione di distratto interesse, evitando d'infierire.

Ma niente di più.

La vera cerimonia degli addii si consuma in bagno, al cospetto di quel profilo che mi ha sorriso ogni mattina e ogni sera per mesi, il cravattino eternamente sul punto di essere allacciato, lui eternamente sul punto di uscire per una festa un concerto un appuntamento e portarmi con sé, come una promessa di felicità mai veramente mantenuta ma mai disattesa.

Questa foto racconta tutta la nostra storia e non la voglio togliere. Nemmeno infilarla in fondo al cassetto degli assorbenti come già ho fatto a Natale, salvo poi ripescarla dopo nemmeno ventiquattr'ore.

In fondo ho solo coltivato per qualche mese una lievemente sproporzionata passione per un cantante famoso, mentre Paolo ha pensato bene di procreare una non splendidamente riuscita creaturina con un'altra mentre ancora stava con me e c'è una bella differenza.

È deciso, questa la lascio.

E se Paolo trova qualcosa da ridire chissenefrega.

«Com'è che tieni una foto di Morgan in bagno?»

Me lo chiede mascherando con una mezza risata la nota di riprovazione, senza nessun reale interesse nella risposta, troppo impegnato a gonfiarsi d'orgasmico orgoglio davanti allo specchio, aprire l'acqua della doccia, controllare i peli del naso.

«Così» rispondo avvampando dalla camera da letto.

Dopo quasi due settimane dal nostro caffè di mezza mattina, siamo finalmente riusciti a incastrare un mio pomeriggio libero con un suo ben congegnato castello di bugie per consumare la passione che dovrebbe verosimilmente divorarci.

Lui, in effetti, era abbastanza divorato, sospetto per la prolungata astinenza post parto, io ho fatto ampio ricorso alle mie fantasie di treni in avaria e acquazzoni improvvisi e tutto si è risolto per il meglio.

Adesso però, mentre dal bagno arriva un bofonchio stizzito sulla ben nota inefficienza del boiler, vorrei già essere sola.

E questo non è un buon segno.

Anzi, è decisamente una di quelle sirene d'allarme che tengono svegli i vicini per giorni interi, solleticano propositi omicidi e ravvivano la cronaca nera agostana

Però faccio finta di non sentirla.

Mi concentro su melodie più rassicuranti come È un fatto di abitudine A forza di stare sola sono diventata insofferente Ci vuole tempo.

«Ti piace, dì la verità.»

Paolo mi ripiomba addosso e nella sorpresa mi sfugge il soggetto della sua affermazione e di conseguenza la risposta giusta da dare. Morgan o fare l'amore con lui?

Il suo linguaggio non verbale sembrerebbe far propendere per la seconda interpretazione. Rinfrescato nel corpo e nell'anima dalla doccia, usa la lingua come un pennello Cinghiale sul mio collo e il mio lobo sinistro e un Sì sfuggito a mezza bocca in questo momento mi sarebbe fatale, così soprassiedo sulla domanda e opto per un pragmatico «Non devi andare a casa?» che senza volerlo mi esce benissimo.

Con la giusta dose di rammarico, un pizzico di rassegnazione e corredato dal genere di bacio che chiarisce oltre ogni ragionevole dubbio che Vorrei disperatamente che tu restassi qui per fare l'amore con te tutta la notte ma so che non è possibile sono una donna adulta e assennata capisco la tua situazione e sono pronta ad aspettare per il bene di tutti e la gloria eterna della nostra felicità futura.

Qualcosa però dev'essergli sfuggito.

Forse ho esagerato con il rammarico e il sottotesto del bacio, perché si tuffa su di me neanche fossi l'ultima tartina al salmone del buffet e gli è completamente sfuggito il concetto Tu per la tua strada e io per la mia, dove la sua strada è fuori dalla porta e la mia verso il divano per un solitario e godurioso zapping notturno.

«Paolo...» sussurro in un estremo tentativo di liberazione.

«Lo so, devo andare.»

E sembra che gli dispiaccia veramente.
Tanto.
Non la smette di baciarmi.
Non fossi così sicura che è l'angoscia del ritorno a casa a renderlo così affettuoso, penserei che mi ama davvero.
«Sei felice?»
La domanda, benché legittima, mi arriva come un pugno alla bocca dello stomaco. Non ci voleva. A questa non so proprio come rispondere.
Abbastanza. Moderatamente. In una previsione di crescita, comunque.
«Moltissimo.»

# 17

A metà aprile Torino sfoggia un cielo inaspettatamente azzurro terso e un solicino promettente, di quelli che all'ora di pranzo raggiungono quasi lo stadio del tepore e convincono i più arditi a occupare i tavolini all'aperto dei bar, magari addirittura liberandosi dei guanti termici e del colbacco.

Nelle vie del centro fioriscono timidamente i primi soprabiti a imbottitura leggera, viola carico al posto del nero, verde salvia invece del marrone, di tanto in tanto addirittura un rosso vivo e bastano quei pochi gradi in più per galvanizzare l'atmosfera, si sente quasi aria di Festivalbar, vestiti di lino e piedi nudi sulla spiaggia calda, Cornetto Algida e tormentoni dell'estate.

Io sono felice.

Incredibilmente felice.

L'ho ripetuto talmente tante volte che ne sono quasi convinta.

Felicemente mi alzo. Felicemente mi vesto. Felicemente vado al lavoro.

Paolo ha riportato le sue cose negli armadi, i suoi libri sugli scaffali, i suoi poster hanno coperto gli avanzi anneriti di scotch e puntine che incollavano al muro il mio album morganico, tutto è tornato com'era, quasi non fossero passati poco meno di due anni, ma giorni, ore, minuti, il tempo incalcolabile di un sogno, la prima doccia di Paolo della prima mattina in cui ci siamo svegliati insieme dopo la cacciata dal tetto di Serena per un attimo mi sono sentita come Pamela Ewing quando le viene chiesto di fare i conti con la notizia che suo marito Bobby non è davvero morto e il centinaio di puntate precedenti sono state solo il frutto di un sogno.

Son cose che tendono a destabilizzare, ma per fortuna noi siamo felici.

I rapporti con Serena sono pessimi, ma confidiamo in un progressivo benché lento miglioramento.

Della bambina parliamo pochissimo per non intaccare la perfetta felicità di cui siamo circonfusi. Per fortuna è molto piccola. Non avrà memoria di un prima e dopo. L'importante è che si senta amata. Del resto non è lei che sto abbandonando. E comunque siamo già in contatto con un'ottima psicologa infantile.

Siamo felici come i protagonisti di una pubblicità di biscotti.

Forse addirittura più felici di mia sorella e il suo nuovo balengo.

Tutti non fanno che ripetercelo e congratularsi e aprirsi in sorrisi da scampato pericolo Che bella cosa È giusto così Si vede che era destino Siete sempre stati una splendida coppia e tutti sorvolano o proprio non vedono quello che a me sembra sempre più evidente, l'effetto minestra riscaldata o frittata di avanzi che dir si voglia, a nessuno viene il dubbio che, se una metà di una tale meravigliosa coppia è finita a procreare altrove e l'altra metà a vaneggiare di una relazione stabile e duratura con un cantante famoso, qualcosa di terribilmente storto sbagliato fragile ci deve pur essere sotto Ma cosa vai a pensare perché non puoi semplicemente goderti questo momento della tua vita son cose che succedono svolte inaspettate cambiamenti improvvisi addii e ritorni in fondo è quello che hai sempre desiderato certo ci sono dei problemi ma li risolverete da quando Paolo è tornato nella tua vita sei più bella più luminosa irradi una luce splendida anche da lontano si vede che sei felice.

Il succo è più o meno questo, questo è quello che mi ripetono Orso Maurizio Valerio addirittura Elisa e non posso fare a meno di pensare che, più che la mia presunta felicità, a entusiasmarli sia il sollievo di avermi riportata in un consesso di persone ragionevoli, lucidamente e responsabilmente impegnate a tenere in piedi relazioni sentimentali in varie scale d'instabilità, ma comunque reali, fatte di problemi quotidiani e intrattenute con persone fisicamente presenti.

La vita continua e chi si ferma è perduto.

Mia sorella, tanto per dirne una, è ormai lanciata a una velocità nettamente superiore ai limiti consentiti dalla legge sulla corsia di scorrimento veloce dell'Autostrada per il futuro.

Con una breve sosta all'Ikea.

Per comprare Lenzuola asciugamani qualche pentola magari un nuovo servizio di piatti ci vorrebbe un armadio in più sai Emanuele da quando ha divorziato è vissuto un po' così arrangiato da scapolo il suo appartamento comunque è delizioso un pianoterra ma c'è anche un piccolo giardino appena ci sono entrata mi sono sentita a casa certo non so il bambino dove lo metteremo dovremo smantellare lo studio di Emanuele che poi più che uno studio è uno sgabuzzino ma lui ci tiene tanto ha tutti i suoi libri le sue ricerche non ha mai smesso di studiare adesso c'è in ballo una collaborazione con un professore universitario una cosa molto importante a cui tiene moltissimo, del resto lui è una vera testa merita molto di più di tre sezioni di studenti di scuola media, ma insomma per il bambino un posto lo troveremo ci arrangeremo, potrei anche dire ad Alberto di sloggiare in fondo quella casa è mia come sua ma non me la sento, a parte che sta malissimo mi fa quasi pena mi chiama tutti i giorni piange urla non si fa capace è pronto a qualsiasi cosa pur di riavermi e non me la sento di sbatterlo anche in mezzo a una strada in fondo sono io che l'ho tradito e poi lasciato mi sento responsabile e poi comunque non mi ci vedo ad abitare con un altro uomo nell'appartamento dove ho vissuto con lui mi sembra di cattivo gusto una cosa strana che non si fa.

«Ha chiamato anche me» la informo mentre, alla guida della sua Micra, imbocco lo svincolo verso Collegno con un'andatura da scuola guida.

«Chi?»

«Alberto. Tuo marito.»

Infierisco sapendo d'infierire, ma in fondo Alberto è ancora a tutti gli effetti suo marito e lo sarà per un bel po' e nello sbrogliarsi lento e difficoltoso di tutta la vicenda si è piano piano riguadagnato la stima che aveva perso tre minuti dopo il nostro primo incontro, avrà pure tutti i difetti di questo mondo, ma dimostra una pervicacia e una propensione al perdono quasi illimitate nel cercare di riconquistare la donna che, verosimilmente, ama.

«E che ti ha detto?»

«Che vuoi che mi abbia detto? Che non può vivere senza di te, che è pronto a tutto per riaverti.»

Maria fa spallucce.

«Mi dispiace, ma è finita.»

È decisamente molto più Sarah Jessica Parker lei di me. Nonostante i piedi già un po' gonfi nel mezzo tacco e la camicetta che tira impietosamente un po' ovunque.

«Tra lui e mamma fanno di tutto per rendermi la vita impossibile.»

«Be', ma cosa ti aspettavi?»

Un applauso al cambio di scena? Esce Alberto entra Emanuele e la partita riprende con nuovo slancio?

«Tu piuttosto le hai detto di Paolo?»

Lo sapevo. La miglior difesa è l'attacco e io sto pure guidando in un dedalo d'indicazioni contraddittorie per portarla a scegliere delle lenzuola.

«Ancora no» replico lapidaria.

«Ma sei felice?»

Incredibilmente. Completamente. E in molte altre locuzioni avverbiali che, mentre cerco parcheggio, non riesco a reperire con facilità.

«Perché se devo essere sincera non sembra» insiste lei.

Dev'essere la gravidanza in corso, l'effetto della sua tardiva presa di coscienza o semplicemente una sensibilità divinatoria acquisita geneticamente, ma mia sorella decisamente matrizza.

E coglie nel segno.

Anche se non ho la voglia né la forza di ammetterlo e anzi, mentre varchiamo spedite le porte automatiche del supermercato della felicità componibile, m'impegno a smentire e magari a comprare qualche cuscino in fantasia floreale per rendere la smentita più credibile.

Per fortuna non ce n'è bisogno.

A mia sorella basta afferrare una borsa in plastica gialla per sentirsi catapultata in un futuro di delizie da secondo matrimonio/primo figlio, s'impossessa di matite taccuini e metri di carta, misura armadi e divani, annota settori e scaffali, contabilizza spese e rateizzazioni possibili e quando arriviamo nel Reparto Bambini è a un passo dall'orgasmo.

Io, invece, ho un piede sospeso nel vuoto di un baratro d'angoscia che potrebbe essermi fatale.

Lo sapevo che non dovevo venire all'Ikea.

Me lo sentivo.

Una passeggiata all'Ikea può essere drammatica per chi si trova in uno stato emotivo instabile.

Già al settore Cucine mi salgono le lacrime.

Con un supremo sforzo di volontà e auto convincimento tengo duro lungo tutta la zona Camere da Letto.

L'esposizione Uffici e Servizi alle Imprese mi rinfranca per qualche minuto.

Ma in vista delle centinaia di metri quadri dedicati ai piccoli acquisti sento che non posso farcela.

La montagna di allegri tovaglioli di carta in tinte sgargianti urla l'evidenza del mio errore, le deliziose tovagliette all'americana che infiammano mia sorella lo sottolineano crudelmente, l'infilata di copri piumini mi esorta a mettervi riparo subito, adesso, il prima possibile.

Non sono solo infelice, sono decisamente disperata.

Mi manca Morgan, mi manca il mio sogno, quell'attesa che illuminava l'inverno e lo faceva più caldo di questa primavera, rivoglio la nebbia che nasconde la realtà, la neve che copre il grigiore, i maglioni golfoni giacconi e anche lo scialletto che mi tenevano calda, con queste giacchette da primi caldi mi sento nuda, niente e nessuno mi protegge dal vedere le cose come stanno, forse al limite un paio di occhiali da sole, ma son ben poca cosa.

Mentre Maria si lascia stordire dall'infinita scelta di

accessori per il bagno, io in un bagno cerco rifugio per piangere e alla fila delle casse mi presento con uno zerbino anonimo e ruvido tanto per dare una parvenza di novità all'ingresso della nostra vecchia casa.

Maria non se ne accorge o volutamente fa finta di niente, completamente assorbita dal suo personale Technicolor in Dolby Surround.

«Te l'immagini mamma il prossimo Natale con me Emanuele e il bambino, te e Paolo con la bambina che ha avuto da Serena... Ci sarà da ridere» mi prospetta mentre imbocca fiera la cassa veloce per donne in dolce attesa.

Come no.

Da sbellicarsi.

Alla fine il momento è arrivato.

Orso ha fatto un falò dei suoi pile, disdetto l'affitto del monolocale in zona Vanchiglia e mollato definitivamente il lavoro alla libreria per dedicarsi all'industria del gelato confezionato.

Specificatamente a quella del padre di Elisa, settore Nuovi Mercati, che a me suona tanto presentarsi in giacca cravatta e ventiquattr'ore a vendere ghiaccioli agli eschimesi come in certe barzellette della «Settimana Enigmistica», ma non c'è dubbio che è la disperazione a rendermi così cattiva, l'idea di non vedere più Orso tutte le mattine quando arrivo al lavoro mi sembra ancora impossibile, non so come farò a superare le giornate sola in quella valle di Novità ristampe tascabili e cartonati.

Vorrei chiedergli se almeno lui è felice, ma siamo ormai precipitati in una tale spirale di menzogne a fin di bene che ogni domanda personale diventa superflua, ciascuno si maschera come può e come vuole e non resta altro da fare che rubare sguardi silenzi momenti sfuggiti al controllo per tentare di decifrare la verità.

Il nostro ultimo pranzo nel solito baretto accanto alla libreria ha il sapore metallico dell'ultimo sorso di una bibita in lattina.

C'è poco da fare, mi sento tradita abbandonata dimenticata, mai avrei immaginato che saremmo arrivati a questo punto e ha un bel dirmi Orso che Tra noi non cambia niente ci sentiremo come e più di prima verrò a trovarti per pranzo molto più spesso di quanto immagini e poi possiamo vederci la sera anche con Paolo ed Elisa tu sei sempre la mia Consolata, non è vero niente, adesso cambierà tutto e lo sappiamo entrambi, perché se anche riusciremo a pranzare insieme una volta ogni tanto dopo un po' non sapremo più che dirci, lui a sbraitare di commercializzazione della coppetta all'amarena io a lamentarmi come al solito di cose che per lui saranno distanti anni luce e ci scommetto che arrivati al caffè del terzo pranzo finirà per dirmi che quasi m'invidia e potesse tornerebbe indietro. Per quanto riguarda organizzare un cinema e una pizza in quattro è una di quelle cose che si dicono e poi non si fanno mai. E nessuno ne sente la mancanza.

Eppure ci proviamo, mentiamo sapendo di mentire ma non riusciamo a smettere, Orso vuole convincere se stesso più ancora di me che il lavoro che gli offre Mr Cono Gelato è una grande opportunità e comunque comincerà dal basso com'è giusto che sia, niente favoritismi, nessun nepotismo, nessuno deve poter neanche bisbigliare che siccome lui è il fidanzato della figlia del padrone ha ottenuto privilegi che agli altri sono costati anni di fatiche, dovrà studiare parecchio, mettersi al passo, appropriarsi di un mondo di cui non sa nulla, e nel dirlo già usa quei termini mutuati dall'inglese che fino a pochi mesi fa aborriva come boriosi contenitori di nulla, ma non c'è niente da fare, si cambia.

Come si cambia. Per non morire e per ricominciare, come canta Fiorella Mannoia.

Paghiamo con la solennità con cui si chiudono i conti di una vita e nei pochi metri di strada verso la libreria scherziamo sul sollievo dei nuovi assunti che non dovranno più sorbirsi le sue prediche, la smargiassa inettitudine di quello che già sappiamo prenderà il suo posto e una volta entrati ci lasciamo inghiottire quasi con sollievo dalle noiose incombenze del pomeriggio che ci evitano un aggravio di emozioni già così difficilmente sostenibili.

Ma non può finire così e lo sappiamo entrambi.

L'aperitivo organizzato a casa di Elisa per festeggiare la nuova vita di Orso ha un'allure appena una tacca più metropolitana e cool della classica bicchierata di fantozziana memoria.

Ci vado da sola, come ai vecchi tempi, e non è tanto questo che mi pesa, a questa nuova vita di coppia non mi sono ancora assuefatta, per quanto mi sforzi non riesco a non sentirmi sola, ma la passeggiata fino a piazza Madama Cristina 23 mi strazia, mi riporta al mio Natale di speranze e luci che si fanno artificiali e le ombre tutte insieme a conversare e anche se non fosse stato Natale ti avrei amato uguale. E non conta che mi trascini dietro un allegro trolley con il necessario per un romantico finesettimana a Venezia con Paolo che è già là per un convegno, quando metto piede a casa di Procter and Gamble sfoggio un'aria da funerale che la metà basta e non faccio niente per nasconderla.

«Butta giù questo e almeno fai finta di essere felice per il tuo amico.»

Maurizio mi mette sotto il naso un bicchiere di carta

riciclabile colmo fino all'orlo di un vino di provenienza incerta ma comunque equa e solidale e mi costringe a finirlo senza riprendere fiato.

Per essere a casa della figlia di un appassionato enologo si beve da schifo, è il mio primo pensiero quando ricomincio a respirare.

«Non ti va giù, vero?»

Scuoto la testa, quale che sia il soggetto.

Non mi va giù il vino, non mi va giù la nuova vita di Orso e nemmeno la mia.

Ma non ha senso parlarne, non è né il momento né il luogo e soprattutto con l'arrivo di Valerio il tasso di felicità nei metri quadri che mi circondano s'impenna talmente che sarebbe inutile.

Questi sono i giorni della felicità.

La loro, com'era prevedibile, si estrinseca in un progetto di convivenza. A cominciare da questo weekend, nel quale è previsto il trasloco degli effetti personali di Valerio nell'appartamento di Maurizio e un salto all'Ikea per l'acquisto di un nuovo armadio più capiente.

L'Ikea no.

Per fortuna sono in partenza e posso solo dispiacermi terribilmente di non poterli accompagnare. Un altro giro all'Ikea mi ucciderebbe, ne sono certa. Una sola misurazione di armadiate o divani potrebbe essermi fatale.

Gravita intorno a me una tale elettricità di scatoloni avvitatori elettrici spazio nei cassetti e i miei libri mescolati ai tuoi libri che non ho il coraggio di guastarla con inutili corto circuiti come per esempio chiedere che fine hanno fatto i propositi di outing, se in quel di Bra i genitori di Maurizio ancora aspettano di accogliere a braccia aperte la futura sposa del loro figliolo o sono già stati informati diversamente, la conosco quell'elettricità, se mi concentro mi pare ancora di poterla sentire, c'era sicuramente il giorno in cui io e Paolo abbiamo ritirato le chiavi di casa all'agenzia, quando abbiamo preso le misure della cucina e poi ancora quando Valerio ha infilato lo spazzolino da viaggio nella mia borsa, la sera del concerto di Morgan, e ancora fantasticavo di appoggiarlo di lì a poche ore sul piano di vetro del suo bagno, non proprio nel bicchiere insieme al suo per non sembrare troppo invasiva, ma lì accanto, a segnare il territorio e lasciare un segno del mio passaggio.

«Tu che fai questo fine settimana?»

La domanda di Valerio mi riporta alla realtà, mi sforzo di essere partecipe e amichevole, perfino spiritosa «Se avete bisogno di me per montare l'armadio mi dispiace non sono disponibile, tra due ore prendo un treno e raggiungo Paolo a Venezia.»

Suona benissimo.

Il treno notturno.

Paolo che mi aspetta per una romantica passeggiata in piazza San Marco deserta.

Venezia la luna e tu. Gondole, *ombreta* e ristorantino sull'acqua.

E infatti già sulla zeta è tutt'un fiorire di Oh! Ah! Che meraviglia! La città degl'innamorati! Il Ponte dei Sospiri! e tutto con molti punti esclamativi.

«Veramente Paolo è lì per un convegno dell'università, gli hanno dato una camera matrimoniale e io ne approfitto.»

Minimizzo. Smorzo gli entusiasmi. Volutamente smonto le aspettative romantiche.

Non sono affatto elettrizzata dall'emozione per questo fine settimana a Venezia e non voglio che nessuno lo sia, ho addirittura cercato di addurre la scusa dell'irrinunciabile pranzo domenicale di mia madre per defilarmi, la prospettiva di due giorni da sola con Paolo senza la stanchezza del lavoro, le liti con Serena, le frustrazioni della sua carriera universitaria che non decolla, la bambina da andare a prendere e portare a passeggio al parco mi sembrano, così da lontano, quasi insormontabili, dovremo essere molto più convincenti del solito a dirci che stiamo bene insieme, siamo felici e lo saremo per sempre, due giorni da innamorati a Venezia sono un notevole impegno se la fiamma dell'amore non arde come dovrebbe ardere, ma del resto una tale prova del nove non può essere evitata all'infinito, prima o poi un fine settimana una breve vacanza un viaggio esotico insieme dovremo pur farlo e allora meglio affrontare il mostro subito e poi chissà, le conseguenze potrebbero essere inaspettate, potremmo anche divertirci moltissimo, discutere scherzosamente sulla mostra da andare a vedere, il bar dove fermarsi a mangiare un panino, la via da prendere una volta irrimediabilmente persi tra le calli, potremmo addirittura correre per tutta San Marco tenendoci per mano in una nube di piccioni e poi baciarci appassionatamente davanti all'orchestrina del Caffè Quadri.

Potremmo.

Ma anche no.

Con la scusa del treno posso abbandonare la festicciola prima di ritrovarci in cinque stravaccati sui tappeti completamente ubriachi a rivangare aneddoti della vita lavorativa di Orso ridendo smodatamente per avvenimenti che, a un orecchio esterno particolarmente indulgente appaiono al massimo degni di una cortese indifferenza Quella volta che ti chiesero i *Promessi sposi* nella miglior traduzione E quella signora che sceglieva i libri dal colore della copertina perché non stonassero con la tappezzeria del salotto e via rispolverando fino al tragico momento dei saluti finali, che a quel punto suonano veramente come le campane di un funerale.

Io devo prendere un treno e dunque saluto Orso strappandolo a una discussione sulla tragica scomparsa del gelato a forma di Topolino che mangiavi da bambino, da quando il suo nuovo impiego è diventato di pubblico dominio tutti hanno scoperto di avere qualche opinione fondamentale in merito al gelato confezionato, un po' come quando un ospite sconosciuto si qualifica come medico e tutti si accalcano per stilare liste di sintomi, confrontare diagnosi e cure.

«Orso mi dispiace, devo andare.»

Annuisce e mi abbraccia con il trasporto dei vecchi tempi mescolato a un'angustia da soldato in partenza, con tutt'un sottofondo di violini che straziano Abbi cura di te io avrò cura di me un giorno ci rivedremo sarai sempre nel mio cuore, tanto che temo quasi voglia tagliarmi una ciocca di capelli e chiuderla nel medaglione che porta attaccato alla giubba dalle parti del cuore, sono talmente compresa nella solennità del momento che gli faccio *pat pat* sulla spalla come se davvero andasse incontro a innominabili pericoli, perfino Elisa abbandona per un istante la sua lodevole opera di smistamento dei rifiuti per dedicarci uno sguardo circonfuso di indulgente tenerezza, una cosa che suona molto Guarda come sono brava che non mi metto in mezzo nel rapporto tra il mio uomo e la sua amica non sono gelosa né invidiosa anzi quando è stato il momento mi sono pure prodigata per aiutarla adesso però vai che perdi il treno.

# 18

La partenza notturna ha un suo obiettivo fascino.

Escludo dal campo visivo barboni e ubriachi e per un attimo mi sento molto Jacqueline Bisset in partenza sull'Orient Express con una pelliccia buttata sulle spalle e un tripudio di velette e piume in testa che ancheggia tra gli sbuffi di fumo bianco mentre piccole abat-jour in crêpe de Chine rosso occhieggiano dal centro delle finestre della carrozza ristorante.

Ma è sicuramente l'effetto del vino equo e solidale che Maurizio mi ha costretta a ingurgitare.

Mentre prendo posto mi ripeto per l'ennesima volta che sto andando a Venezia, a raggiungere l'uomo che prima ha lasciato me ma poi per me ha lasciato compagna e figlia poco più che neonata, è la prima volta dopo anni, dopo aver invidiato ogni cofanetto Smartbox che ho venduto, che mi appresto anch'io a trascorrere un romantico weekend in una città d'arte e dunque, concludo languidamente appoggiando la fronte al finestrino, cosa voglio di più dalla vita?

La risposta naturalmente non è Un Lucano, anche perché il solo odore di un amaro adesso potrebbe stroncarmi definitivamente.

Allora cosa voglio di più?
Cosa voglio?
Nemmeno l'Anna della famosa canzone di Battisti.
Forse la favola.
Quella stessa che Julia Roberts rivendica spudoratamente con Richard Gere nel finale di *Pretty Woman* facendomi ogni volta tremare le vene dei polsi, insomma un miliardario giovane bello e sexy ti raccatta dalla strada, ti rifà il guardaroba, affitta un aereo per portarti all'opera e tu non contenta blateri di cavalieri senza macchia e senza paura che liberano principesse portandole via su un cavallo bianco e ti va bene che sei in un film che prevede l'happy end perché sennò te ne tornavi al paesello a fare il corso da estetista parrucchiera e chi s'è visto s'è visto.

Almanaccando di cavalieri draghi e cavalli bianchi nella carrozza semivuota e silenziosa scivolo lentamente nel sonno, ma naturalmente non è un bacio a risvegliarmi bensì la fermata a Milano con conseguente via vai di valigie e passeggeri e Scusi Prego Se per cortesia mi aiuta a tirare giù quella borsa Io ho il posto 87 carrozza 7 e lei? Non c'è una volta che non succede una cosa del genere lei stia che io mi metto là poi se arriva qualcuno vediamo Dice che siamo in orario e Acqua birra coca cola paniniiiiii che mi svegliano da un sogno che non riesco a ricordare se non per la sensazione di esultante felicità che mi lascia addosso, tanto che tento disperatamente di riacciuffarlo in extremis rannicchiandomi meglio sulla poltrona e chiudendo di nuovo gli occhi, sento che mi basterebbe anche solo un frammento di quella beatitudine senza immagini volti o suoni riconoscibili per guardare il mondo con occhi diversi, ma cercare scientemente di sognare un sogno è impossibile e lo so anch'io, così mi arrendo all'ineluttаbilità della sua scomparsa e luttuosa e vagamente rabbiosa verso i miei compagni di viaggio che con il loro trambusto mi hanno strappato a quel paradiso, mi alzo con l'intenzione di raggiungere la carrozza ristorante e rovinarmi definitivamente lo stomaco con quella brodaglia scura che sui treni assurge agli onori del caffè.

Non posso certo arrivare a Venezia stordita dal sonno anelando un cuscino.

Quantomeno una passeggiata notturna è d'obbligo.

Uno straccio di conversazione amorosa.

Un anche veloce annodarsi tra le lenzuola.

Con un rapido calcolo valuto che devo guadagnare almeno altre quattro ore di veglia, quindi mi ci vorranno come minimo due caffè. Meglio tre.

Il treno nel frattempo si è rimesso in moto, costringendo tutti quelli che ancora non hanno preso posto o semplicemente vogliono raggiungere il bagno a un'andatura da cubetto di ghiaccio nello shaker di un barman particolarmente volenteroso. Sballottata tra una fila e l'altra di poltrone scopro che per approdare alla carrozza ristorante devo superarne ben sei e sono quasi tentata di rinunciare, nel dubbio rimango qualche secondo a lasciarmi dondolare dal pavimento d'acciaio tra una carrozza e l'altra, poi la porta davanti a me si apre, una ragazza grondante merchandising di Hello Kitty mi guarda come se fossi una psicolabile dalle strambe preferenze di viaggio e seduta stante decido di avanzare coraggiosamente verso il mio caffè.

Nella fatica della camminata arrivo addirittura ad accarezzare l'ipotesi di concedermi un pacco di Ringo.

In fondo all'aperitivo di Orso ho mangiato poco o niente anche perché poco o niente c'era da mangiare, trionfi di pomodorini julienne di carote olive e taralli di kamut o qualche simile farina non trattata chimicamente, ma di sostanzioso niente a parte quindici tramezzini che sono finiti prima che avessi il tempo di localizzarli. Se a questo si somma il vino equo e solidale, il caffè che devo prendere per restare sveglia, l'impegno che mi richiedono le prossime quattro ore, la qualità radioattiva dei tramezzini in busta smerciati sui treni, sono ampiamente giustificata nell'acquisto di un pacco di friabili, gustosi, assolutamente non dietetici Ringo.

La prospettiva dei Ringo migliora immediatamente il mio umore.

In certe circostanze un pacco di Ringo può dare più soddisfazione di un principe su un cavallo bianco e siccome ho deciso di esagerare nell'autoindulgenza, durante l'attraversamento delle successive due carrozze passo rapidamente dai Ringo al Twix e dal Twix a un Mars, in un'orgia di zuccheri e grassi insaturi che quasi mi obnubila la vista.

Adesso voglio decisamente un Mars.

Uno di quelli grandi.

Uno di quelli che Maria e io ricevevamo in premio al raggiungimento dell'obiettivo di risalita prefisso da nostro padre per la domenica in corso, ma eravamo comunque costrette a dividere a metà Perché uno tutto intero fa male e tra poco ci rimettiamo in macchina e ci manca solo che ti viene di nuovo da vomitare.

Ormai sono adulta e vaccinata e voglio un Mars solo per me.

Non uno di quei cosi piccoli, quelle specie di caramelle che hanno messo in commercio per coniugare il piacere della trasgressione alla taglia 42.

Io voglio il mattoncino.

Voglio cementarmi lo stomaco con il caramello.

Sono a tal punto accecata dalla visione del Mars che entro nella carrozza ristorante e mi precipito al bancone come un'invasata, scandagliando l'offerta di prodotti dolciari quasi ne andasse della mia stessa vita, afferro l'agognata barretta, la scarto, ordino un caffè alla barista che mi guarda perplessa e mentre con somma voluttà mi riempio la bocca di cioccolato al latte burro e non so cos'altro di meravigliosamente calorico, quando ancora ho i denti affondati nel mou che con ogni probabilità ci rimarrà attaccato finché non riuscirò a scrostarlo con uno spazzolino da denti, mi giro per sfuggire lo sguardo di muta riprovazione della barista e realizzo che non sono sola.

Appoggiato al finestrino alle mie spalle c'è un uomo.

Più che un uomo, un ragazzo invecchiato.

Piccolo. Magro. Con qualcosa d'inspiegabilmente grigio.

Forse la pelle. La maglietta. I capelli.

I capelli.

Quest'uomo lo conosco.

Non so dove né quando ci siamo incontrati, ma sono sicura di conoscerlo.

Furiosamente scartabello nel mio personale archivio d'immagini di amici parenti conoscenti parenti di amici e amici dei conoscenti, potrebbe essere uno a caso delle decine di commessi senza nome che sono transitati dalla libreria negli ultimi dieci anni o un compagno del liceo trasfigurato dalle dure prove della vita, un amico del catechismo, un collega d'università di Paolo, più ci penso più sono sicura di avere avuto un rapporto ben oltre l'occasionale stretta di mano con quest'uomo eppure non riesco a mettere a fuoco nulla di più, nel dubbio mi produco in una lieve arricciatura delle labbra, un abbozzo di sorriso quanto me lo consente il bolo di zucchero burro pasta di cacao ed emulsionanti vari che ho in bocca, non vorrei imbarcarmi in una conversazione senza via d'uscita prima di averlo identificato e a dirla tutta temo anche che disserrando le labbra tracimerebbe il Mars, quindi mi tengo sul vago, una cosa che potrebbe anche essere semplice cortesia tra viaggiatori.

Anche lui mi sorride.

Con un sorriso che risale da profondità insondabili, spacca cumuli di roccia per farsi strada e venire alla luce e prima ancora che sulle labbra o nelle increspature del viso sta tutto negli occhi, li scalda e li illumina come un pezzetto di cielo strappato al buio con la forza della disperazione.

È un sorriso talmente inaspettato e violento che m'imbarazza, mi fa sentire unica e dunque immediatamente inadeguata e mi costringe ad abbassare lo sguardo.

E così le vedo.

Le scarpe.

Repetto. Bianche.

Il cuore fa un salto da tappeto elastico rischiando di farmi tornare su il poco Mars che sono riuscita a ingoiare nel frattempo, ricade e riprende a saltare scompostamente, le pulsazioni si producono in uno scatto da Ferrari, in tre secondi salgono credo a 6.000, sudo freddo e ho la visione offuscata da uno sfarfallare di punti neri.

Non è possibile. Non può essere.

Morgan.

Morgan nella carrozza ristorante dell'Eurocity Torino-Venezia.

Altro che un amico del catechismo.

Morgan.

E io non l'ho riconosciuto.

Morgan.

Mentre lotto disperatamente contro un principio di soffocamento da Mars torno a guardarlo negli occhi e resetto la visione da specchio deformante che mi aveva ingannata.

È più alto di come lo immaginavo. Più in carne. Più brutto eppure incredibilmente più bello, di quell'imperfetta bellezza degli umani che abiti trucco e luci tendono a cancellare.

Morgan.

Non riesco a smettere di guardarlo.

Inebetita come se mi avessero appena rivelato il terzo segreto di Fatima.

Il boccone di Mars ormai marmorizzato in bocca, incapace d'ingoiarlo come di sputarlo.

Morgan.

«Signora, il suo caffè.»

La barista mi richiama all'ordine e allo stordimento si sostituisce il panico.

Perché non voglio voltarmi. Ho paura che se ne vada.

Ma non posso nemmeno restare immobile a fissarlo in eterno, devo darmi un contegno o almeno provarci, peccato che non c'è più un solo muscolo del mio corpo che risponda ai comandi, da quelli preposti alla funzione dell'ingoio in giù sono tutti coalizzati in un improvviso ammutinamento.

«Il suo caffè» ripete a voce più alta la barista, forse temendo che io sia sorda.

Adesso mi volto. Chiamo a raccolta tutte le mie forze e mi volto. Devo voltarmi, non ho scelta. La mia unica altra scelta in questo momento è buttarmi ai suoi piedi supplicandolo di restare con me per il resto del viaggio e forse della vita e così, senza un'adeguata preparazione psicologica, non me la sento.

Devo voltarmi e bere questo stramaledetto caffè che ho ordinato.

Mi volto.

E il caffè lo butto giù tutto d'un sorso, senza nemmeno metterci lo zucchero o controllare la temperatura, il mio unico pensiero è fare in fretta prima che Morgan sparisca dalla carrozza ristorante, mi ustiono le mucose interne della bocca ma almeno riesco a fondere il grumo di cioccolato e caramello che mi stava soffocando e riprendo possesso dei miei muscoli facciali.

La barista adesso mi sorride, complice.

«Io lo trovo di un sexy» sussurra mentre mi allunga un bicchiere d'acqua fresca.

Questa l'ammazzo.

La forza del destino, la potenza del fato, la sovrumana casualità mi mette sullo stesso treno e nella stessa carrozza con Morgan senza sbagliare un tempo e poi aggiunge una barista giovane, mediamente carina ma comunque più carina di me, tanto per sparigliare e farsi due risate.

Qui è necessario agire. Non perdere l'attimo. Inventarsi qualcosa. Cogliere l'occasione. Azzardare un approccio anche sbagliato. Qualunque cosa che non sia rimanere abbarbicata a questo bancone a fissare il vuoto mentre la barista mediamente carina si fa largo al mio posto e poi rimpiangerlo fino alla fine dei miei giorni.

Buttarsi.

Tentare il tutto per tutto.

Cavalcare la tigre.

Spararsi in una manciata di minuti il condensato di tutto quello che non ho mai avuto il coraggio di fare in una vita.

Tanto non ce la farò, lo so.

La barista ha nettamente più chance di me, sotto la divisa e il cappellino che un po' la mortificano s'intravede battere il cuore di brillantini di un'altra Winx pronta a volargli tra le braccia, il giorno in cui hanno distribuito coraggio intraprendenza e polvere di fata io dovevo essere assente e quando entro in questo loop narcisistico da perdente cronica è fatta, la decisione è presa, mi si nota di più se alla festa non mi presento e senza nemmeno avvertire, preferisco restare rintanata nel mio buco a sognare piuttosto che affrontare la grande corsa della vita, mettersi in gioco contempla la possibilità di perdere miseramente e non credo sarei in grado di affrontarlo.

E poi che cosa potrei mai dirgli?

Ciao non ci conosciamo io mi chiamo Consolata ti vedo sempre in televisione sei molto bravo posso offrirti un caffè una menta un tamarindo tu dove scendi oddio scusa che domanda idiota il treno non fa fermate prima di Venezia e non credo tu voglia fracassare un finestrino e gettarti in un punto imprecisato della Pianura Padana a 250 chilometri all'ora comodo vero questo treno mi sa che arriveremo anche in orario ormai prendere l'aereo non ha più senso che vai a fare di bello a Venezia scusa che domanda inopportuna sono giustamente fatti tuoi.

E poi silenzio.

Drammatico, imbarazzato silenzio.

Qualche sorriso di circostanza e alla fine Io torno a sedermi piacere di averti conosciuta Piacere mio buon viaggio e *rien ne va plus*.

Tutt'un tratto mi assale una tristezza cosmica, come se quella patetica conversazione fosse già avvenuta, alla fine è successo, l'ho incontrato davvero, su un treno, come ho sempre sognato e non sono stata in grado di fare niente, non è cambiato niente perché niente potrà mai cambiare, io non cambierò mai, non è questione di occasioni incontri possibilità, perché in quelle occasioni incontri possibilità ci sono sempre io di mezzo e io sono fatalmente inadeguata sbagliata storta non faccio niente di giusto.

Eppure qualcosa devo fare.

Devo.

Mi volto.

E Morgan non c'è più.

Lo sapevo.

Idiota che sono.

Le Parche m'intrecciano un simile destino, mi fanno incontrare Morgan su un treno, me lo mettono sotto il naso in modo che possa agganciarlo con una facilità che nemmeno nei miei più spudorati sogni a occhi aperti e io traccheggio, perdo tempo, lo lascio andare via, stupida cretina e idiota che non sono altro me lo merito il weekend a Venezia con Paolo e a questo punto è evidente che il weekend a Venezia con Paolo sarà nient'altro che una lenta agonia di ore passate ad almanaccare su ciò che poteva essere e non è stato, quello che avrei potuto dire e non ho detto e passerò ogni istante di ogni passeggiata a cercare la faccia di Morgan tra le facce dei turisti sapendo che non lo rivedrò mai più, è meglio vivere di rimorsi che di rimpianti si dice sempre, ma io tendo a collezionare rimorsi come i tappi della Coca-Cola, sono costituzionalmente incapace di prendere in mano la mia vita, ho talmente paura di sbagliare cadere che non ci provo nemmeno, Non importunare Non fare il passo più lungo della gamba Non metterti in situazioni più grandi di te, tutt'una vita improntata alla paura e questo è il risultato.

A distanza d'anni apro le mani e quello che ci trovo

è un lavoro senza futuro una relazione che vive nel passato e mezzo Mars.

Non voglio piangere. Non devo piangere. Piangere non servirà a niente.

«*Datte n'andi* Consolata!», tuona la voce di mio padre da una lontananza imprecisata, oltre il dosso la collinetta la svolta del sentiero, là dove non posso già più vederlo e vorrei buttarmi a terra e non muovermi più ma non posso, non servirebbe a niente, posso solo abbassare la testa come un mulo e masticare odio verso lui mia madre le gite della domenica gli scarponcini da montagna gli zaini il freddo che mi gela le mani d'inverno il caldo che mi appiccica i capelli sulla fronte d'estate e tutto quell'odio in un istante mi rimonta dentro, dovevo davvero riuscire a dirlo quando era il momento di dirlo quanto odiavo quelle scampagnate e lui che mi ci trascinava, imporre me stessa e la mia volontà senza temere le conseguenze e mentre lo penso mi sale un'immensa tenerezza per la bambina che sono stata e la donna che non sono riuscita a essere e mi perdono.

Va bene, ho sbagliato.

Sono stata debole pavida priva di carattere, ho accettato scuse inaccettabili, riaperto porte che dovevano restare chiuse, sono rimasta in silenzio quando avrei dovuto parlare e parlato un sacco a sproposito, ho mancato tutti gli appuntamenti importanti della mia vita.

Ma ormai è fatta e condannarmi alla Caienna a vita non mi aiuterà.

Siccome sbaglio continuamente e continuerò a sbagliare, tanto vale farlo provando a vivere.

E mentre lo penso ho già imboccato l'uscita della carrozza ristorante verso la prima classe e sto correndo, corro per quanto me lo concede il corridoio stretto e il dondolio del treno, corro senza preoccuparmi degli sguardi confusi accigliati perplessi di amministratori delegati di ritorno a casa, attempati coniugi in terza o quarta luna di miele, ragazze griffatissime e super accessoriate, corro e li guardo in faccia uno per uno aspettando di vedere Morgan, non me ne frega niente di loro, della valigia contro cui vado a sbattere, del controllore che potrebbe voler vedere un biglietto che non ho con me, farmi una multa, chiedermi i documenti rimasti nella borsa abbandonata ormai otto carrozze prima, di Paolo che mi aspetta a Venezia, non so cosa m'inventerò quando finalmente avrò Morgan davanti agli occhi, ma qualcosa mi verrà in mente, adesso l'unica cosa che conta è raggiungerlo, vederlo.

Provarci.

L'ultima carrozza della prima classe è vuota.

Non una faccia una valigia una borsa un giornale buttato sul sedile.

Niente.

Non è possibile. Non può essersi volatilizzato.

Deve essere qui da qualche parte.

Lentamente avanzo tra le poltrone, scandagliandole con lo sguardo una a una, quasi Morgan potesse apparire d'incanto, spostando un lembo del mantello dell'invisibilità di Harry Potter.

Quando ormai sono a un passo dall'ultima fila, la vedo.

La punta della Repetto bianca sbuca dall'ultima poltrona.

Oltre quello schienale, in fondo a tutto, c'è lui.

E non sa che sono qui.

Se mi fermassi adesso potrebbe non saperlo mai, come non ha saputo nulla di tutti questi mesi in cui l'ho pensato sognato desiderato baciato sposato accompagnato in giro per il mondo.

Una mano sconosciuta mi ha chiuso il cuore in una morsa da tortura medievale e stringe, mi manca il respiro per l'emozione, ho paura di non riuscire più a muovere le gambe, ma non posso più tornare indietro, non voglio.

Senza nemmeno accorgermene sono seduta davanti a lui che mi guarda perplesso, forse lievemente preoccupato, in fondo in fondo divertito Questa da dove è sbucata sembra chiedersi, ma non importa, sono qui e questo è il mio momento.

Ciao non ci conosciamo mi chiamo Consolata un nome veramente orrendo me ne rendo conto figurati cosa vuol dire per me che lo porto da trentasette anni ci siamo incrociati prima nella carrozza ristorante io mi stavo soffocando con un Mars pensa che appena ti ho visto non ti ho nemmeno riconosciuto e ti giuro è una cosa da non credere perché negli ultimi mesi non ho fatto che pensare a te guardare i programmi dove c'eri tu sentire le tue canzoni collezionare le tue foto spulciare i tuoi forum è cominciato tutto una domenica a pranzo da mia madre non puoi immaginare cosa sono i pranzi della domenica a casa di mia madre con mia sorella il balengo che adesso non ne è nemmeno più suo marito mio padre che non dice un parola insomma ho aperto una rivista e c'eri tu io non ti avevo praticamente mai visto prima non che non guardi la televisione ma su *X Factor* non ero mai capitata e insomma ho letto quell'articolo e ho visto le foto c'eri tu che baciavi Asia quando lei era incinta e poi una con tua madre tua sorella tua figlia al mare sono rimasta a guardarle per non so quanto tempo e mi è sembrato no anzi più che mi è sembrato ho avuto la certezza di conoscerti da sempre sai quando ti presentano qualcuno a una festa e dopo nemmeno mezz'ora di chiacchiere è come se foste cresciuti nello stesso cortile capisci quello che vuole dirti prima ancora che lo dica e sai cosa pensa solo guardandolo negli occhi solo che noi non eravamo a una festa e nessuno ci ha presentati io ero sul divano della casa di mia madre e tu chissà dove eppure l'effetto è stato lo stesso la felicità è stata la stessa anche se non avevo un numero di telefono a cui chiamarti per organizzare un cinema una pizza un caffè in tutti questi mesi ho avuto solo altre foto altri video un concerto ho provato anche a scriverti una lettera ma mi sentivo così stupida tutti quelli a cui ne ho parlato non hanno fatto altro che farmi sentire stupida e forse avevano ragione ma io lo so che noi siamo fatti per stare insieme detto così fa un pessimo effetto non ho nemmeno la scusante della giovane età dovrei avere un approccio un filo più maturo con le relazioni sentimentali a dirla tutta alla stazione di Venezia c'è una specie di fidanzato che mi aspetta uno che conosco di persona intendo e anche da parecchi anni ma per qualche assurdo motivo mi sembra di conoscere e capire meglio te e incontrarci su questo treno questa notte non può che essere un segno del destino perché è proprio su un treno che ho sempre sognato d'incontrarti per questo quando ti ho visto prima sono rimasta come un baccalà non ci potevo credere per me venire qui è stato davvero come scalare la montagna più alta del mondo e sì che ne ho scalate di montagne da piccola ma una come questa mai non voglio citare Tenco per impressionarti lo so che è uno dei tuoi cantautori preferiti ma ti giuro che tu hai bisogno di me anche se non lo sai e anche io ho bisogno di te hai presente le favole con i principi che salvano le principesse e in qualche raro caso sono le principesse a salvare i principi ecco noi possiamo salvarci a vicenda tenerci per mano mi piacciono le coppie che camminano tenendosi per mano si sostengono si fanno forza l'uno con l'altro ma non è mai chiaro chi sta sostenendo chi chi dei due è il bastone che guida il passo dell'altro ecco noi potremmo essere così come due che camminano tenendosi per mano.

E in quel momento, nell'esatto istante in cui mi fermo anche se non vorrei fermarmi, ma non ho più fiato né parole solo il terrore di quel silenzio in cui Morgan dovrà dire qualcosa, prendere la parola anche solo per chiamare il capotreno in suo aiuto, mentre tento disperatamente di decifrare la sua espressione per capire cosa pensa, in quel momento esatto il treno borbotta singhiozza sussulta e si ferma.

D'istinto ci voltiamo verso il finestrino, come se nel buio si potesse distinguere una spiegazione a quella fermata imprevista.

Siamo bloccati in mezzo al nulla, nel bel mezzo della notte.

E sicuramente Morgan non ha con sé un pacchetto di cracker da sbocconcellare aspettando che le Squadre Rialzo sistemino il guasto e forse non rimarremo qui tutta la notte e fortunatamente non mi pare siamo coinvolti in un incidente di vaste proporzioni, ma quello che succede supera ogni immaginazione.

Perché Morgan si volta e mi prende la mano.

Così, senza dire niente.

E io non so cosa fare, non ho più parole né volontà, sono tutta in quella mano e non vorrei essere da nessun'altra parte, ci sto rannicchiata dentro, al caldo, protetta dal mondo, lontana da tutto e da tutti, finalmente in pace, a casa, e posso guardare il fagotto della mia vita che va alla deriva. galleggia sballottato dalle correnti come qualcosa che già non mi riguarda più, qualcosa che non ha più niente a che fare con me e anche di me tengo solo lo stretto necessario, quello che entra in quella mano, quanto basta per riprendere il filo.

Sono Consolata Bogetto, ho sedici anni, è domenica, le mie amiche mi aspettano giù al portone per andare a passeggiare davanti alle vetrine chiuse di via Roma.

E ancora tutto è possibile.